U0062402

东方建筑遗产

保国寺古建筑博物馆

·2008年卷·

文物出版社

封面设计　朱秦岭
责任印制　陈　杰
责任编辑　李　飏

图书在版编目（CIP）数据

东方建筑遗产·2008年卷/宁波保国寺古建筑博物馆编.－北京：文物出版社，2008.11
ISBN 978－7－5010－2635－7

Ⅰ.东…　Ⅱ.宁…　Ⅲ.建筑－文化遗产－保护－东方国家－文集　Ⅳ.TU－87

中国版本图书馆CIP数据核字（2008）第166600号

东方建筑遗产·2008年卷
宁波保国寺古建筑博物馆　编
文物出版社出版发行
（北京市东直门内北小街2号楼）
http://www.wenwu.com
E-mail:web@wenwu.com
北京文博利奥印刷有限公司制版
文物出版社印刷厂印刷
新华书店经销
787×1092　1/16　印张：13.75
2008年11月第1版　2008年11月第1次印刷
ISBN 978－7－5010－2635－7　定价：80.00元

《东方建筑遗产》

目　录

壹　【遗产论坛】

贰　【建筑文化】

叁　【保国寺研究】

肆　【建筑美学】

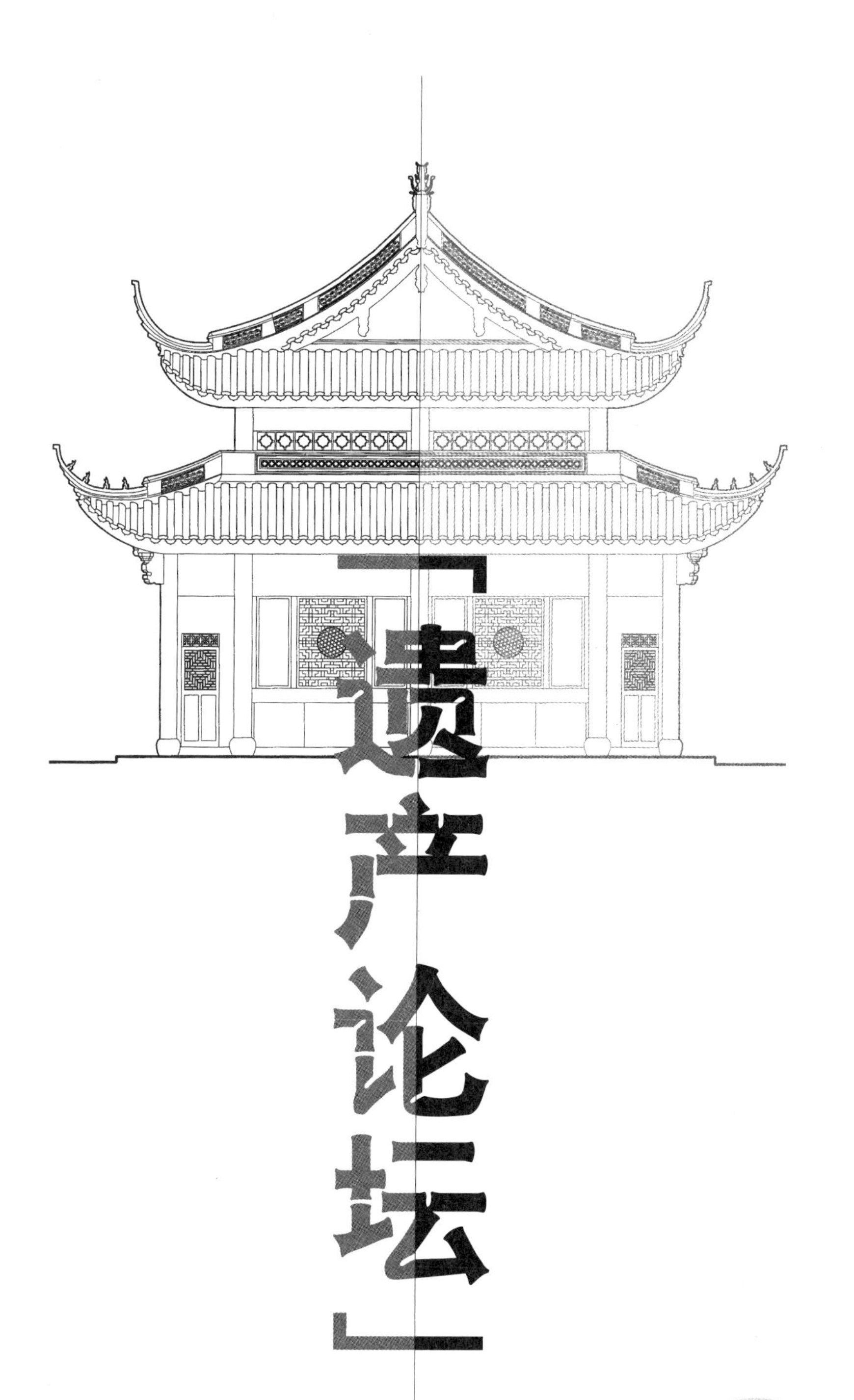

「遗产论坛」

壹

【古建维修和新材料新技术的应用】

罗哲文·国家文物局

中国古建筑以其物质的建筑材料，特定的自然环境和多民族的历史文化所形成的独特风格独立于世界之林，被称为木结构体系东方建筑（包括日本、韩国、朝鲜、越南等）的代表，有着鲜明的特色。它的保护与维修，也必然要根据它本身的特色来进行。本文所述的维修原则主要从中国古建筑的物质与文化两个方面的因素和实际的情况来分析介绍。以木结构体系为主的其他国家和地区的古建筑，也有各自的特色，不能完全一样，本文仅供参考。

一　古建筑的价值在于历史的原貌

古建筑和其他历史文物一样，价值就在于它是历史上遗留下来的东西，不可能再生产、再建筑，一经破坏就无法挽回。任何一座古建筑都是在当时的历史条件之下产生的，所反映的是当时的社会生产、生活方式及当时的科学技术水平、工艺技巧、艺术风格、风俗习惯等等。哪一个时代出现什么样的平面布局、什么样式的建筑类型、什么样的建筑材料，产生什么样的结构方式，都是历史发展进程中所留下的痕迹。举个例子来说，山西五台山的佛光寺大殿，如果把它雄大的斗拱去掉，梁和柱子也换掉，那么这座唐代建筑也就没有任何价值可言了。

任何文物都是如此，如果失去了原貌，它的价值就大减，或完全没有了价值。

二　不要在维修工作中对古建筑造成破坏

对古建筑的保养维修，其目的是要利用科学技术的方法来保护古建筑，使之能“益寿延年”，长留人间。但是，有时就是在维修工程中反而造成了对文物的破坏，这种情况并不鲜见。历史上许多重要的古建筑及塑像、石刻、壁画等，由于善男信女们的“乐善好施”，在重修庙宇、再塑金身的美名下被破坏了。我们参观山西五台山佛光寺的时候，都不免要为那一堂精美的唐代塑像被火红翠绿的油漆涂抹而惋惜。而河北正定隆兴寺内原来精美的宋代塑壁，也只能从五十多年前《中国营造学社汇刊》中梁思成先生的照片上去观赏了。这堂精美的塑壁已经在上世纪30年代的一次修缮工程中被毁掉了。

新中国成立以后，我们对于古建筑的维修工程是力求按照原状来进行的。这在《中华人民共和国文物法》和国务院公布的《文物保护管理暂行条例》、文化部制定的《革命纪念建筑、古建筑、石窟寺修缮管理办法》中都有明确规定。但是由于主持工程的人对古建筑修缮原则的认识程度有限，加之其他各种原因，也产生了一些（甚至不少）因维修所称的“建设性破坏”，可称之为“保护性的破坏”。如浙江宁波的宋代天封塔，原来的外形古朴美观，但上世纪50年代修缮外部时，却使用了大量的水泥包砌。群众批评说，这座塔已不是800年前的天封塔，而是现代化的水泥塔了（此塔现已按宋式复原）。佛光寺大殿旁北魏时期的祖师塔，具有极高的艺术价值，塔身上层檐下所绘的人字形斗拱和额枋蜀柱，不仅有着艺术价值，而且也是此塔时代的标志，但是在上世纪50年代的修缮工程中，随着铲除旧灰皮而被去掉了；塔内原来有两尊泥塑，形象十分精美，有北朝风格，是塔的主人、开创佛光寺的祖师的肖像，具有很高的历史和艺术价值，然而也在这次的修缮工程中被去掉了（现已找回复位）。四川成都附近新都宝光寺里的千佛碑，为梁大同六年（540年）的石刻，有较高的历史和艺术价值，但是在移交给宗教部门管理之后，寺僧不懂得文物原状的重要性，为了好看便把碑文深刻了。这也许是好意，但它的艺术价值就一落千丈。这种行为可以称作“无知的破坏”，也是令人痛心的。像这种重翻碑刻，重描壁画，重刻及重塑佛像、神像、人像的事，恐怕是不少的。因此，我们必须大声疾呼：千万不要因为保护、维修反而造成破坏，把好事变成了坏事。

三　古建筑修缮的原则

为了使古建筑的维修工程能够真正达到保护文物的目的，除了要加强设计施工人员的文物保护意识外，还必须制定一些规章制度。关于如何进行勘测、绘图、撰写报告和施工说明，以及审批程序等，在国家文物保护法令、条例、规章制度之中都有具体规定，古建筑修缮的设计施工人员必须认真地学习和遵守。在这里只谈谈修缮古建筑的几个原则性问题。

保存现状或恢复原状，是古建筑修缮（包括一切文物）的一个重要原则，曾被多次写入文物保护管理条例和修缮办法之中，文物保护法把它概括为“不改变文物原状的原则”。这一原则是总结了多年实践经验，并参考了国外的经验而得出的，在实践中也是可行的。但在什么是原状，如何恢复原状和什么是现状及如何保持现状等问题上还有这样或那样的见解。这里谈谈我的看法。

关于什么是原状问题。有的同志认为不

少古建筑都经多次修缮或改动，很难说哪个算原状。我的看法是某一建筑最初建成时的面貌，就是它的原状。为什么一定要坚持最初建成时的原状呢？前面已经谈到，文物是历史的产物，反映的是历史的情况，只有它的原状才能说明问题，才最有价值。关于古建筑的原貌，可能有两种情况。一种是单个的建筑物或规模不大的建筑群，如一座楼阁、一座殿宇、一座桥梁、一座寺观、一座坛庙、一座陵墓等等，它们大多数是在较短的时间内建成的，或者说是一次建成的。恢复原状即是恢复这次创建时的原状。另一种情况是在比较长的时间里形成的古建筑群，有的用了几十年，有的甚至用了几百年才完成，如北京的故宫，是经过了明、清两个王朝，几十位帝王相继不断兴建才完成的，在总体布局上可以以它的鼎盛时期为主要原状。当然，不是说以后建的就都无价值，而是以它最丰富的一个时期为主，作为代表性的时期。单组建筑和个体建筑仍以它建成时期的面貌为原状。是明代的建筑就恢复它明代的原状；是康熙、乾隆时期所建成的，就恢复它康熙、乾隆时期的原状；是嘉庆、道光时期建的就按嘉道时期的原状。当然都要有科学依据。承德避暑山庄是经过康熙、乾隆两代，用了将近 90 年才建成的，它的总体布局应以乾隆完成的时期为原貌。单组或单个建筑，当然是以它们各自建成的时期为原貌了。像明十三陵，清东、西陵这样的建筑群，本来就是一个皇帝建一处，最初不可能预测有多少人葬在这里，也不可能有完整的布局。每座陵的建筑都有自己的时代特征和艺术风格，因此只能是按每座陵建成时期的原状去恢复。另外还有一种情况，如一些历史悠久的寺庙，它们最初建成时的原状已被历次改动、重修或是重建，改动的时间也较早，重建部分的价值也很大，它们的原状只能按各个时代的原状去恢复了。如山西五台山佛光寺，主要建筑东大殿是唐代的，但是金代重建的文殊殿价值也很大，决不能把它拆掉去恢复唐代的什么殿。有时在一座殿上可能会出现各个时期维修所用的不同风格的构件，如何恢复就要认真研究，根据具体情况而定。结构或形式在修缮时被篡改了，就应当去除其不合理的部分，恢复原来的形式。河北正定隆兴寺内的两座宋代建筑转轮藏和慈氏阁，在维修时就去除了增添上去的腰檐，恢复了宋代初建时候的样子。这里应该强调的是在恢复原状的时候，必须要有可靠的科学依据，不能凭想象或臆测。在有些建筑物或艺术品的身上，后来增添的部分年代已久且价值也大时，就不能轻易拆除；即使拆除也要设法把拆除的部分保护下来。近年来比较好的例子是敦煌莫高窟中的一个窟门，经过勘查发现一千多年前的壁画被稍晚的壁画覆盖了，而早期的壁画保存得尚好，覆盖上去的壁画也有千年历史，经过细致的工作，覆盖上去的壁画被完整地揭了下来，如此便有了两份精美的窟门壁画。我认为像这种后来覆盖一层或几层壁画的情况，如果经过认真检查，内部确实完好，又值得保存的话，都可以这样办理。但必须慎重对待，技术上要保证在内外都无损坏的情况下才能进行。

关于保持现状的问题，是指在原状已无可考或是一时还难以考证出原状的时候所采取的一项原则，另外也是由于恢复原状需要较大的资金和较强的技术力量，而目前还不能进行时所采取的措施。这种保持现状的修缮工程，现在还是一种慎重的办法。因为保持现状可以保留继续进行研究和考证的条件，待到找出复原的根据以及经费和技术力量充实时再进行恢复也不为晚。对保持现状，曾有两种不同的说法。一种说法是一切都不能动。甚至是后来增添的不合理的部分也不能动；另一种说法是凡是后来增添的都一律去掉。这两种说法都过于绝对化。我认为保持现状并不是一丝一毫都不能动。我们所要保持的现状是有价值的部分，那些与原来建筑布局、建筑结构毫不相关，而且有损古建筑艺术面貌、危及建筑安全的东西，如近年来的保护范围内添建的房屋、棚舍，在建筑物身上添设的多余部分，不仅不应被当作现状保存，而且还应逐步加以清理拆除。但是那种不分青红皂白，不问什么时候添建，不管有无价值一律拆除的作法也是不妥当的。

下面谈谈古建筑维修工程中为保存其原有价值必须坚持的“四保存”的原则。

（一）保存原来的建筑形制。它包括古建筑原来的平面布局、造型、艺术风格等等。每一个朝代的建筑布局与造型都有它的特点，不仅反映了建筑功能、建筑的制度，也反映了社会的情况，民族文化的风格。如果改变了原状，或张冠李戴乱了套，这一古建筑的价值就减少或丧失了。

（二）保存原来的建筑结构。古建筑的结构是建筑科学发展进程的标志。建筑结构也是决定建筑类型的内在因素，如同人的骨骼，什么样的骨骼就会出现什么样的体型。如果在修缮过程中改变了原来的结构，建筑的科学价值就降低，也会影响它的形式。还要十分注意一些特殊的结构，如山西五台山佛光寺大殿顶部的人字叉手（唐代）是国内仅存的孤例，万一损坏需要加固时，绝不能在当中加顶一根蜀柱。佛光寺文殊殿的复梁（金代）、朔县崇福寺观音殿的大叉手梁架（金代）、赵城广胜寺的大人字梁（元代）、广西客县真武阁的杠杆悬柱结构（明代）等等都是具有特殊价值的结构，在维修工程中是一点都不能改变的。砖石结构、铜铁结构、竹篾结构也都有其时代、地区、民族等的特点，在修缮工程中应特别注意。

（三）保存原来的建筑材料。古建筑中建筑材料的种类很多，有木材、竹子、砖、石、泥土、琉璃、金、银、铜、铁等。什么样的建筑物用什么样的材料，什么样的材料产生什么样的结构与艺术形式。木材的性能产生了井干式、抬梁式和穿斗式的结构；砖石材料产生了叠涩或拱券式的结构；铜铁金属必然要用铸锻的方法才能建筑。因此，建筑材料、建筑结构与建筑艺术的关系是不可分割的。随着建筑的发展，建筑材料也不断产生、更替、组合。它反映了建筑工程技术、建筑艺术发展的进程，反映了各种建筑形式的特点。如果我们随便用现代化的材料来代替古建筑原来的材料，那么将会使古建筑的价值蒙受巨大的损失。纵使你能把古建筑的形式、构件、外观、结构等都模仿得非常相像，甚至可以乱真，但是这座古建筑也只剩下了躯壳，它那几百年、几千年的经历已经一扫而光了。所以我们极力主张修缮古建筑的时候，一定要保存原有的构件和材料，想尽办法保存它的“本质精华”。确实原构件必须更换时也要用原来的材料来更换：原来是木材就用木材来更换，原来是砖石就用砖石来更换。最好原来是松木就用松木，原来是柏木就用柏木，是什么硬杂木就用什么硬杂木。

有一些人曾对水泥十分欣赏，极力推行用水泥来代替古建筑原来的砖石和木材。其理由：一曰水泥坚固，二曰木材缺乏，三曰水泥现代化。乍听起来似有道理，但实际考察一下并不是如此。我曾经调查过多处近代纪念建筑，凡用石料修筑的，至今完好无损，而用水泥修造的则多已产生裂缝或崩塌，有的甚至已土崩瓦解了。水泥作灰浆勾缝、铺顶更不可用。很难做到不漏雨渗水。木材缺乏是事实，但就全国范围来说，用于古建筑修缮的木材数量实在不多，恐怕只占全国用材的千分之几、万分之几。至于说水泥比木材坚固也未必。佛光寺大殿的柱子、梁架已历经一千多年，仍然十分坚固，如果保护得好，再过一千多年，也还是坚固的，而水泥恐怕就难说了。再说水泥的性能与木材完全不同，很难捏合在一起。英国费尔登教授在清华大学讲学时曾说：“水泥是古建筑维修工作中的大敌”。我很赞成他的观点，千万不要让水泥在古建筑维修中泛滥成灾。当然在一些隐蔽之处，或大面积基础之下，掺用一些水泥为了坚固，是可以的，在外表切忌使用水泥。

（四）保存原来的工艺技术。要真正达到保存古建筑的原状，除了保存其形制、结构材料之外，还需要保存原来的传统工艺技术。对古建筑维修的工艺技术，我认为应该提出“继承传统的工艺技术”的口号，如油饰彩画的地仗，原来是三麻石灰、七麻九灰的，绝不能把它改成一层厚厚的油灰或是采用其他的做法。这不仅是为了保存原来的传统，而且关系到建筑物的安全与坚固。

四　在古建筑修缮工程中，新材料和新技术的使用问题

我们在使用新材料和新技术时必须明确这样一个观点：即所使用的新材料、新技术能够更多、更好地保存古建筑原形制、原结构、原材料，更有利于原工艺技术的操作，也更有利于古建筑的保护。

（一）新材料的使用不是替换原材料，而仅仅是为了补强或加固原材料、原结构。

我们在进行古建筑的修缮工程时，如果明确了这一点，许多问题都好处理。如在木构建筑的维修工程中，常常会遇到大梁或柱子等构件糟朽、劈裂的情况。如何修缮可以有几种办法，是把它换了还是想办法不换而保存下来，就需要认真考虑。浙江宁波保国寺大殿是北宋大中祥符六年（1013年）的建筑，距今已经将近一千年了，是我国现存为数不多的早期木构建筑之一，大殿的柱子大部分已被白蚁蛀蚀。在修缮时可以采用三种办法。第一种是换水泥的。这种办法绝不能采用，因为它会大大降低古建筑的价值（广州光孝寺大殿已是一个失败的教训了，这是上世纪50年代初期的事）。第二种是用新木料来替换。这种办法虽然保存了木结构，但以前那些柱子九百多年来的经历就失去了，况且原来的那种木料也不容易找到。于是采用了第三种办法，即用新材料、新技术的方法来解决。用环氧树脂配剂予以灌注、充填，这样既保住了九百多年的大殿主要构件，又解决了柱子的加固问题。我认为这是维修古建筑工程中的一个佳例。环氧树脂配剂还可用于黏结木料，拼镶一些原来构件的残缺、糟朽部分及砖石建筑、石窟崖壁的黏结加固、灌注填充。如山西大同云冈石窟、河南龙门石窟的崖体加固、溶洞缝隙填充工程都收到了较好的效果。但使用环氧树脂配剂也必须慎重，因其一经用上就很难更改了。我们主张在用新材料、新技术时，必须先做实验，局部进行，不能大面积铺开。

钢、铁、铜、锡等金属材料本是我国加固古建筑的传统材料，在建筑实物中经常可以看到。如用于木结构梁柱劈裂加固的铁箍，梁柱拔榫加固的铁扒锯、铁拉扯、梁头榫卯加固的铁托垫等等，效果非常显著。金属材料加固的最大优点是不改变原来材料的本质，只是作为附加的东西，也不改变原结构的性能，仅起辅助加强作用。金属材料作为加固补强最大的优点是可逆性强，如果有其他的原因需要去掉时，也比较容易拆除。现代化锻制技术的进步，更有利于所需钢铁加固部件的制作，钢材性能也比以前的铁件好得多了，因此，将金属材料用于古建维修工程加固的方法很值得重视。

金属材料不仅适用于木结构的加固，而且用于砖石建筑的加固效果也是很好的。一千多年前隋代赵州桥上就用了腰铁、铁拉杆等来增强它的坚固性。在我国南方各地许多民居、祠堂、庙宇的高大砖墙上也用了丁字形的铁拉杆来拉固。在近几十年来的古建筑维修工程中，使用金属构件加固也取得了显著的效果。如在古塔的加固过程中，将破裂的塔身外壁用钢箍箍住，把钢箍嵌入塔体表层之内，而外观依然如旧。西安小雁塔就

是一个很好的例子。原北京大学红楼的抢险加固工程也是一个用钢材加固的创造性设计。该楼是一座20世纪20年代建成的砖木混合结构，在1976年的唐山大地震波及下，出现了墙裂顶塌、门窗破裂的情况。设计人员采用了水平钢桁架和槽钢、扁钢壁柱相结合的隐蔽钢制框架结构体系，使原来摇摇欲坠的结构能抗八级以上地震。这些钢结构大都嵌入了墙体之内，水平钢桁架则隐藏于楼板夹层之间，因此内部结构得到了很好的加固补强而外观如旧。

环氧树脂黏结与钢铁金属构件合并使用往往收到很好的效果。如木构梁柱的加固除了用钢箍、钢钉、暗榫等之外，再加环氧树脂黏结就更加坚固。砖石建筑和岩壁加固，除了用环氧树脂配剂黏结、灌注之外，再加上钢箍、钢钎，效果会更好。

水泥虽然被称之为古建筑维修的大敌，但是由于目前的一些条件所限，有些地方还不得不使用。如果确属必须使用，也只能在“不是替换而仅仅是补强、加固”的前提下，如赵州桥内部的加固就是一例。前些年来一些非关键性的维修工程，如故宫的地面铺砖，天坛、颐和园等处，采用了以水泥砖代替的办法。其尺寸、规格、颜色都尽量与原来的相似。这是由于原来生产的好青砖没有了，因而采取的不得已的办法。我认为这种临时性的、小部分的更换尚可，绝不要把故宫大部分的地面砖都换成水泥砖。最近北京故宫、天坛、颐和园等已把原来被换成水泥仿制的砖地面，按原来的规格尺寸恢复成原状的砖地面，这是有条件的时候应该做的事，值得提倡。其他重要的古建筑，如古塔、长城、宫殿及寺庙的墙壁等，绝不能用水泥砖来代替。

（二）新技术的应用要有利于保持原状，有利于施工，有利于维修加固的效果。

1．新测绘技术和仪器设备应被广泛地采用

测绘的目的是要更准确、更迅速、更方便地把修缮之前的古建筑情况记录下来，以便更好地进行分析研究和制定方案。正常的测绘工作对古建筑本身毫无损害。水平仪、经纬仪、绘图仪器已比较常见了，近些年来又出现了照相测绘技术（photogramme trictechnicques）和三维立体摄影扫描测绘，更适用于测绘复杂的不规则的建筑外形以及石雕、塑像等立体艺术品，应当广泛加以应用。陕西扶风的法门寺塔突然崩塌了三分之二，摇摇欲坠，人不能靠近，用一般的测绘仪器很难进行工作，后使用照相测绘仪才把它测绘下来。至于在施工中用水平仪抄平放线，用经纬仪测倾斜垂直等，就更是经常需要采用的。

2．现代化运输和提升机具的采用

运输和提升工作在古建筑维修工程中所占的劳动量往往很大。现代化的运输工具，起重机具等的应用，将大大减轻人的劳动强度，加快运输速度，有利于维修工程的进行，应当视条件广泛加以采用。

3．现代化电动和机动锯、钻、磨的采用

这些现代化机具的使用在古建筑维修工程中可以减轻维修工人的劳动强度，加快工程进度，有的还能提高工程质量，如钻孔、磨砖、磨石、刨平等。但在使用这些电动工具时，千万注意不要改变原有的工艺效果。如原来是用锛斧锛出的板面就不能把它刨得光光平平的；原来是用手锤砸出的或剁斧的石面也不能把它磨得十分光亮。

4．关于附加工程的隐蔽技术问题

在古建筑修缮工程中，有一些项目是附加上去的，如钢箍、铁拉扯等，是把它们隐蔽起来，还是暴露在外，有两种不同意见。一种意见是要完全隐蔽，外表一点也看不出来。另一种意见则是要充分予以暴露，认为既然是附加上去的就应该让人知道是后加的，不要与原结构混淆起来，扰乱了原结构的真实情况。两者都有一定道理，但不能走极端，要具体分析。我的意见不管隐蔽与暴露，都应当是以有利于建筑物本身和附加结构的坚固耐久为准，并要考虑到外观的效果。如小雁塔的加固钢箍全部隐蔽在塔体之内，不仅外观整齐，而且有利于保护钢箍，以免风雨侵蚀。原北京大学红楼抗震加固工程，为了保持室内的原貌，把附加钢结构藏于楼层和墙体之内，外墙的槽钢和角钢则部分未嵌入墙内，其目的是为了不多损害原来墙体结构的强度，而在钢件上刷以与原来墙身近似的红、灰两色油漆，效果甚好。钢铁构件若隐于墙体之内可长久保存，也有益于外观，所以我主张仍以隐蔽为好。至于与原来结构的区别，可以记入档案或刻碑立石记录下来。如能将此情形刻在结构内部，待将来再进行维修时有据可查那就更好了。

5．关于修补部分的“做旧”问题

古建筑（包括其他文物）在修补之后是否要把新修补的部分按照原样做旧，也有两种不同的看法。一种是要将修补的部分完全按原来的颜色、质感、纹饰等做旧，达到“乱真”的效果。另一种是要新修补的部分与原来的有所区别，明确表示出它是新修补的。在五十多年来的实践工作中，我们基本上是采用了按原状做旧的办法。凡是新配的斗拱、梁柱都按对称或相邻的部分做旧，使之协调。石刻和壁画的修补部分也是按原状做旧的。如云冈石窟的第20窟露天大佛和龙门石窟奉先寺的阿难头像的修补部分，在做旧之后很难分辨出来。山西永乐宫的壁画在搬迁复原时，也将切割的缝子描绘复原了，使人看不出切割的痕迹来。我认为这种办法是好的，否则在壁画上留下道道切块沟痕就太不雅观了。另有一种情况我认为可以不必完全做旧，即修补的部分是比较大块的壁画或是大体量的雕塑部件，如一只手、大半个身躯等，那就可以与原来有所区别，以表现其为新补配者，但也需要略为“随旧”一下，使之不要过于刺目。程度应以晃眼一看不觉得，仔细一看能区别就行了。

在谈到新材料、新技术的应用时，还必须注意传统技术的保存发掘工作。如木结构修缮中的偷梁换柱、打牮拨正、拼镶补缺、墩接暗榫以及砖石结构中的补石剔砖等等，都有许多宝贵的传统工艺技术的经验，绝不应忽视。目前有两大问题必须重视。一是身怀绝技的老工匠、老技师、老艺人大多年事已高，如何能把他们的技艺传承下来，是刻不容缓之事。二是维修古建筑的合格材料也面临缺乏的境地，尤其是彩画原料、琉璃瓦件、木材砖石等等，如果达不到要求，就很难保证工程的质量。过去古建工程讲究“工精料实”就是要有好技艺还要有好材料，希望有关部门拿出大力量来加以解决。

注：本文是1990年在联合国教科文组织召开的亚洲太平洋地区历史文物保护会议上的学术报告，主要突出了中国特色，受到了亚太地区与会专家学者的高度重视。很多年过去了，情况虽然有了发展，但原则问题，特色问题仍然值得参考。“四保存”的原则，得到了不少国内外同行们的共识。现根据一些新的发展作了部分修改，请教方家高明。

【立足本土，认识价值】

——中国传统营造工艺作为非物质文化遗产的特点[一]

杨达 · 同济大学建筑与城市规划学院

工艺的一般解释是“将原材料或半成品加工成产品的工作、方法、技术等”，这种阐述着眼于加工中的方法和过程。进而可以探讨，从人类思维和执行的角度来看，成熟的工艺普遍具有原理（方法和技术）和操作（工序和步骤）两大方面，这两方面既可以协同演进，又可以单独发展。结合在一起，将工艺的意识和表现形式统一起来，成为探讨工艺问题的一个方向。

[一] 国家自然科学基金自主项目“中国传统建筑工艺遗产保护与传承的应用体系研究”（编号:50778125）系列研究内容。

传统营造活动自人类开始有意识的创造和改善环境开始，既是自发的又是依照一定规则进行的建设性活动，其目的最初是为了通过掌握的技术能获得更好的庇护条件。逐渐由于技术工艺的日积月累，在继承中又有所发展，从操作经验和营造习惯出发将一些方法在有限的时空里保留和推广，形成一种相对定式化的营造手段，是传统工艺考察的基本对象。

我们对中国传统营造工艺可作如下界定：是以木作工艺为主的多种工艺的集合，是营建过程中，被传统工匠所掌握而反映在建筑实体之上的，相对固化、群体、实用的建造程序及其相关环境。

一 传统营造工艺的特征

（一）因俗而决，顺材而施

“俗”是文化习俗，是营造的动力和意识导向。传统的宗法礼制对营造过程和营造目标具有很强的思想指导，人们希望宫阁宅屋无论从外观造型还是结构装饰细部都符合“规矩”或者帮助他们维持这些“规矩”，同时形成了种种的定式和风俗来表达对自然和先辈的敬意。此外工匠出于对行业本身的不断认识和保护，创造出行业本身的创始人和相关法则禁忌，也强化了营造过程中的重要性。

因而在营造工艺的发展上有两种力量的抉择：消费者观念和工匠观念，相应的就是两种传播形式，即社会形态传播和技艺理论传播。这两种主要传播形式，又主要表现在家庭的传承，行会、行帮的传播。技艺理论的传播，它为民间美术工艺学的研究提供了不仅是技艺的传播形式，更为重要的是含有更深层的、包括民间美术技艺形态和艺术风格形成的内在因素[一]。历史上对这两种人群的行为和理念都有提及，但是后者明显处于弱势地位。

“材”是原材料，是营造方式的基础。选材直接决定了未来营造的形式和施工方法。曾有学者认为中国的木材取材最为容易，但仅凭这点决定了木材为主的营造是缺乏足够说服力的[二]，因为历史上常有大型营造从遥远的南方运送木材的实例。从现存的建筑来看，古代建筑材料种类并不丰富，说明了对材料的选择是非常慎重的，是在考虑了操作繁简、坚固舒适与否、取材难易等因素之后的综合决策，而非单纯的客观自然环境决定，但却从中体现出古人对自然的尊重。

（二）匠艺俱珍，工不可缺

工匠在传统营造工艺中作为直接的传承人，享有对工艺的直接操作和解释权，并通过其自身内部相对较为封闭的方式传承。他们掌握着自身特有的技术，并不轻易外传，形成了特殊的人群或团体。“中国的工匠积累了丰富的技术工艺经验……这种经验通过师徒之间的‘言传身教’相沿下来”[三]。可是工匠在历史上的社会地位很低，往往通过大的工程立功来改变作为工匠的身份[四]。

工最早的意思为某种工具，对此也有文献学者进行探讨，如《说文》中的“工，巧饰也，象人有规矩也”即视之矩尺；也有人认为是夯土之用，为奠基之器。

营造活动中的“匠”是具备特殊技能通过操作活动实施，匠为营造活动的核心。康熙字典中的匠释义为“匠本字。圣人枷物，愚者与能。从工从匚，出于规矩准绳，象方正之意。匠讹为工之重文,别作匠。工之致用，所重不在斤也。”而现代意义上来看，匠为具备技术并通过工具进行操作的人。不论匠还是匠，从字形上都是篮内持器具。西夏把具有某种技术的手工业生产者统称为匠[五]，主要分为自由匠和依附匠，前者可以通过个人的劳动自由谋生。也许是民间缺乏工匠，这些一技之长者往往具有较高的社会地位[六]。但是历史上的自由工匠很少，多服役于京师或地方工场的住坐匠和轮班匠，依工作定报酬配额，并限定名额[七]。

“工”，意为参与营造活动并以体力劳动为主的人群，辅佐“匠”人的工作。在传统营造活动中，当“工”指代“工人”时，与“匠”的关系密不可分,但“工”的地位较“匠”低下。《考工记》中有“国有之职，百工与居一焉。”继而分别论述道：“坐而论道，谓之王公，作而行之，谓之士大夫。”可见作者认为“百工”不仅“居一”国职，且地位仅次于士大大而在其他庶民之上，由此可见先秦时代对“工”的重视，这种价值态度推动当时工业的发展，而当时的工与匠基本同指一类人。同时随着历史发展，统治阶级的营造活动的增加，匠与工分离，匠的地位提升，工对于匠是有效的补充。工与匠在古代分别并不明显，能力上类似于今日的“师傅”和“学徒”，但社会关系并不相同。“小工”是今日营造活动中的称谓，事实上历史上也不乏此类人群，虽归属于工匠之列，但在历史上常受压迫并定为苦役[八]。

工匠在古代通过官府培植和民间培训形成广泛的基础。唐初开始有了世袭以外的师徒传授，培训时间和考核方法都有规定[九]；而宋代的工匠组织更为自由完善，形成行会、行帮制度[一〇]。但从整体来看，手艺家传具有很大的优越性，往往有很多名师出自家传。师徒家传容易在某种区域内形成一种自成独立的派系，适合于民居的营造；而官方教育培养则更具普遍性，常以固定法式为约定，有利于官方大型的工程项目。

（三）固而不腐，繁而有致

传统营造工艺并非是一成不变，从更大的时间和空间跨度来看，住居习惯的异同、匠人手艺的创新、材料使用的改变、加工工具的发展，无不影响着营造工艺的进化。中华大地上的建筑虽以木结构为主题，以坡顶为基调，但是其中所包含各地不同的特征，也反映在其营造工艺的多样性，事实上营造活动作为建筑文化的重要部分，也体现了各个地域的文化特性。

仅以长江三角洲地区来说，匠派大体有已被认同的香山帮、绍宁帮、东阳帮、徽州帮等共同影响，形成复合的表征。工业化之前，传统营造工艺发展的背后隐含着一条技术与文化承袭的连续线，使得代代相传的传统手工艺具有追根溯源的可能。而由于工业化和现代化（非传统）的进程，传统手工技艺在现代营造（即使是古建筑修建）中的比例又日益减少，却仍然在部分工序中存在。因此传统营造工艺的新老更替是不可避免，缺乏生存条件的营造工艺很容易被时代消解而非消失，目前散布在各地结合了现代化技术和材料，通过现代组织和经营方式的复合型古建筑工艺，也是传统营造工艺适应时代背景的一大分支。

因此研究传统营造工艺不是对某个时代、某种匠派的孤立评价，而是对其演进发展中所呈现的多样性，对其与建筑文化的关联性的认识。同时又要透过现代化的施工过程找到传统营造工艺的脉络，以达到认识其本源的目的。这是对前人经验和思考的回应，也是对民族文化习俗的尊重。

二　非物质文化遗产保护要点

近年国际上对非物质文化遗产保护的日渐关注，使传统营造工艺的认识有了进一步的提高。2003 年的联合国教科文组织大会对非物质文化的正

[一] 潘鲁生：《中国民间美术观念》[M]，江苏美术出版社，1992年版，第136页。

[二] 吴树平、高洁、曹玉红：《中国古建筑木结构发展的历史原因》[J]，《河北建筑工程学院学报》，2006年第24卷第3期，第84～85页。

[三] 李浈：《中国传统建筑形制与工艺》[M]，同济大学出版社，2006年版，第1页。

[四] 张颖、沈杰：《工匠在中国古代建筑工程管理历史中的地位》[J]，《华中建筑》，2006年第24卷第11期，第50页。

[五]《杂字》第七《诸匠部》及《天盛律令》卷一七《物离库门》均列有众多工匠。

[六] 杜建录：《西夏经济史》[M]，中国社会科学出版社，2002年版，第224页。

[七] 嘉靖《宁海县志》：本县原额人匠三千七百零一名……轮班匠一千六百名。《嘉兴府志》：匠户之别七十有二（包括了木匠、瓦匠、石匠、土木匠、锯匠、漆匠等），……各以其技供役，其役于京师有轮班者，有存留名。

[八]《明会典》卷一八八《工部八·工匠一》：年初，造作工匠由囚人罚充。……每徒一年，盖房一间。……杖罪不拘杖数，每三名共盖房一间。

[九] 高奇：《中国古代的工匠培训与技艺传授》[J]，《中国职业技术教育》，2008年1月（总第294期），第50页。

[一〇] 潘鲁生：《民艺学论纲》[M]，北京工艺美术出版社，1998年版，第306～307页。

式提出，从当时判定的条件来看，中国传统营造工艺是“实践、知识和技能”[一]，其传统传承媒介是口授心传，其传承发展基础是社会文化，其最终产品表现是有形文化资源，因而具有非物质文化遗产的基本特性。中国在国际上的非物质文化保护起步稍晚，目前处于初级阶段，在确定保护对象之后，如何切实有效的保护则是进一步亟待解决的问题。

通过对中国传统营造工艺的历史特性和现实情况的考量，保护应当从三个层次出发

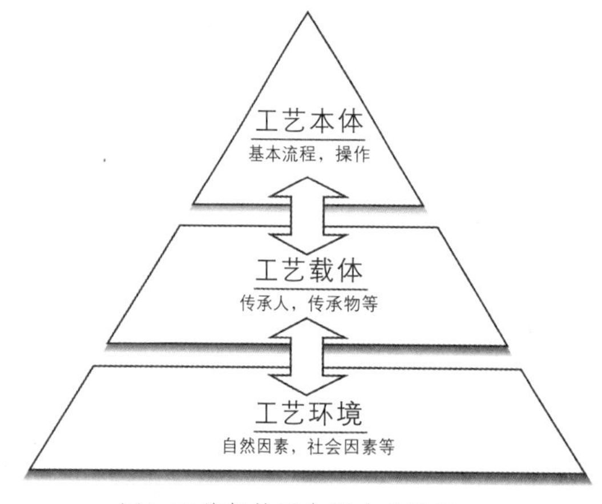

图1 工艺保护三个层次的图示

（详见图1）：工艺本体，工艺载体（传承人、传承物）和工艺环境（社会因素如市场、人际、匠系，自然因素如气候、原材料等）。其中工艺本体是传统营造工艺的主体，是一个按部就班的程序，又是一个动态发展的过程；工艺本体通过工艺载体表现并直接传承；工艺环境则是营造工艺的生存发展基础。

（一）工艺本体

中国传统营造工艺内容丰富，形式多样，因此作为非物质文化遗产框架下的一个大类，必须有效的甄别尚存各种营造工艺的价值，即对营造工艺的特征及分布情况进行剖析。营造工艺的组成包含了各种不同等级的工种配置，也就反映了工艺中的不同的关键性，事实上工艺的过程中也如诗乐曲艺进程一样有“起承转结”，单一的音律可有缓急重轻之别，但是更重要的是形成一个整体流程。因此无论是局部工艺操作还是整体流程都应当是工艺本体中的要点。

通过近来的考察分析，将其关键性、独特性和稀缺性作为价值判断的重要因素。选择这样的判断因素具有若干优点：（1）通过横向参照，能够较快速地判断工艺的保护价值；（2）结合现存工艺的稀缺性分析，积极保护较薄弱的门类；（3）判断标准非固定常量，随着保护的深入，可以做更确切的修正；（4）对于单一工艺内部，通过关键性的判别得出“高位”和“低位”的工艺组成。

（二）工艺载体

传统工匠作为最重要的传承人群，如今面临着断代和工艺退化的困境。值得一提的是，中国古代的营造过程中不可避免的是“主”与“匠”的关系。由于中国传统营造中主匠关系十分密切，常伴随着主人思想的影响，如“三分匠人，七分主人”的说法等，因此在古代造园常常是匠主合一，而在民间的营造甚至是匠民合一的。然而在技术层面来说，匠人仍然是主导地位，并一定程度上技术保密，在农耕社会下是基本内向的传承体系。

建成物的有形信息获取在于形制架构和组件处理表征两个方面。以往的建筑学研究偏重于视觉分析，联系到空间关系组织，形

成基本的形制判别。而从工艺角度，建成物信息还包括了不可见部分，这些内容有时需要其他感知方式，有时由于仅在加工过程中可见，所以只有在建筑分解或整修时候才能完全了解，如榫卯等。另一种主要工艺传承物为工具。自伏羲女娲手持规矩创造世界开始，营造就没有离开工具，工具的发展直接影响了工艺的精度和操作方式，尤其在低位组成中对营造效率和工匠基本功判定都是决定性的。

以营造工艺本身的流程判断，其进程过程中的不同等级表现出从本体到载体的关联，这种关联度对指导工艺记录中的方法和关键点选择都很有意义。根据近来对中国传统营造工程中的考察，得出了工艺本体和载体关联的模式（见附表），总体表现为关键技术由高等级匠人负责，并更加保密，高位组成的传承人向下兼容其他分工。这种模式由来已久，在各个工种中都普遍存在，在不同的时期其代表人群还有不同的称谓。

（三）工艺环境

传统营造工艺的环境包括了传承人和传承物的环境，从自然环境和人文环境两个角度来认识。传承人的环境也可称为手艺人的生存环境，生存环境的恶劣化是目前手工艺者缺乏制作热情，后续继承人匮乏的重要因素，在很多工艺美术文化传承人保护的考察成果中都有论述[二]。但传统营造工艺的传承人环境的特点在于，1. 营造活动多以群体组织来进行，因此其环境应当是包括了各个层次工匠的总体生存待遇环境。2. 民间学艺环境多在乡村，或是与现代化稍有距离的地方[三]。传承物环境的涉及范围更加广泛，涵盖了气候、地貌、材料等客观自然环境，又有建设需求度、建造体制、社会认同感、艺术表现力等文化环境，还有各个时期制约建筑物质量和手工艺发展的经济环境和技术发展水平。

由于中国特殊的历史背景，社会传统文化意识的模糊化，使保护近乎真空状态。但传统文化的力量依旧不可磨灭，近年无论官方还是民间所做的努力都在努力重新形成传统文化氛围和情感，因此传统营造工艺与民族文化复兴的主题也是相辅相成，是需要社会各个阶层在具有共同认识的前提下，进行协作而得到良性环境。

三　传统工艺的识别

从目前的调查状况看，中国传统营造工艺是一个庞大的系统，不仅门

[一]“一般认为被各群体、团体、有时为个人视为其文化遗产的各种实践、表演、表现形式、知识和技能及其有关的工具、实物、工艺品和文化场所。各个群体和团体随着其所处环境、与自然界的相互关系和历史条件的变化不断使这种代代相传的非物质文化遗产得到创新，同时使他们自己具有一种认同感和历史感，从而促进了文化多样性和人类的创造力”，《保护非物质文化遗产公约》，巴黎，2003年。

[二] 金鹰达：《中国传统手工艺》[M]，北方文艺出版社，2006年版，第3～4页。总结民间工艺式微的原因，不外乎以下几种：1、艺人的逐渐老去，后续人才的匮乏，导致人去艺失；2、市场的不景气导致艺人转行；3、假货泛滥导致手工艺人得不到经济上的保障；4、珍贵原料的稀少导致手工艺在规模上受限制。

[三] [日本]盐野米松，黄珂译：《留住手艺——对传统手工艺人的访谈》，山东画报出版社，2002年版。

附表　　传统营造模式中本体和载体的特征关联

<table>
<tr><th></th><th colspan="3">类型</th><th>高位组成</th><th>低位组成</th><th>其他</th></tr>
<tr><td rowspan="6">本体特征</td><td rowspan="4" colspan="2">性质</td><td>劳务种类</td><td>脑力</td><td>体力</td><td>重体力</td></tr>
<tr><td>技术类别</td><td>原理</td><td>操作</td><td>操作</td></tr>
<tr><td>理解层面</td><td>抽象</td><td>具像</td><td>具像</td></tr>
<tr><td>关键程度</td><td>很高</td><td>较高</td><td>低</td></tr>
<tr><td rowspan="2" colspan="2">组织方式</td><td>架　构</td><td>总协调</td><td>分理</td><td>协助</td></tr>
<tr><td>分　工</td><td>技术骨干</td><td>技术人员</td><td>协助人员</td></tr>
<tr><td rowspan="9">载体特征</td><td rowspan="3">传述</td><td>工匠表述</td><td>亲　身</td><td>较易</td><td>较易</td><td>容易</td></tr>
<tr><td rowspan="2">记录表述</td><td>文　字</td><td>较易</td><td>较难</td><td>容易</td></tr>
<tr><td>图　像</td><td>较难</td><td>较易</td><td>较易</td></tr>
<tr><td rowspan="3" colspan="2">传承人</td><td>代表人群</td><td>匠</td><td>匠、工</td><td>工、小工</td></tr>
<tr><td>传承方式</td><td>口授，跟随学习</td><td>跟随学习</td><td>临时学习</td></tr>
<tr><td>从师难度</td><td>较难</td><td>较难</td><td>容易</td></tr>
<tr><td rowspan="3" colspan="2">传承物</td><td>建成物</td><td>多为架构和关键导向性步骤，但不易体现</td><td>通过外形和表征可以大体判断</td><td>基本不体现</td></tr>
<tr><td>工　具</td><td>使用较少，种类单一</td><td>使用较多，工具种类也更丰富</td><td>较少</td></tr>
<tr><td>法式典籍</td><td>官方和民间传抄</td><td>罕见</td><td>无</td></tr>
<tr><td rowspan="3">举例</td><td rowspan="3" colspan="2">各工种内部主要工序</td><td>木　作</td><td>选址、定样、定尺、定丈杆、定榫样、立架（立柱）、检验等</td><td>备料、构件加工、小件尺寸制定，立架（立柱），组装，修整小木</td><td>搬运、磨刀、整理打扫等</td></tr>
<tr><td>石　作</td><td>选料、打荒、精加工、石雕、定位砌筑，检验等</td><td>开采、分割、打荒、粗加工、砌筑等</td><td>搬运、磨刀、拉风箱等</td></tr>
<tr><td>……</td><td>……</td><td>……</td><td>……</td></tr>
</table>

类丰富而且涉及面广，同时又是不均衡发展过程中的。因此在保护传统营造工艺的大前提下，对传统工艺的识别以及对工艺流程中传统元素（步骤）的识别，明确下一步保护对象的问题。作为非物质文化遗产的重要分支，传统营造工艺在识别过程中，继承了非物质文化遗产的一些基本判别方法。

我们的邻邦日本在传统手工艺保护的方面做了很多措施[一]，令我们尊重和学习的方面有很多。日本战后的《文化遗产保护法》[二]中称之为“无形文化遗产”，其定义范围为“在日本历史上、或者在艺术上有着很高价值的戏剧、音乐、工艺技术以及其他无形文化。”同时并建立了“个人认定”、“综合认定”和“保持团体认定”的认证制度。之后在上世纪70年代，日本在《保护传统工艺品产业振兴法》[三]中为需要保护的手工艺行业确定如下方面的限定：1. 在“日常生活”中使用的物品；2. 制造过程主要是手工操作，仅在不损坏整体趣味的辅助工作中使用机械工具；3. 采用传统的技术或技法制造；4. 能够使用传统的原材料，这样的材料要具有百年以上的使用历史，并且对人类和自然都是有利的；5. 在一定的地域内形成产业规模。这些规定都是日本审查传统工艺品资格的基本条件。90年代以后随着对工艺问题的进一步认识，即“未来的传统工艺品产业必须能够满足国民富足丰裕的生活需求而做出贡献的生活文化产业；是能够面向21世纪提供新的发展机遇的产业；是能够代表日本的国家形象并在世界上增强日本产业文化影响力的产业。”可以看到，日本的目光在近年已经从单纯的保护转向了发展型的判定，这是长期的传统工艺保护工作中所获得的经验为基础的。

[一] 徐艺乙：《日本的传统工艺保护策略》[J]，《南京艺术学院学报》，2008年第1期，第1～4页。

[二] 1950年5月30日制定文化遗产保护法，2007年3月修订，法律7号。

[三] 1973年9月在日本71届国会上，由五政党共同提出，一致通过并于1974年5月25日公布实施。

我国非物质遗产组织对传统营造工艺的识别工作尚在初步，中国多样化的工艺表征也造成了判别标准必须更切合实际。中国对于个别传统工艺案例的认定如香山帮传统建筑营造技艺，永定客家土楼营造技艺，三江侗族木构建筑营造技艺，西江千户苗寨吊脚楼营造技艺等，就是从紧迫性、独特性和艺术价值等方面来判定的，而事实上除了香山帮是以组织形式作为保护对象外，其他多个营造技艺多是以单一类型传承物为线索的保护。将价值寄托在传承物上，这是符合现存濒危遗产抢救的初衷的。而从长远看，传统营造工艺作为一个大的非物质遗产框架时，各种地域工艺系统都可以分解为“简单工艺元素”。在多种工艺载体同时作为保护对象时，这些个体文化遗产之间的交叉保护和协同保护，可以减少重复劳动和冗余数据，提高保护工作立案和执行效率。

同时近期本课题研究小组对传统营造工艺的对象进行了研究，并作如下限定："形成于一定历史时期，一定的地域范围内，传统建筑工艺拥有相近甚至相同的技术、方法与过程，同时拥有区别其他地域的特质。工艺经传统工匠代代相承，在社会文化变迁中，没有脱离其生存发展的自然与人文环境，也没有因受到外来技术影响而发生本质改变，并自然传承、自然演化……"[一]这是一个对传统工艺本体进行进一步辨识的过程，通过考察现存营造工艺中的传统因素，比对之后逐渐形成特定传统工艺内在的传承指向和工艺文化内核的综合判定。这是有利于找到现存传统营造工艺传承程度较高的对象，而进行针对性保护的。

从以上几方面来看，营造工艺遗产对于历史建筑保护具有直接指导意义，并具有相当的操作价值，这种手工流程的关键步骤在很长一段时间内无法被现代机械化所替代。中国传统营造工艺的内容具有特殊性。看似普通的工艺流程，植根于中国本土文化之中，蕴含了千百年的适应自然和人文环境的选择。所以对传统工艺保护要素的有效识别和价值认定，将是保护工作顺利开展的第一步。

[一] 陈栋：《中国传统建筑工艺遗产的原创性问题探讨》，硕士学位论文，同济大学，2008年，第4页。

「建筑文化」

贰

【部分与整体】

——中国古代建筑模数制发展的两大阶段

张十庆 · 东南大学建筑学院

中国古代建筑模数制作为一种生产、设计方法，与中国古代建筑性质相适应，是中国古代建筑技术发展的必然。中国古代建筑预制拼装的构成和生产方式，决定了中国古代模数制的基本属性为规格化与标准化，即以材料加工与构件生产的规格化和标准化，配合生产施工中的“预制”和“装配”的要求。基于木构建筑技术的模数制度，随技术的进步而不断地发展、演化。

事物的发展有其自身的规律和逻辑性，且前后承续，彼此关联，使得事物之间不再是孤立的存在，而是相互依存的发展。中国古代模数制的发展亦然，虽然历史现象远较分析推理复杂得多，但作为分析探讨，则力图把握住其主脉和基本特点，总结其发展的大致规律和逻辑过程，并希望能够接近和反映真实的历史过程。

历史上建筑模数制的发展在各时期具有不同的特色和变化，分析中国古代建筑模数制演化的大致趋势和倾向，模数方法的变化与模数程度的变化是其两个主要方面。由此引出部分与整体关系的两层含义，其一指模数设计方法上的部分与整体之间的主从关系及其变化；其二指模数程度上的部分模数化与整体模数化之间的演化关系。

一　部分与整体的关系

作为一种设计方法，中国古代模数制的特色充分表现在把握部分与整体的关系上，其基本思想及方法，即在于以单元基准权衡和把握整体与控制部分间的关系，形成了独特的部分与整体的比例观。这种比例观念和原则，早在战国时代的井田制上就有体现。从以井田制把握社会人口，以建立社会整体秩序，到以条坊制建立都城整体结构，以把握都城的社会功能，再到模数化的建筑生产这一系列的体系构成中，都反映出这种以单元基准把握整体构成的观念。

所谓单元基准，即用以权衡其他相关部分尺寸和比例的度量单位或标准。这一概念最初应来自于整体的等分。先人从整体的等分上，得到了单元基准的概念，并进而以此单元基准作为设计、衡量和把握整体的方法。这种构成上对部分与整体关系的认识和把握，表现了中国古代传统的思维模式。

单元基准随对象而变，并相互关联，所谓整体是相对的概念，是针对一定的单元基准而言的。某一构成的整体，或许就是另一构成的单元。总之，模数化的部分与整体的关系，目的在于以单元基准建立起整体的构成关系，并以之控制部分之间的比例关系。

这种单元基准思想在建筑上的表现即是“以材为祖”的模数方法，但建筑模数制又有其自身的特色。建筑尺度构成模数化的意义，在于有序地组织部分与部分及部分与整体之间的比例关系，且部分与整体的关系及其演化，成为模数性质及设计技术变迁的一个重要标志。在部分与整体的关系上，隋唐以来的演化趋势是：由整体到部分的方法转变为由部分到整体的方法，由此大致分出模数演化的前后两大阶段，即整体决定部分和部分支配整体这两个阶段。

二　模数制发展的两大阶段

由部分与整体的关系所区分的模数制演化的两大阶段，即整体决定部分和部分支配整体这两个阶段，其前后在思维方法上发生了根本的转变。比较两大阶段的特色，前一阶段强调整体，注重整体的结构关系，设计方法上从整体到部分，整体决定部分，以整体优先为原则；后一阶段强调部分，注重局部的形式比例，设计方法上从部分到整体，部分支配整体，以部分优先为原则。就前后两阶段的变化概括而言，即前者由整体的分割而决定部分，后者由部分的重复而支配整体。前后两个阶段的模数思想及设计方法大不相同，这从一个侧面反映了设计技术变迁的过程。

模数化程度的变化是前后两个阶段的一个重要标志，以模数化程度衡量模数发展的这两个阶段，前者表现为构件模数化，也即部分模数化阶段；后者表现为单体模数化，也即整体模数化阶段。前后两个阶段的变化，反映了模数技术发展由部分模数化到整体模数化的演化过程。也就是说，模数化的程度及其变化，伴随并对应于模数阶段的演化。

上述关于部分与整体关系转化的推演，下面将从开间尺度设定和梁架举折方法的变迁这两个方面试作论析。

三　部分与整体关系的转化

（一）开间尺度的设定与变化

地盘设计决定屋宇整体尺度的面阔和进深。具体到开间尺度的设定，随设计技术的变迁而有相应的变化。由文献记载及遗构分析可以看到，开间尺度构成经历了由整数尺开间到非整数尺开间的变化。这一现象背后的意义何在？推析应在于计量单位的改变，即开间尺度构成单位由营造尺向模数尺的转变，其根本还在于设计方法的变迁，即在部分与整体的关系上，从整体决定部分到部分支配整体的转变。这一转变的契机是补间铺作的出现及其对开间尺度构成的制约。

自唐代出现补间铺作以后，朵当成为开

间构成的要素，在开间与朵当的关系上，朵当渐由被动要素变为支配要素。开间尺度的设定，经历了从先开间后朵当到先朵当后开间的转变。前者由开间的分割而形成朵当，后者由朵当的重复而形成开间，开间尺度构成亦随之由营造尺转为模数尺。非整数尺开间的出现与间广构成的模数化之间具有因果关联。开间尺度的整数与小数是相对的，其取决于计量基准的设定，也即其所用之尺是营造尺还是模数尺。由营造尺计量所得的规整之数，在模数尺下则成零散小数，反之亦然。宋元以后非整数尺开间的出现，其实质即是间广构成趋于模数化的表现。作为部分的模数化朵当，支配了作为整体的开间尺度构成[一]。在这个演化过程上，推测《营造法式》仍处于前一阶段的末期，而《工程做法》则是后一阶段成熟和典型的表现。

（二）举折方法的变化

唐宋至明清建筑梁架尺度的设定与举折方法的变迁，亦是部分与整体关系变化的显著之例。其变化过程可概括为：宋式的先举后折（从整体到局部）与清式的先折后举（从局部到整体）。同作为梁架折面的构成方法，宋式举折与清式举架，表现出明显的整体优先和局部优先这两种方法的差别。宋式举折，先举后折，即先依梁架进深总跨度，确定梁架的总举高，然后由上至下，逐架折减，求得各缝槫位高度，形成曲折屋面；清式举架，先折后举，由下向上，逐架递加，即由檐步五举至脊步九举，求得各架檩位高度，由各架举高之和得到梁架的总举高。

在部分与整体的关系上，整体优先的方法，注重整体的尺度比例，由整体尺度比例入手，分割而形成部分的比例关系；部分优先的方法，着眼于部分的尺度比例，由部分尺度比例入手，叠加而形成整体的比例关系。宋式举折，总的高跨比为整数，而每一椽架的高跨比为非整数；清式举架，总的高跨比为非整数，而每一步架的高跨比则成整数。

宋、清开间尺度设定以及举折方法的变迁，其内因和本质是一致的，即构成上部分与整体相互关系的转化。

[一] 张十庆：《中日古代建筑大木技术的源流与变迁》，第五章，天津大学出版社，1992年版。

四　部分与整体关系的时代性

（一）《营造法式》模数制的阶段性

木构建筑技术的模数化倾向和雏形，应很早就已产生，用材的规格化即可视作是模数化发展的起点，且随建筑技术的进步而发展和演化。根据现存遗构推析，南北朝至隋唐时期模数方法已渐趋成熟，宋代更是一成熟和转型的时期。作为宋代建筑技术官书的《营造法式》，反映了这一时期模数制的性质和特色。如上文所述，建筑模数化的对象和范围可大致分作两个层次，即构件模数化与整体模数化，也即《营造法式》所谓的“名物之短长”与“屋宇之高深”（《大木作制度·材》）。这里需要讨论的是，在部分与整体的构成关系上，《营造法式》所处模数演化的阶段及其相应的特征。

《营造法式》卷四《大木作制度·材》：“凡屋宇之高深、名物之短长、曲直举折之势、规矩绳墨之宜，皆以所用材之分以为制度焉。”这一记述成为许多《营造法式》研究中据以推定《营造法式》模数化对象和程度的主要依据。若仅依字面理解，《营造法式》不仅构件尺度模数化，且已达到整体尺度模数化。但解读《营造法式》制度、功限内容并辅以宋代遗构的分析，似又未必如此。就《营造法式》大木作制度内容的本身来看，其材分规定只限于构件，而未及至建筑整体尺度如间广、架深和柱高；就宋代遗构尺度分析而言，间广、架深和柱高亦无明显的材分规定。相反，关于这一时期建筑的整体尺度，无论是《营造法式》的记述还是遗构分析，都表现出明显的直接以营造尺为单位的特色，两宋皇陵文献所记建筑整体尺度亦皆是直接取用营造尺。由此推析，《营造法式》时期的模数化程度仅止于构件模数化阶段，尚未及整体尺度。《营造法式》制度中对于“屋宇之高深”这样重要的整体尺度未作材分规定，亦非遗漏，其原因或很简单，即“屋宇之高深”根本就不在材分模数直接规定的范围内。这在《营造法式》制度及功限行文记述中表现得十分清楚，即《营造法式》中凡言及间广、架深和举高等，皆以实际丈尺记之。《营造法式》研究上，关于整体尺度看法的分歧，其实质即是关于《营造法式》模数化程度认识的分歧。认为屋宇整体尺度皆由材分规定的看法，或有可能夸大了材分模数的作用及其运用范围，这反而不利于准确把握当时的真实状况。实际上《营造法式》用材模数制度的根本目的，即在于控制木作构件功、料的经济目的，而不在于把握建筑整体尺度的设计目的。

从模数阶段性的角度认识《营造法式》，一些问题或就易于理解。如果我们承认《营造法式》模数制仍处于构件模数化阶段，那么，《营造法式》尺度计量上材分与尺丈并用现象的原因就变得清楚而不难解释了。也就是说，《营造法式》材分与尺丈并用，正符合《营造法式》所处的模数演化阶段的特色。由分析可见，《营造法式》木作制度中，独立构件的尺度皆以材分模数控制，而长料则以模数控制截面，长度直接取用营造尺。也就是说，材分与尺丈两种表记单位各有明确的对象性，即构件的尺寸以材分计，构材的长度（对应间广、架深与柱高）以尺丈计，同时这也吻合《营造法式》作为功料规范的性质。

从宋《营造法式》至清《工程做法》的发展，以模数化程度的角度而言，是构件模数化到单体模数化的演化过程。具体表现在两方面：其一，原先《营造法式》中部分未模数化的构件，至《工程做法》中已全面模数化；其二，由构件模数化演化为整座单体的模数化。相比较而言，《营造法式》的模数化程度远较《工程做法》为低，从《营造法式》建筑构件和节点的标准化设计与生产，发展至《工程做法》建筑单体的标准化设计与生产，表现了模数化程度的不断深化。

古代模数制的发展是一个渐进的过程，模数程度的提高和模数范围的扩大，即是模数制演进的两个主要方面。其总的趋势是从构件模数化到单体模数化，以及从部分模数化到整体模数化这样一个发展过程。且有理由相信，早期的构件模数化的发展也是一个逐步增进的过程，即从部分构件的模数化逐步扩展至所有构件的模数化，直至空间尺度的模数化。而构件模数化发展的极致必然走向单体模数化，模数的性质由部分模数化转为整体模数化。从宋《营造法式》到清《工程做法》的发展，正典型地表现和反映了古代模数制演化的这一过程。

模数制的发展应是与技术进步相适应的过程，各时期的模数制必有其相适应的程度与精度。这或许是在早期模数制的认识与把握上，应考虑的一个因素。

（二）整体模数化的形成时期

根据隋唐以来建筑模数制发展的趋势，以及现存史料的综合分析，元明时期应是模数制发展进程上的一个转折时期。尤其在部分与整体的关系上，这一时期随着“部分”强化到一定的程度，“整体”的性质即发生蜕变。模数的性质由部分模数化转向整体模数化，最主要的表现即间广构成的变化。朵当从不等距到等距的演化，是间广模数化的显著标志，其内在意义是模数化的朵当成为间广构成的制约因素。关于这一转变的具体时段，从文献及相关遗构分析来看，南宋永思陵建筑（1279年前）仍保持的是传统的整数尺间广形式，至元明时期，模数化的朵当等距之制应已形成。根据对与中土密切相关的日本禅宗样建筑遗构的统计，14世纪初，朵当等距之例仍属个别，至15世纪中期，则已成为主流和定式。相信中土的这一转变应始于元明之际，至清代而大成，并以《工程做法》颁行，成为官式做法和制度。

清代官式做法的模数制为“攒当·斗口”体系，在整体尺度构成上，以斗拱攒数定修广，间广全由攒当倍数为准。只要选定斗口尺寸，确定开间攒数，从构件到整体的一切尺寸就随之而出，清《工程做法》实际上提供了27种标准化的整体构成。至此，模数的演化完成了从构件到单体、从部分到整体的发展过程。

以生产的角度而言，所谓的模数化源于生产的标准化，模数化是生产标准化的提升。中国古代建筑的模数化进程，经历了从制材规格化到构件和节点标准化再到整体标准化这一历程。标准化的起点是制材规格化，至宋《营造法式》时已是典型的构件和节点标准化时期，《营造法式》中所谓的“造”，实际上即表示的是一种构造节点的标准化，而至清《工程做法》，则已演化为典型的整体标准化时期。

关于梁架举折方法的转变时期，似也与间广构成方法的变化大致同期。朱光亚先生通过对明代建筑的屋盖曲线测绘数据的分析，得出如下结果：从江南明代建筑及北京先农坛明代建筑来看，万历以前几乎都遵循宋代的举折之法，屋盖的总的高跨比是整数比，而在万历年间开始出现了后来清代定名的举架之法，总的高跨比不再为整数比，而每一步架的高跨比趋于整数比，由此得出明代万历年间前后是由举折之法转变为举架之法的时期这一推论[一]。由上述分析比较可见，间广构成与举折的变化，在元明之际表现出相同的特征和一致的演化趋势。

[一] 朱光亚：《探索江南明代大木作法的演进》，南京工学院学报，1983年(建筑学专刊)。

五　结语

纵观中国古代模数制发展的历程，模数方法的演化，实质上反映了设计技术的变迁。就部分与整体关系的演化现象而言，其背后隐含的是模数思维方式的改变。另一方面，起步于构件规格化的模数技术，发展至成熟期以后，整体模数化是必然的趋势。在整体模数化的制约下，整体由部分的集合而被动生成，整体设计再无主观机动的余地和必要。高度模数化和程式化，使得单体不再成为设计的主要对象，设计的重心转向群体布局，即程式化单体的组合与配置。伴随着单体被淡化，总体布局亦趋成熟和完善，群体及环境塑造得以强化。在这一发展进程中，进而群体布局亦逐渐趋于程式化。程式化成为中国古代建筑发展的一个趋势和特色，这而一切又都直接或间接地与模数化的发展及其阶段特性相关联。

参考文献

[一] 张十庆：《中日古代建筑大木技术的源流与变迁》，天津大学出版社，1992年版。

[二] 朱光亚：《探索江南明代大木作法的演进》，南京工学院学报，1983年（建筑学专刊）。

[三] 梁思成：《营造法式注释》（卷上），中国建筑工业出版社，1983年版。

【中国古代木结构谱系再研究】

朱光亚 · 东南大学建筑学院

2001年在广州的民居研讨会上我发表了《中国古代建筑的区划与谱系初探》的文章，当时主要从建筑本身的若干表征出发探讨区系问题，与从移民路线、方言、习俗的角度切入研究建筑文化的思路有所不同，为的是勾划出地域建筑文化的大致分区。转眼五六年过去了，如今，除了觉得论述未得展开之外还觉得对更为本质的东西探讨不足，故本文也就趁同侪相聚，再作抛砖引玉之论。

一　从文化地理研究到结构本体研究

自20世纪80年代始，改革开放前视为禁忌的文化研究在全国（也包括在建筑界）开展得如火如荼，大大拓展了建筑以及建筑史的研究视野和研究深度，其影响之大反映在三个方面：其一是改变了人们的建筑观念——建筑不再只是技术或艺术，建筑研究开始了对其背后的社会深层因素的求解；其二是用一个高层次的文化概念统合了原来两个层次较低又常常是分离的概念——一个既包括物质文化又包括观念文化和制度文化的高屋建瓴的概念，使建筑获得了应有的社会定位并解释了原来用低层次概念难以解释的现象；其三，无论是建筑遗产保护还是建筑的概念设计都不再只是停留在物质层面上，甚至于首先切入的是非物质的层面，大大拓展了创新的空间。在经历了近30年的文化思考之后，我们仍然可以说在许多领域建筑文化的研究还有许多重要的工作没有做，同时我们也已经看到另一个问题，那就是如果我们仅仅满足于文化的探究，如果建筑文化研究始终在建筑的内核之外徘徊，我们便始终找不到建筑自身发展的内在原因。以建筑区划为例，如果不能够深入到建筑本体，那么我们的工作便等同于文化地理学的研究，虽然文化地理学的研究给了我们极大的启发并激发了人们浓厚的兴趣，但它仍然不能取代建筑本体的矛盾分析。

建筑本体的矛盾分析就是回归对建筑的物质载体本身的分析，或者说我们要关注的是：那些观念的、非物质的文化因素最后是如何通过建筑内在的、物质的、技艺的因素来真实地发展变化的。在2001年的文章中，我列出了汉族地区的七个文化圈，如果加上少数民族的就共有12个区划。其中汉族区划中的楚汉文化圈和吴越文化圈发人深省：湖北四川从语系上讲属北方语系，但建筑用穿斗属南方结构体系；吴语是南方语系之一，但太湖流域一带却为抬梁，属北方结构体系。这些说明了旁系文化研究依然不能代替建筑文化的物质形态本身特殊性的分析。

现在看起来，我的文章对最本质的本体问题仍然阐释不足，这最本质的本体问题就是结构因素的体系分析。结构是建筑得以可靠存在的条件，是建筑得以附丽其上的骨架。梁思成先生将古代的《营造法式》比喻为建筑的文法[一]，我们可以说，古代匠师了然于心而对我们若明若暗的结构系统的知识或经验技艺正是文法中的句法，其他部分不过是修辞。现代建筑理论用空间来说明建筑的“无之以为用”的特点，对应的古代概念则不妨借用更有维度的佛家用语“六合”，结构就是构建起安全可靠的“六合”的物质支撑体。对于中国古代木构建筑而言，通常除了基础部分较为简单之外，其他五个向度的支撑体包括通常情况下的柱或墙体系和屋盖体系都是结构技术研究的重点，是句法中的难点。为了研究好古代木建筑构建“六合”的句法，本文还需从中国木构的基本结构类型说起。

二　抬梁穿斗井干再析

也许由于当年主流的建筑观念是艺术观的缘故，也许由于当年研究的重点在北方大式建筑，结构类型雷同，前辈学者早期对中国木建筑结构的类别研究并不多，见之于文字的最早的是刘致平著的《中国建筑类型与结构》——该书写于抗战时期，是刘致平先生在同济大学的讲稿，印成书已是1957年了。20世纪50～60年代编著、70年代末出版的刘敦桢主编的《中国古代建筑史》对中国古代木构架的概括是：“有抬梁、穿斗、井干三种不同的结构方式，抬梁式使用范围较广，在三者中居首位”[二]。抬梁式在刘致平著的《中国建筑类型与结构》中称架梁式[三]，在潘谷西主编的《中国建筑史》教材中亦称抬梁式[四]，显示了这一称谓来自学者。穿斗称谓来自南方民间，说文解字曰：“穿，通也，从牙在穴中”，而对斗的解释是：“斗之属皆从斗”，度量衡的改变使今人已难解此句了，辞海解曰：“口大底小的方形量器，有柄，也用作某些有柄器物的名称，如熨斗、烟斗。”可见穿斗有着榫和卯的内涵。《中国建筑史》根据南方的用法指出穿斗式“或称串逗式”，“逗”在南方语系中是“凑”即凑起来的意思，指的就是南方建筑中的串枋是由数根小木枋用硬木销子穿过从而相拼相凑而成。建筑界较早将穿斗成于文字者亦见于刘致平《中国建筑类型与结构》。井干一词古已有之，《辞海》的解释为：①井上的栏圈；②楼名，《汉书·郊祀志下》：“立神明台，井干楼，高五十丈”，颜师古注：“井干楼，积木为高，为楼，若井干之形也”，可见汉代已有井干形的木楼了。

抬梁和穿斗都是在井干的基础上演变发展起来的。抬梁中殿阁式做法的层叠式结构逻辑同井干如出一辙，陈明达先生更阐释过斗拱与井干的联系[五]。云南丽江的多种民居更显示了井干向穿斗演变的有趣过程及穿斗抬梁的节点与井干的渊源关系，但结果是分道扬镳了。

井干与另两类结构的差异显而易见。抬梁与穿斗的界限则扑朔迷离，例如人们常提到若干建筑是“抬梁和穿斗的混合”，说“明间是抬梁，山面是穿斗”。本人 2001 年的文章已经较为详细地陈述了作者对抬梁、穿斗的概念的界定，认为穿斗的本质是“穿”，“斗”即“逗”，其形象上的特点表现为以柱承檩而不是以梁托檩（脊檩除外）。认为柱柱落地（其实就是在穿斗民居中也不是柱柱落地）与判断穿斗无本质联系。这里需要再补充与穿斗相关联的两大特征是：第一，穿斗结构的通行区域都是盛产杉木(Cunnnghamia lanceolata <Lanb.>Hook.[六]) 或以杉木为主要商品建材的地区，杉木生长较快，细而高直且较松木具较强的抗白蚁能力，是南方民间普通人家常用的建筑用材，穿斗结构中枋和檩、椽的木质为杉木，普通的山地民居的柱和梁也用杉木；第二，大多数穿斗建筑的椽子为板椽，断面为矩形，高小于宽，呈板状，从脊步到檐步常由一根椽贯通，上部常作冷摊瓦，与力学原理相悖的断面其实显示了实用理性的智慧。这两大特点都与南方的自然条件有关，而第二点既使得穿斗屋顶取得构件轻巧的优点，也产生出一种缺点，即在提高屋面保温隔热性能从而增加荷载或在表达庄重审美需要加大构件尺寸时容易被抬梁式取代。抬梁穿斗更为深刻的差异表现在榫卯的不同做法上。梁搁在柱上和梁插在柱中受力状态是相当不同的。木构榫卯研究是个十分复杂的问题，是简单的理论分析无法解释的。我的学生乐志在通过足尺模型的受力测试后得出结论：不能简单地将榫卯连接看成是铰接，在一定的范围内榫卯具有抵抗变形的能力，即在一定的幅度内提高节点的刚度[七]。淳庆博士比较了同为四步架进深不用中柱和用中柱时的穿斗和抬梁两种体系的受力状态差异[八]，结果显示，如果不用中柱，穿斗式木构架在横向水平荷载下的侧向位移约是抬梁构架的五分之二，纵向则两者基本相同；如果用中柱，则穿斗在横向水平荷载下的位移是抬梁的五分之三。连同自振周期的对比都说明在横剖面方向上穿斗式构架的刚度较抬梁式大得多。

[一]《梁思成文集》，《大同古建筑考察报告》。

[二] 刘敦桢主编：《中国古代建筑史》，中国建筑工业出版社，1984年第二版，绪论第三节。

[三] 刘致平著：《中国建筑类型与结构》，中国建筑工业出版社，2000年第三版，第三章第56页。

[四] 潘谷西主编：《中国建筑史》，中国建筑工业出版社，2004年第五版，第一篇绪论。

[五] 陈明达著：《营造法式大木作制度研究》，中国建筑工业出版社，1988年第一版。

[六]《中国主要树种的木材物理力学性质》，中国林业出版社，1982年第一版。

[七] 东南大学硕士研究生乐志论文《中国传统木构架榫卯及侧向稳定研究》。

[八] 此处引用的是淳庆博士的未刊稿《穿斗式木构架与抬梁式的结构分析》。

对结构体系类别感兴趣并诉诸文字的还有孙大章先生2001年发表在《小城镇建设》第9期上的《民居建筑的插梁架浅论》一文，该文的特点是不对抬梁和穿斗原有的概念作严格界定和调整，而是把在穿斗地区的祠堂等使用五架梁的大空间建筑的构架重新命名为插梁架，即梁不是搁在柱上而是插入柱中的。该文指出由于杉木抗剪能力强，即使入柱榫头较梁截面减少了2/3，仍无大碍（实际是宽度减小而高度仍有较大的尺寸，且减小是逐步的）。该文又从建筑上作了多种分析，包括对其历史源头与《营造法式》中的厅堂建筑有关的分析，其中十分有贡献的是指出了“北方抬梁式的山面梁架填加了中柱，其结构方式已然有插梁的特色了”，即北方抬梁式构架的山墙做法不应说成与“穿斗相结合”。

但这并不否定抬梁和穿斗的相互影响，按苏秉琦先生的分析，早在新石器时代，南北文化已经有过多次的交往和相互影响[一]，那么榫卯技术早在各地木构中不同程度的发育就毫不奇怪了。晚期交流更频繁，加上主流文化的强大影响，交融甚多，《营造法式》本身就已是中原建筑文化和江南建筑文化交融的反映了[二]，丁头拱和插拱本来就是相通的[三]，元明北方的抹角梁加虚柱与南方的吊柱也有异曲同工之妙。再晚，我们不仅在南方庙宇中看到抬梁式构架，看到铺作斗拱，也在南北方过渡地带即淮河流域看到同一地区既有抬梁又有穿斗，在这些地区的某些同一栋建筑中部分梁搁在柱上部分梁插入柱中，甚至看似搁在上面实为柱穿透过梁直上承檩。这些地区和这些建筑才不妨称作抬梁与穿斗的混合。但是，那些与地方材料特质及气候特质密切相关的工艺不会在民间建筑中轻易改变的。榫卯早已是整个中国建筑的共同工艺，但榫卯只是穿斗中的“穿”的一部分，且同为榫卯，南方构架中更多地用透卯，南方的纵向串枋或山墙梁枋常穿过卯口作连续梁状态，北方的山墙上的枋则呈简支梁状。

三　中国若干另类和濒危的木结构类型

除了抬梁、穿斗、井干之外，即使我们暂时不把孙大章先生的插梁式结构单独列为一类，中国古代木结构也还存在着其他的结构类型，它们是中国古代木构体系的重要组成部分。在刘敦桢主编的《中国古代建筑史》中就提到“在上述三种结构形式以外，西藏、新疆等地区还使用密梁平顶结构[四]”。同时该书的木构桥梁插图中，还显示了木拱和悬臂梁结构。近年的研究及新的发现则说明，即使不涉及桥梁，中国古代的木构还有其他的类型，只是随着当代的大规模城市化进程及不当的处置措施，它们大多已处于濒危状态。现一一列举如下：

（一）窝棚式结构

窝棚是人们对往日贫民阶层贴地而筑的简陋住所的称谓，有三角形和船篷型两种剖面形式。此处借用其形态特点用作表述古代一种三角状剖面形式的结构类型。云南晋宁石寨山出土的一批汉代青铜器显示了当年的一种建筑形态，它的屋顶部分十分突出，每侧的原木两两相交，构筑起三角形的室内空间，很像今日我们能够看到的日本神社建筑，它可以说是井干建筑的变体，《中国古代建筑史》将之归入井干结构。如果说这批出土文物只是反映了古代的一个地区的结构形态的话，那么上世纪末出土的绍兴印山大墓墓室则一下子使我们的认识大大拓展了，人字形的屋墙一体构件两两相抵，上面另一屋脊式木枋将之嵌固，没有了井干式的墙，屋墙一体构件的脚抵在同样是一根根方木组成并拼作地面的木枋上，底跨接近6米，这已是无墙的独立的窝棚式建筑了。它似乎昭示我们，早在春秋时期，不仅在云南等西南地区，而且在浙江等东南地区也存在着窝棚式结构。井干式建筑的存在条件是因为森林资源丰富，印山大墓的木枋多在60～80厘米见方，其原木直径当在1米左右，可以想象当年的一片荒蛮的生态环境。日本学者根据人类学和考古成果曾经推断，西起云南东达日本列岛的环太平洋海岸地带是一个稻作文化传播带。现在，不仅农业考古而且建筑考古的新发现显示，窝棚式建筑的使用地带不仅有了两端，而且中间的空白开始被填充。

最简单的窝棚式结构至今仍然被农民和渔民在田头塘边使用，只是我们忽视了这种结构以及它们的最初方式。

（二）网架式结构

网架是一种上个世纪后半叶才发展起来的空间钢结构，它的受力系统是三维的，它通过球形节点连接起断面较小的杆件，在整体上创造出巨大的空间跨度。这里只是借用这一称谓描述古代的一种空间三维受力的木结构。山西太原晋祠难老亭就是这一结构的典型案例，它昭示了中国古代曾经辉煌如今却凤毛麟角的一种三维结构形态。晋祠难老亭（及较之稍晚一点的善利亭）重建于清初，亭平面八边形，对径近7米。在北方抬梁式建筑中，对径超过3米的攒尖顶建筑必用扒梁或抹角梁（有时加垂莲柱）或直接加柱支撑，其大者如应县木塔，小者则有大量的清官式或非官式的亭榭，如北京北海公园的松柏交翠亭。而难老亭对径近7米仍然不见柱和扒梁，在北方这类抬梁系亭榭类建筑中角梁多为2椽径×3椽径，即大约在14×21厘米以上，但难老亭角梁比椽子大不了多少，除了垂莲柱外所有的屋盖构件都是宽度仅7厘米左右的矩形枋子。这一结构技术创造了轻巧、富丽的空间效果。

难老亭虽为清构，但这种做法其实透露着更早一点的信息，上下两道木枋正是《营造法式》中襻间中串枋做法在攒尖顶中的变化。山西大同善化寺钟鼓亭不妨看成是这种结构的雏形。在小一些的攒尖亭中直接用角梁

[一] 苏秉琦：《中国文明起源新探》，三联出版社，1999年第一版。

[二] 潘谷西：《〈营造法式〉初探(一)》，载《南京工学院学报》，1980年第4期。

[三] 潘谷西主编：《中国古代建筑史》多卷集，第四卷，第九章。

[四] 刘敦桢主编：《中国古代建筑史》，1984年第二版。

一道与雷公柱（南方称为灯心木）及檐檩构成多边形锥体的空间构架。

（三）金字梁架

金字梁架是苏北民间匠师对一种类抬梁式的屋架的称谓，这种屋架从目前调查到的资料来看，主要集中在苏北，从文化圈来分析也应该分布在鲁南。这种屋架与抬梁最大的不同是增加了斜向的两个上弦杆，它与欧洲传来的豪氏屋架似乎有异曲同工之处，虽然它的力学分析完全达不到豪氏屋架的理想状态。它是否是民间工匠在受到外来建筑技术启发后作的想当然的改进呢？如果说它是传统抬梁受了东渐的欧风影响而发生的进化，那么它应该有较为明确的传播路线，例如运河两岸，但目前发现的实例分布却并非如此[一]，在有的建筑群中如邳州土山镇关帝庙，金字梁和抬梁同时出现在不同的殿宇中。另一说是它源于古代的大叉手，苏北地区颇具古风，例如近代民居至今保存着汉明器上才看得到的插拱，从逻辑上说保存某种古法也有可能。不管怎样，它是单独存在的一种行架式木结构，并且不再在民居中使用，值得在建筑遗产修缮中予以保护和在学术上作更深入的研究。

（四）纵架平椽

无论是抬梁还是穿斗，如果我们将屋架和柱连在一起看成是现代结构分析中的排架，那么通常的抬梁和穿斗都是沿建筑短边即横向布置，而藏传佛教寺庙如大昭寺中的木构，除了上部为平顶即《中国古代建筑史》中所说的“密梁平顶”因而不同于汉地抬梁式建筑之外还有另一大特点，即木构架联系在一起形成类似排架作用的是发生在纵向，横向的联系仅靠木椽单跨搁置，是非常薄弱的。

杨鸿勋先生根据新石器时期建筑遗址上留下的柱洞不对位等特点，推测过当时的木构架属于纵架类型，但汉地建筑遗存却找不到成体系的实物案例了，藏族建筑中的纵架平椽体系不管其形成的原因与汉地有多么不同，却也填补了这一类型的实例空白。

（五）凳架结构

藏地建筑除了庙宇中的纵架平椽体系之外还有一些副产品。在云南中甸（现改名为香格里拉）的藏族民居中，平顶之上还加了一层坡顶，两层屋面之间的空间用作晾物和储藏，上面这层坡顶也使用木结构，有木屋面板和承板的檩，有趣的是檩既不是放在梁上也不是放在柱上而是放在板凳式的架子上，这种结构十分简单，却不可能推广到其他地方，因为它是放在屋顶上的，也因为它不需要什么榫卯或钉销联接，抗风能力甚差，只能用在四季无大风的地区。

（六）混合结构

北方的抬梁建筑中，木构是结构体系，墙体是填充的。在西北的夯土民居中，即使夯土墙被水泡塌了，埋在土墙中的细细的木柱仍然支撑着屋盖，显示了中国木构建筑墙倒屋不塌的特点。但另一方面，无论是早期还是晚期，中国古代也都存在着混合式的木结构。晋祠的鱼沼飞梁是木与石的混合，这里石柱和木梁都是结构构件。江南以及某些北方的宋至明代的楼阁式塔则多是木与砖的混合，木的腰檐和砖的塔身都是结构的一部分。广东、福建一带民居盛行硬山搁檩的做法，是砖木、土坯和木的混合结构，待到这一体系传至多地震的台湾，墙倒屋也倒的悲剧便不时发生。现存的较早的将木构搁在砖墙上的实例是徽州明代弘治年间的司柬第的后墙，以及明代后期建造、清乾隆时期修缮的徽州大观亭的底层外墙。

如果追溯到早期，孕育了高台建筑的夯土台与木廊庑共同工作正是早期的混合结构的典型。保存类似做法的某些藏地喇嘛塔（例如江孜白居寺班根塔）不妨看做其孑遗。甚至可以说，布达拉宫和大昭寺等藏地建筑也是这种围绕土台构建房屋做法的延续和发展，其纵架做法也由此而生。洛阳北魏天宁寺塔遗址及邺城北朝佛塔

遗址保留的塔心处高高的夯土台残迹多少可以显示后来的佛塔的砖或木的塔心柱的由来，故早期土木混合结构对中国木构建筑后来的发展功不可没。

四　中国古代木构谱系的时空分布

2001 年的建筑文化区划图是对现存建筑遗产文化分区的归纳，而在历史上随着自然环境尤其是社会环境的变化，建筑文化包括某些结构形态在分区方面都有过不同的变化。

2001 年，朱光亚先生在文章中根据南北方现存的石构和木构遗存说明："古代建筑的地域差异似乎没有后世那样大"[二]，自河姆渡到宋代，"还缺少足够的证据来厘清建筑的地域差异"。我们确实还难以准确地勾画出历史上不同的结构体系的应用范围，但日益增多的考古成果显示，现已无存的民间建筑较庙宇、衙署等建筑显示出更多的地域特点，本文根据上两节的分析试图对其时空分布做一些零碎的尚不能连成片的推断：

1. 至少是汉代及汉以前井干式建筑是淮河及其以南各流域的重要结构类型，它的变体窝棚式结构以不同的等级和形态被广泛地使用在地上和地下。

2. 从遗址出土构件上的痕迹来看，约七千年前的河姆渡文化所处的时期及以后榫卯已被应用在当时东南沿海一带的井干和窝棚式建筑中，比抬梁更依赖榫卯的穿斗体系诞生在多杉木的南方就不奇怪了。井干向早期的穿斗和抬梁演变应该发生在周秦时期。

3. 晋室南迁和宋室南迁是中国历史上两次中原主流文化南移的重要时

[一] 东南大学李新建的硕士论文，《苏北传统建筑工艺研究》。

[二] 朱光亚：《中国古代建筑区划与谱系研究初探》，见陆元鼎、潘安主编：《中国传统民居营造与技术》，华南理工大学出版社。

期，客家及其他南渡移民不仅带去了坞堡式建筑类型，也带去了抬梁式的影响，今天在闽南等地的建筑中叠斗做法也许应是这种影响在民间建筑中构造变化的遗存。但除了那些庙宇中的殿阁式建筑之外，梁、枋与柱的节点关系仍然是穿斗的。改变了体系的地区只有现今苏南浙北。此区域是南宋的京畿地区，是商品经济较为发达的地区，也是夏热冬冷地带的南侧，加上《营造法式》在苏州的重新颁行，显示了制度文化和使用的需求在这一地区有一致性。

4. 朱明王朝定都南京及明初的审美复古趋向以及永乐迁都虽然再次促成了南北建筑文化的交流，但并未改变两京原本的抬梁体系，改变的只是构造做法。加上清代后期的湘军、淮军东进也只是扩大了楚汉建筑文化对东部的影响。

5. 从元代蒙古人南下云南到清代的改土归流以及湖广填四川等大移民措施都促成了各民族文化的融合，汉化了的白族和纳西族的建筑虽然显示了井干向穿斗及穿斗向抬梁转变的倾向，但其民间建筑的体系仍是穿斗，云贵川的殿阁式庙宇也保存着大部分穿斗特点。

五　东西方木结构比较

人们在讨论中国建筑遗产保护的方法策略不同于西方时常说西方是砖石结构为主，中国是木结构为主，其实欧美的古代建筑遗产中有大量木结构和木石混合结构，早中期同样有着井干结构及其发展的变体，将中国木结构与西方木结构的保护作比较才更有意义。本文不谈观念，现就木构本身的差异性作些比较。就文艺复兴至20世纪初的欧洲木构建筑与中国的明清木构相比，至少在体系上有如下一些差异：一是将中国的梁、檩、椽与欧洲的beam or truss\ purling\ rafte相比，不少情况下truss的排列较密，相当于檩的purling的作用远没有中国的体系中那样重要（国人甚至将脊檩称为梁），而rafter的作用却远远大于椽的作用，这一特点可能与欧洲的建筑主入口开在山面有关联；其二，truss已经具备了木桁架的受力特点，而中国明清的官式建筑中斜向的托脚已消亡，梁的受弯形态没有变化，中国工匠的智慧主要是设法将跨中的集中荷载转移到边上；其三，欧洲系统中榫卯较为简单，通过金属构件加强了节点的刚度，通过与石墙等的连接形成混合结构，中国却仍在原来的体系内深入，建筑的木构榫卯技巧在明代登峰造极，这种榫卯的工作机制我们还没搞清楚，但对于中国等多地震的国家来说显然施惠于人。

自然，这种微观和中观的比较必须摆在历史长河的宏观的文化比较中认识才能清楚定位，已有不少文化比较学者和建筑学者作了有益的工作，本文省略这方面的阐释。

我们还不妨与我们的东方邻居，同属于汉字文化圈的韩国和日本的木结构作些比较。由于历史上频繁的文化交流及相近的气候等自然环境，中、日、韩三个国家的木构有着密切的关联和甚多的相似性。对于三国间的木构建筑的比较研究，相关性研究和差异性研究还处于起步阶段，本文只就个人看到的有关结构方面的若干差异提出些问题求教于大家。第一，能否用抬梁、穿斗和井干或对应的韩语和日语的名称来概括两个邻国的古代木构体系？查日本建筑学会编的《建筑术语集》[一]，书中虽有反映古代木构的图和术语，但皆未涉及结构体系，也未见相应于抬梁之类的名词。如果就借用中国的称谓，日韩两国主要侧重哪个体系？如果不能借用说明其结构，那是什么体系？第二，不管体系相同或不同，最大的差异是什么？

[一] 日本建筑学会在1924年编撰了这本既有西洋建筑又有日本建筑内容的书。

日本的神社建筑一直保持着井干建筑的基本特点，但日韩两国的其他木构建筑大多显示了梁—檩—椽系统，加上历史上两国从中国的南北两方都接受过影响，从两国的建筑遗存上都能看到分别相似于中国南方和北方做法的细部，十分容易将它们等同于中国南北方建筑技艺的叠加。像日本东大寺那样的建筑虽然尺度雄伟也仍然与中国南方的穿斗有着太多的相似性，其日语天竺样的称谓也可说明其所出。但穿斗是以高而直的杉木为原材料的，韩国似乎松木多而杉木不多，没有必要学“穿”、学“斗”，日本的森林资源更丰富，其中的杉树似也不同于中国的水杉。从日韩两国现存的著名的木构来看，木构件仍然是层叠式的，如韩国的浮石寺和日本的凤凰堂的一些楼阁建筑的柱子仍不采用通柱，韩国的被称为二柱亭的牌坊式建筑连为了抗风需要在中国常常用插拱的节点也宁肯改用另外加擎檐柱等方式来解决，并辅以与抬梁相匹配的铺作斗拱。日本的木塔的外圈柱网更是层层叠加而不是如中国西南地区鼓楼那样的结构。这些都说明了搭积木似的层叠的抬梁式的建构方式是韩国、日本木构的基本建造逻辑。我们不妨简单地说韩日两国的木构主流是“抬梁为体，穿斗为用”的。

但在结构层面的差异是什么呢？从外观上似乎看不出太大的质的差异，但有一点是同中国木构甚为不同的。韩、日两国建筑中的屋面厚度惊人且屋面上下两面不平行，虽然中国古代有草架做法，江南有复水椽做法，闽南有假厝做法，但从来没看到如东大寺及日本木塔那种藏在屋盖层里巨大的斜向的木构件（日语谓“桔木”），相形之下，与中国相似的檐椽和飞椽都不过是显示身份的外在的次要构件了，如果我们借用中国元代的大叉手的称谓说明它，那么可以说，至少在日本，在效仿中国木构外表的同时用神社似的斜向大叉手构建雄大的出檐并借用这一隐藏的构件去承载其他的构造性和附丽性构件才是日本的结构特点。

【建筑文化的传承、融合与演变】

吴庆洲 · 华南理工大学建筑学院

在世界性的文化热中，中国建筑学界的专家、学者怀着高度的社会责任心和历史使命感，举起了建筑文化研究的旗帜。自 1989 年 11 月在湖南长沙召开了第一次“建筑与文化”学术讨论会以后，1992 年 8 月和 1994 年 7 月又分别在河南三门峡市和福建泉州市召开了第二次和第三次“建筑与文化”学术研讨会。第四次、五次、六次和七次全国“建筑与文化”学术研讨会分别在长沙、昆明、成都和庐山召开。“十五”国家重点出版工程《中国建筑文化研究文库》32 本著作正陆续问世。建筑文化的研究正在中国学术界引起更广泛的重视，并取得丰硕的成果。本文拟对建筑文化的传承、融合与演变作一探讨。

一　文化的四种现象

任继愈先生指出，有四种文化现象值得引起注意，即：

第一，文化的继承与积累现象；

第二，文化衰减与增益现象；

第三，文化的势差现象；

第四，文化的融汇现象。

作为子文化的建筑文化，她与母文化同构对应，与母文化之间表现为适应性和相似性。因此，文化的这四种现象，也同样存在于建筑文化中。

二　建筑文化的三个层面

美国的“人类学之父”泰勒（1832 ～ 1917 年）在《原始文化》一书中，把文化定义为“是一个复杂的总体，包括知识、信仰、艺术、道德、法律、风俗，以及人类在社会里所获得的一切能力与习惯。”

文化是人为了满足自己的欲望和需要而创造出来的：针对自然界，创造了物质文化；针对社会，创造了制度文化；针对人自身，创造了精神文化。物质文化、制度文化和精神文化为构成文化大系统的三大子系统。

物质文化子系统包括：人们为满足生存和发展需要而改造自然的能力，即生产力；人们运用生产力改造自然，进行创造发明的物质生产过程；人们物质生产活动的具体产物。

制度文化子系统包括：人们在物质生产过程中所形成的相互关系，即生产关系；建立在生产关系之上的各种社会制度和组织形式；建立在生产关系之上的人们的社会关系以及种种行为规范和准则。

精神文化子系统包括：人们的各种文化设施和文化活动，如教育、科学、哲学、历史、语言、文字、医疗、卫生、体育和文学、艺术等；人们在一定社会条件下满足生活的方式，如劳动生活方式、消费生活方式、闲暇生活方式和家族生活方式等；人们的价值观念、思维方式和心理状态等。

文化的三个子系统组成了文化的三个层面。表层是物质文化，为技术系统；中层是制度文化（或称社群文化），为社会学系统；深层是精神文化，为意识形态系统。

作为与文化母体同构对应的建筑文化，也是由以上三个层面构成。建筑作为人们营造活动的物质产品，作为物质文化的特征是显而易见的。建筑的营构中注入了制度文化的内涵。以住宅为例，帝王之居为宫室，官僚贵族之居为府邸，百姓之居为民居。中国传统建筑的营造必须符合“礼”制，建筑所用材等、开间、着色、装饰都有严格的等级制度。因此，制度文化构成了建筑文化的中间层面。建筑文化中包含了精神文化，精神文化建构了建筑文化的深层层面。建筑体现了一定的哲学思想，而哲学是文化之精华部分。中国古代的哲学主张天、地、人三材合一，《老子》提出“人法地，地法天，天法道，道法自然”的原则，这种哲理也是指导建筑营构的最高准则。所以，中国传统建筑以“象天法地法人法自然”为意象，以象征主义表达五大观念系统。中国传统建筑如此，外国建筑也不例外。以古埃及建筑为例：

与中国古代“天圆地方”之说不同，古埃及人认为，地是一个长方形平面，天则是由四根大柱子支撑着的矩形平面，古埃及的神殿正体现了这一种宇宙模式，其平面布局呈矩形，铺地象征地平面，大殿四角立有圆柱支撑代表天空的平顶。排列在神庙门前的方尖碑，起源于古埃及人对太阳神的崇拜。其形状为柱体，顶端呈金字塔的锥状，碑顶裹以金箔和铜箔，在太阳光下灿烂夺目，埃及建筑的柱头上装饰各种植物，其中最常见的纸草花和莲花分别是下埃及和上埃及的图腾，有图腾文化的内涵。

建筑文化之深层的精神文化，是建筑之灵魂。以往的研究中对表层的物质文化及中层的制度文化下力气较多，而对其深层的精神文化挖掘得不够。发掘建筑的深层文化内涵，可为建筑创作提供借鉴，具有重要的现实意义。

二　建筑文化的传承

文化好比一条长河，有源有流，有主流

有支脉，源远则流长。文化的继承和积累，与江河之源流同理，割断新旧文化之间的联系，新文化就会成为无源之水。文化的变革不同于政权的转移，它具有传承的特点。建筑文化也是这样。下面拟举例说明之。

印度佛教的塔，称为窣堵波，为梵文 stupa 的音译，巴利文称 Thupa，译为塔婆，原意均指坟冢。印度《梨俱吠陀》（约成书于公元前 1500 年）中，已有窣堵波的名称。对窣堵波的起源有两种说法，一种认为它由印度史前时代巨石古墓式的葬丘或坟冢演化而来，另一种认为它是对中亚远古民族坟丘习俗的传承。在古印度吠陀时期（约公元前 1500 ～前 600 年），诸王死后均建窣堵波以收藏舍利（即遗骨等物）。窣堵波崇拜作为文化现象一直继承下来，古婆罗门教和耆那教以及佛教都不例外。相传佛陀圆寂后，其佛舍利由八个国王分取，建八座窣堵波供奉。后来，阿育王又取出舍利，建造八万四千座窣堵波分别收藏。

印度现存桑契大窣堵波即为阿育王时所建（约建于公元前 250 年），并于公元前 150 年扩建成现状。它由台基、实心半球体、顶上正方形围栏和三层伞盖组成。而方形围栏和三层伞盖是佛教窣堵波特有之物。印度古代的达罗毗茶人盛行生殖崇拜。由于佛陀在菩提树下悟道，使这古老的传统有了新的内涵而得以传承。它产生的新的象征物是世界之树——佛塔的相轮。其他宗教虽建窣堵波，其顶却无相轮，相轮于是成为佛教窣堵波的独特符号。

四合院的建筑平面形式是中国建筑的最常见的平面形式之一。近年在陕西岐山县凤雏村发掘了一组西周早期建筑遗址，碳 14 测定年代为公元前 1095±90 年，即约距今 3000 年。这是一座两进四合院，是目前已发现的中国最早的四合院。建筑的下部有排水设施，一处在建筑的东南隅，为用陶管或河卵石砌成的排水管道。在住宅的“巽”位——东南角设排水出口，在 3000 年前的西周建筑中已有此做法，一直沿用到明清。四合院及其排水出口方位的 3000 年沿用，是建筑文化传承的又一例证。

明清紫禁城内的内金水河，从城之西北角（“乾”位）的玄武门之西的涵洞流入城内，沿城内西侧南流，曲折蜿蜒，流过武英殿、太和门前等处，从城之东南角（“巽”位）流出紫禁城。该河是城内最大的排水干渠，兼有供水、排洪、防火、园林绿化等多种功用。金水河之名，元已有之。北宋东京城入大内灌后苑池浦的河道也叫金水河。据考证，“帝王阙内置金水河，表天河银汉之义也，自周有之。”（《古今事物考》卷一）可知，金水河象征天上的银河，其名称和与中国古代象天法地的规划意象有关，积淀了丰厚的建筑文化内涵。

明北京宫城（即紫禁城）的营建是仿明南京宫城的模式的。明南京皇城，北倚钟山，气象雄伟，城址北部有个燕雀湖，宫城是填湖建造的。由于填湖造宫，宫殿地基下沉，出现南高北低的倾斜状。由于大地势是北高南低，湖被填，造成宫，但原来从东北方向来的水照旧向这里流。南京宫城的金水河是沿原来地势最低下的燕雀湖的西南边缘修挖的，是顺着水流趋势必然的、别无选择的排水路线。凤阳明中都的金水河是人工开挖的，完全按南京金水河的形状走向。明永乐营建北京宫城，又悉如旧制，以南京金水河为模式，挖了内金水河，把其排水干渠的重要内涵继承了下来。这种继承并非生搬硬套，“与自然地形自西北向东南下降约2米的坡度完全符合”[一]。可见，建筑文化的传承的部分往往是其合理的精华部分，而不合理的、无生命力的糟粕，则可能在历史发展的长河中被淘汰。

四 建筑文化的融合与演变

任继愈先生指出：“文化不是死的东西，它有生命，有活力，具有开放性和包容性，不同文化相接触，很快就会发生融汇现象。处在表层的生活文化（如衣食器用等），很容易被吸收，处在深层的观念文化（如哲学体系、价值观、思维方式等），不是一眼就能看透的，要有深厚的文化根基和较高的文化素养才有可能发生交融。……这是一种高层次的融合，这种融合只有在双方都有深厚文化基础的伟大民族间才有可能发生。

古代中印文化的融合正是这种高层次融合的范例。

佛教在传入中国之前，已经历了一系列文化融合与演变的过程。

释迦牟尼创立的原始佛教基本上是无神论，其教义本质上是实践性的，认为宇宙的盛衰、人的生死都出于变化无常的自然规律，其教义的核心内容是讲现实世界的苦难和解决苦难的方法。佛陀圆寂后百年，佛教分裂为上座部和大众部，又再分为诸多部派，部派佛教又衍化出大乘佛教，大乘佛教吸收了婆罗门教的宇宙论，而佛教建筑的窣堵波则成为这种宇宙论的物化形式，被赋予种种象征意义。

大窣堵波的覆钵“安达”梵文原义为卵，象征印度神话中孕育宇宙的金卵。方形围栏和伞盖源于印度先民的生殖崇拜文化，乃自古代圣树崇拜及围绕圣树的围栏衍化而来。伞柱象征宇宙之轴，三层伞盖代表诸天或佛、法、僧三宝。伞正下方通常埋藏舍利，舍利隐喻变现万法的种子。四座塔门标志着宇宙的四个方位。朝拜者从东门入，按顺时针方向，沿着右绕甬道，绕塔巡行礼拜，与太阳运行的轨道一致，与宇宙的律动和谐，从而求得从尘世中超升灵境。

桑契大窣堵波四门的雕刻萃集印度早期佛教艺术的精华。其题材主要是本生经和佛传故事。雕刻中只用菩提树、法轮、台座、伞盖、足迹等象征符号来暗示佛陀的存在，因原始佛教不主张偶像崇拜，因此雕刻中禁忌出现佛陀的本人形象。

约在公元前1世纪的贵霜王朝时期，印度文化和希腊文化这两种异质文化联姻，诞生了东西方文化混血的犍陀罗艺术。在希腊文化艺术的影响之下，佛教艺术产生变革，导致了佛像的创造，偶像崇拜的盛行。犍陀罗窣堵波也产生变革，原窣堵波外面的围栏和塔门被舍弃，覆钵下的台基增高，覆钵本身缩小并增高，伞顶增高变大，相轮由三层增至七层乃至十三层。

佛教建筑艺术随佛教而入传中国。传入中国的佛教，因入传的时间、途径、地区和民族文化、社会历史背景的不同，形成汉地佛教、藏传佛教和云南地区的上座部佛教三大系，各系佛塔形制也各不相同。

汉地佛塔可以分为如下五类：

1．亭式塔。为中国的亭式建筑上方冠以微型窣堵波的产物，但也存在无塔刹的例子。

2．楼阁式塔。为中国式的楼阁顶上安置窣堵波缩型的产物。

3．密檐式塔。这类塔的第一层特别高，以上各层骤然变低矮，各层檐紧密相连。其原型除佛教窣堵波外，还可能受到印度教楞伽塔形状的影响。

4．金刚宝座塔。在高台基中央建一大塔，四隅各建一小塔，这种塔为金刚宝座塔。它是曼荼罗的一种形式，是一种佛国世界图式。其中央的塔象征宇宙的中心须弥山，四隅的小塔象征须弥山的四小峰。或认为五塔象征五方佛。

5．窣堵波式塔。喇嘛塔属此类。多宝塔也是其中一类。

藏传佛教，俗称喇嘛教，其佛塔为喇嘛塔，特别是基座升高，窣堵波之半球体拉长成瓶状，上为塔脖子、十三天、塔刹。其中，塔脖子上的十三天是其最重要的特色。这种样式早在尼泊尔等地已出现，我国目前所知最早的喇嘛塔为桂林木龙洞古塔，建于唐代，其余多为元以后所建。

云南地区的南传上座部佛教约在7世纪中叶由缅甸传入，其佛塔又另具特色。它由塔基、塔座、塔身和塔刹四部分组成，平面有方形、六角、八角、圆形和折角亚字形等多种形状，塔身有覆钟式、叠置式两类。塔刹由莲座、相轮、刹杆、华盖、宝瓶、风铎等组成。

由于中印文化的融合，中印建筑文化的交融，印度佛教建筑的窣堵波与中国原有建筑的碰撞、融合，产生了千姿百态的中国式佛塔，从而大大丰富了中国建筑文化的内涵。

[一] 侯仁之：《紫禁城在规划设计上的继承与发展》，见故宫博物院编：《禁城缮纪》，紫禁城出版社，1992年版。

文化的融合，会推动文化的发展，产生所谓“激活”的效应。春秋战国，是中原文化大融合之际，达到先秦时期我国第一个文化高峰，那么，自魏晋至隋唐，则是亚洲文化的一个大融合，中国文化与印度文化产生了第一次碰撞、融合。由此造就了我国古代文化的又一个高峰，在历史上又一次出现“激活的效应”。

而多姿多彩的中国佛塔，则是中印文化交融产生的奇葩。其结果即建筑文化的发展和演变。

中印建筑文化的融合产生了中国的佛塔。但演变并未中止。自唐代起，儒、道、释三教的文化在斗争中逐渐出现合流的局面，中国的佛塔也出现大致同步的演变。其表现有两个方面，一是作为印度窣堵波原型的符号的塔刹，逐渐演变而脱离了原型，甚至简化为道教崇拜的法器葫芦，这是佛塔世俗化的表征；二是自宋代起，直至明清，全国各地城市村镇中兴建了成千上万座风水塔，或称文风塔，它们是三教合流的产物。这些风水塔各具姿态，点缀着中华大好河山。

五 小结

本文探讨了建筑文化的传承、融合与演变问题。目前我们正面临中西方建筑文化碰撞和交融的大好时机，如何继承中华建筑文化的优秀传统，吸收西方建筑文化的合理要素，创造出能自立于世界建筑之林的具有中国特色的现代建筑，这是历史赋予我们中国当代建筑师的重任。

【试论“茅茨土阶”思想的缘起及其对中国古代宫殿建设的影响】

贾珺·清华大学建筑学院

“茅茨土阶”是我们今天在建筑史论著中常见的一个术语，其具体含义是指铺设茅草的屋面和以夯土砌筑的台基，没有使用瓦、石，属于比较原始的建筑材料和技术。现代的研究专著多将“茅茨土阶”视为以河南偃师二里头等处的宫殿遗址为代表的夏商宫殿的典型特征，例如侯幼彬先生的《中国建筑美学》即认为它们都“采用的是土木混合结构‘茅茨土阶’的构筑方式。”[一] 又如《中国大百科全书•建筑 园林 城市规划》卷曾载明:“这些宫殿都是在夯土基中埋木柱，屋顶未用瓦，可见终商之世，宫殿仍未脱离‘茅茨土阶’的状态。”[二] 这一论断已经为大量的考古成果所证实。杨鸿勋先生在《宫殿考古通论》一书中曾经专门对原始宫殿进行了复原研究，推断它们采用的都是夯土台基和茅茨屋面[三]。在此“茅茨土阶”这一术语非常形象地概括出我国早期建筑的一个重要特征。

同时值得注意的是，在古代与宫殿建设有关的典籍中也经常出现“茅茨土阶”这一典故，而且大多用来描述上古圣贤之君尧舜的宫殿，例如：

“尧之王天下也，茅茨不翦，采椽不斫。”(《韩非子·五蠹》)

“尧为天子，土阶三尺，茅茨不翦。”(《尹文子》逸文)

“尧希舜采椽不刮，茅茨不翦，尧堂高三居，土阶三级。”(《史记·太史公自序》)

“尧之有天下也，堂高三尺，采椽不斫，茅茨不翦，虽逆旅之宿，不勤于此。”(《史记·李斯列传》)

“慕唐尧之茅茨，思夏后之卑室。”(汉张衡《东京赋》)

“土阶茅茨，唐尧以昌。”(《新唐书·薛收传》)

“昔尧舜在位，茅茨土阶，禹居卑宫，不以为陋。”(明冯梦龙《东周列国志》第三回)

[一] 侯幼彬:《中国建筑美学》，黑龙江科学技术出版社，1997年版，第7页。

[二]《中国大百科全书·建筑 园林 城市规划》卷，中国大百科全书出版社，1988年版，第170页。

[三] 杨鸿勋:《宫殿考古通论》，紫禁城出版社，2001年版，第26～103页。

在这些典故中，所谓“茅茨土阶”用来主要形容宫殿建筑的简朴，具体地说，就是规模狭小（土阶三等）、材料简陋、缺乏加工（茅茨不翦、采椽不斫）。“茅茨土阶”的典故经过历代的传承渲染，逐渐成为上古圣贤君主崇尚节俭的美德象征，也被后世以儒家思想治国的统治者普遍视作应效仿和遵守的典范之一，与“壮丽重威”的原则恰好截然相反。本篇论文拟在文献的基础上，对“茅茨土阶”典故的含义、由来以及对宫殿建设的影响作一较为详细的考辨，并特别分析这一观念在清代离宫建设中的具体表现，以求从一个侧面对古代宫殿建设思想进行探讨。

一

首先，追本溯源，“茅茨土阶”这一思想并非儒家首倡，而是由与儒家相当对立的墨家率先提出并加以强调的。

关于“茅茨土阶”完整的说法首见于西汉司马迁的《史记》,《史记·太史公自序》曰:“墨者亦尚尧舜道，言其德行，曰：‘堂高三尺，土阶三等，茅茨不翦，采椽不刮。’”班固《汉书·艺文志》亦载：“墨家者流，盖出于清庙之守，茅屋采椽，是以贵俭。”此外，《后汉书注》、《文选·魏都赋注》均有类似记载。今本《墨子》残缺，其中《三辨》载:“昔者尧舜有茅茨者，且以为礼，且以为乐。”有些版本认为其中的“茅茨”二字应为“第期”，但多数学者仍从“茅茨”之说。考虑到汉代所传的《墨子》的篇章远较今本为多，且“茅茨土阶”的说法确与墨家思想相一致,《史记》的引文应当是可信的。相反，早期的儒家经典中却并未提及这一典故[一]。

“茅茨土阶”之所以为墨家所提倡，是因为这一说法正是墨家崇尚节俭思想的反映。“尚俭”是墨家最重要的主张之一，具体到建筑观念上，则是重视其功能性，反对为了艺术上的美观而作不必要的浪费，典型的论断如《墨子·节用上》中称：“其为宫室何以为？冬以圉风寒，夏以圉署雨。……故子墨子曰：‘去无用之费，圣王之道，天下之大利也。’”《墨子·辞过》说得更加明白：“子墨子曰：‘古之民未知为宫室时，就陵阜而居，穴而处，下润湿伤民，故圣王作，为宫室。为宫室之法曰：室足以辟润湿，边足以圉风寒，上足以待霜雪雨露，宫墙之高足以别男女之体。谨此则止，凡费财劳力不加利者，不为也。……是故圣王作宫室，便于生，不以为观乐也。’”这一思想代表了一种“适形”与“便生”的建筑观，对中国古代建筑有深远的影响，与“茅茨土阶”的精神也是一致的。

但是，“茅茨土阶”所反映的“尚俭”思想原本与儒家所提倡的“礼乐”思想却是矛盾的。《礼记·乐记》中称：“乐者，天地之和也：礼者，天地之序也。”对于儒家来说，“礼”象征着等级秩序，“乐”象征着完满和谐，而《礼记·礼器》曰：“礼，有以多为贵者，天子七庙，诸侯五，大夫三，士一……；有以大为贵者，宫室之量、器皿之度，棺椁之厚，丘封之大……；有以高片贵者，天子之堂九尺，诸侯七尺，大大五尺，士三尺……；有以文为贵者……。礼有大有小，有显有微，大者不可损，小者不可益，显者不可掩，微者不可大也。”在古代封建社会中，建筑的多寡、大小、高低、色彩、位置处处表现着主次、尊卑的封建等级关系，是“君臣父子”等级观念的具体体现，成为封建礼制的物化形式。而宫殿建筑不但是帝王的理政和居住之所，更是国家政权的象征，处于至高无上的地位，从这个意义上讲，只有壮丽宏大的宫殿才能算是完美的，正所谓“大者不可损”“显者不可掩”也。相反，如果君主的宫殿采用“土阶三尺，茅茨不翦，采椽不斫”的形式，则根本无法显示最高的封建等级，同时对建筑的艺术处理也过于简陋，远未达到和谐完美的程度，与“礼乐”制度是相当冲突的。在此儒墨两家的看法完全相反，因此东汉王充的《论衡·是应篇》也记载道：“墨子称尧舜堂高三尺，儒家以为卑下。”

[一] 近年以来有一些关于宫殿研究的论著均言“茅茨土阶”之说出于《周礼·考工记》，实际上《考工记》中仅有“殷人重屋，……堂崇三尺”的说法，并未提及“茅茨”二字，而且也没有强调此“堂”（指台基）采用的是“土阶”。

墨家哲学的重要内容之一正是反对儒家的礼乐思想，转而主张平等和节用，如《墨子·非乐上》称：“是故子墨子之所以非乐者，非以大钟鸣鼓琴瑟竽笙之声以为不乐也，非以刻镂华章之色以为不美也，非以煎炙之味以为不甘也，非以犓豢高台厚榭邃野之居以为不安也。虽身知其安也，口知其甘也，目知其美也，耳知其乐也，然上考之不中圣王之事，下度之不中万民之利，是故子墨子曰：为乐非也。”显然，“高台厚榭”式的壮丽建筑是遭到墨家反对的。

战国时期墨家针对宫殿建筑提出“茅茨土阶”的说法，其实也和当时的社会背景有极大关系。春秋战国时期出现周室衰微、诸侯争霸的局面，各国诸侯纷纷大兴土木，营建自己的宫室，从春秋以来，一直盛行华丽的高台建筑，如晋灵公的九层之台、吴王夫差的姑苏台、楚国的章华台等竞相出现，甚至一些诸侯国的士卿大夫也起而效之，构筑自己的华堂美厦。针对这一愈演愈烈的社会现象，儒家和墨家分别从自己的立场提出了批评。

儒家的批评主要从礼制的角度出发，认为这些建筑活动是僭越的行为，例如《论语》中孔子对修建豪华宅第的鲁国大夫的评价：“臧文忠居蔡，山节藻棁，何如其知也。”而墨家主要从节用爱民的角度出发，借推崇传说中上古圣君尧舜的“茅茨土阶”，以反对当时诸侯士卿的豪奢行为，如《墨子·七患》指责当时的统治者：“生时治台榭，死又治坟墓。故民苦于外，府库单于内，上不厌其乐，下不堪其苦。”这种对民众的体恤正是墨家思想的进步之处。另外《韩诗外传》中记载了这样一个故事：“齐景公使使于楚，楚王与之上九重之台，顾使者曰：‘齐亦有台若此者乎？’使者曰：‘吾君有治位之堂，土阶三等，茅茨不翦，采椽不斫，犹以谓为之者劳，居之者泰。吾君恶有台若此乎？’于是楚王盖悒如也。”在这里，齐国使者的看法正与墨家相吻合，“茅茨土阶”是针对楚王的“高台厚榭”而提出的一种完全对立的建筑观念。

汉代以后儒家独尊，墨家渐渐式微，但“茅茨土阶”的思想却一直得到后世统治者的重视。历代帝王之中，不乏以节俭的态度对待宫室的开明之君，如汉文帝，《史记·孝文本纪》记载他“即位二十三年，宫室苑囿狗马服御无所增益，……尝欲作露台，召匠计之，直百金。上曰：‘百金，中民十家之产，吾奉先帝宫室，常恐羞之，何以台为？’”

再如北周武帝，也以节俭而著称，曾经说过：“上栋下宇，土阶茅屋，犹恐居之者逸，作之者劳，讵可广厦高堂，肆其嗜欲。”（《周书·武帝纪下》）在吞灭北齐之后，还曾下诏拆毁过于壮丽的宫殿，《资治通鉴·陈纪七》载：“周主祭方丘，诏以‘路寝、会义、崇信、含仁、云和、思齐诸殿，皆晋公护专政时所为，事穷壮丽，有逾清庙，悉可毁撤。雕斫之物，并赐贫民。缮造之宜，务从卑朴。’戊戌，有诏：‘并、邺诸堂殿壮丽者准此。’”

这样的例子在史书中还可以找到不少，似乎“茅茨土阶”所代表的“尚俭”思想也逐渐融入上层统治者的观念意识之中，并多次得到仿效。为什么会出现这样的情况呢？笔者以为主要有以下两个方面的原因：

首先是经过墨家的提倡和后世的流传，“茅茨土阶”已经被当然视为上古帝王尧舜所具有的美德，而尧舜同样是儒家所推崇的圣人。效仿圣贤本是后世君主应有的道德规范，因此历代皇帝也常常借“茅茨土阶”之说来自我约束或标榜，如唐文宗曾诏曰：“虽绝绣文之饰，尚愧茅茨之俭。”（《旧唐书·文宗纪》）在此“茅茨土阶”成为一种榜样式的宫殿建设模式。

其二，秦代的覆灭与秦始皇的穷奢极欲有极大的关系，自汉以后，历代君主多视以为鉴，尤其开国皇帝，多注重节俭，“茅茨土阶”之说经常受到提倡，而过分追逐华丽宫室的行为则经常被认为是亡国的征兆，不但帝王本人要引为警惕，正直的大臣也常常借“茅茨土阶”的旧典来对此进行直谏。例如三国时王郎《奏宜节省》：“夫所以极奢者，大抵多受之于秦余。……岂夫当今隆兴盛名之时，祖述尧舜之际，割奢务俭之政，除繁崇省之令，详刑慎罚之教，所宜希慕哉。”

《三国志·魏志·高堂隆传》载：“有星孛于大辰。隆上疏曰：‘今之宫室，实违礼度，乃更建立九龙（殿名），华饰过前。天慧章灼……必欲觉寤陛下……不宜有忽以重天怒。’”

唐代马周给唐太宗的上疏最有代表性：“尧之茅茨土阶，禹之恶衣菲食，臣知不可复行于今。汉文帝惜百金之费而罢露台，集上书囊以为殿帷，所幸慎夫人衣不曳地；景帝亦以锦绣纂组妨害女工，特诏除之，所以百姓安乐。至孝武帝虽穷奢极侈，承文景遗德，故人心不摇。向使高帝之后即值武帝，天下必不能全。”（《新唐书·马周传》），由此劝太宗及诸王、后妃节俭，并且特别指出历史上的桀、纣以及北魏、北齐、隋代的失国，均由于当政者的豪奢，希望皇帝切实引以为戒。

同时，节用爱民的思想在后世也经常受

到重视，尤其在经济疲敝的情况下，对宫室建筑临时采用较简单的营建方式，减少开支，爱惜民力，不失为务实的做法，这在历史上也是比较常见。

然而，尽管历代统治者多次藉“茅茨土阶”来描述自己宫殿的简朴，但归根结底只是一种象征性的说法而已，我国从西周早期就出现了瓦，秦汉以后，极少有封建帝王的宫殿真的简陋到只用茅草顶、夯土阶的地步。据《史记·高帝本纪》记载，西汉初年萧何营造未央宫，曾经对汉高祖说过：“天子以四海为家，非壮丽无以重威。”诚如其言，在君主专制的社会中，宫殿作为君主地位的象征和政治制度的物化形式，必须用最壮丽的规模来体现最高的等级象征意义。历代王朝营建宫室实际上也均遵循着“壮丽重威”这一原则，但过分的壮丽也必须得到控制，“茅茨土阶”在这里起一种调和和约束的作用。对宫殿建筑来说，“茅茨土阶”与“壮丽重威”实际上是一对矛盾，始终贯穿于宫殿发展的历程之中。

二

在秦汉之后的历史上，真正的“茅茨土阶”虽极少见于皇家的宫室，却普遍存在于民间建筑之中，直至近代，农村还建有大量的茅舍，这主要是由经济的发展水平所决定，并非刻意求俭的结果。不但贫民百姓，历代还有许多贫寒的士人也只能栖身茅茨寒舍之中，例如《后汉书·班固传》载：“扶风掾李育经明行著，教授百人，客居杜陵，茅室土阶。”《宋书·孔淳之传》载：“茅室蓬户，庭草芜径，唯床上有数卷书。”诗圣杜甫的《茅屋为秋风所破歌》更是广大寒士贫苦生活的最好写照。“安贫乐道”本是士人值得称道的优良品质，孔子就为此称赞过弟子颜回。随着魏晋之后隐逸文化的兴起，茅室蓬屋实际上也成为士人清高的一种象征，唐代刘禹锡的《陋室铭》很清楚地表达了这样的思想：“斯是陋室，唯吾德馨。……南阳诸葛庐，河北子云亭，孔子曰：‘何陋之有？’”。

对建筑来说，对茅屋的欣赏逐步形成了一种推重朴素淡雅之美的审美观念，而朴素淡雅的建筑更容易与环境相协调，由此对园林建筑产生巨大的影响，竹篱茅舍式的田园风光、幽静别致的别园小筑，成为文人园林所向往的主流景观之一，以致历代有许多文人园亭直接被冠以“草堂”、“茅斋”之名，例如唐代白居易《草堂记》称自己的宅园：“三间四柱，二室四牖。……木斫而已，不加丹；墙圬而已，不加白。”金代段克己《满庭芳》词：“归去来兮，吾家何在？结茅水际林边。”清代纳兰性德《茅斋》诗：“我家凤城北，林塘似田野。蘧庐四五楹，花竹颇闲雅。”茅屋式的建筑与清雅的园景相得益彰，这种审美观念同样对皇家园林也有较大的影响，据传唐代阎立德为唐太宗所营造的离宫玉华宫除正殿外，其余建筑均以茅草为顶[一]，表现了园林建筑的特色。而尤其值得注意的是在园林发展最为鼎盛的清代，皇家的离宫御苑中似乎更是集中强调了“茅茨土阶”的思想。

清代先后以畅春园、避暑山庄、圆明园等离宫与行宫御苑为皇家建筑的建设重点，与紫禁城一起组成王朝庞大的宫苑系统。值得注意的是，在清帝与离宫相关的御制诗文中多次提及类似“茅茨土阶”的建设思想，典型的例如康熙帝的《畅春园记》称：“永为俭德，捐泰去雕。……其轩墀爽垲以听政事，曲房邃宇以贮简编，茅屋涂茨，略无藻饰。”文中还特别把畅春园和历史上的著名宫苑作了对比：“若乃秦有阿房，汉有上林，唐有绣岭，宋有艮岳，金杠璧带之饰，包山跨谷之广，联固不能为，亦意所弗取。……松屋茅殿，实唯予宜。”《穹览寺碑》描绘避暑山庄建设时称：“所以鸠工此地，建离宫数十间。茅茨土阶，不彩不画，但取其容座避署之计也。”《避暑山庄记》则曰：“无刻桷丹楹之费，喜林泉抱素之怀。”

雍正帝《圆明园记》也称：“其采椽栝柱素甓版扉，不斫不枅，不施不雘，则法皇考之节俭也。”

乾隆帝《正大光明》诗序中曰：“园南出入贤良门内为正衙。不雕不绘，得松轩茅殿意。”其《含经堂》诗曰：“筑墙所戒雕，构宇何须峻。”

道光帝两首《慎德堂》诗分别称：“为爱新堂远俗缘，不雕不绘喜安便。”“书堂稚静四时宜，不用辉煌丹雘施。”

与之形成鲜明对比的是，这样的说法在清帝关于紫禁城的御制诗文中极少出现。相反，关于紫禁城的御制诗文恰恰多在渲染宫室的巍峨壮丽，例如康熙帝《昭仁殿》诗：“雕梁双凤舞，画栋六龙飞。崇高唯在德，壮丽岂为威。”雍正帝《恭侍乾清宫》诗：“殿阁参差际碧天，玉阶秋色静芊绵。”《宫中秋日应制》诗：“九重殿阁卿云绕，鸳瓦参差丽曙辉。”乾隆帝《暮春太和殿祝朝》诗：“詄荡天门开曙曦，彤墀香霭露华滋。”《春季经筵》诗：“棽丽翠鸾临，文华广殿深。”《御门日作》诗：“晓日琉璃瓦，香烟翡翠沪垆。”由比较可见，清帝对紫禁城的认识集中表现了“壮丽重威”的界想，而相对而言离宫则更多在标榜“茅茨土阶”的观念。之所以出现这样的情况，主要有以下三种原因：

其一，清帝虽是满族人，但随着汉化程度的加深，也同样以儒家的圣贤为榜样，宣扬“茅茨土阶”，标榜节用爱民，效仿尧舜的美德。康熙帝的畅春园的确比较简朴，连当时法王路易十四的使者白晋都很有感触。道光帝在《慎德堂记》中也说得非常明确：“崇俭去奢，慎修思永，孰不知其所当然哉……大清龙兴东土，首重朴实，列圣丕承，凡心法治法，无非以勤俭训后。……是以修身务存俭约之心，以期永久图治之道，可不慎而切记之乎？”这一古训似乎确实得到了一定的继承。

其次，清代御苑离宫是帝王理政和生活的主要场所，皇帝在京更多的日子都住在离宫中，而紫禁城主要举行一些最重要的朝典，相比之下，紫禁城的政治中心地位更具象征性，而离宫则近于实际性的理政和生活中心，其中的建筑物强调实用性，更多体现了“适形便生”的思想。

康、雍时期的离宫建筑确实比紫禁城要简朴得多，这在其朝寝殿宇中尤其得到充分体现。如畅春园澹宁居“止三楹，不施丹雘，亦无花卉之观”，避暑山庄澹泊敬诚殿“仰茅茨之俭”，延熏山馆则“楹宇守朴，不雘不雕，得山居雅致”，圆明园正大光明殿“不雕不绘，得松轩茅殿意”，奉三无私殿“规制朴素，不事雕华”，道光帝重修九州清晏三殿时也称：“爰命诸臣庀材鸠工，缮完补阙，惟期示俭于后，不敢增美于前，工未逾年，制已复旧，于以昭不雕不斫之风，亦以守不愆不忘之志。”与大内相比，早期的离宫朝寝殿宇多数不施彩画，朝会大殿的台基也仅有一层，不施栏杆、螭首，屋顶采用无正脊的卷棚形式，不铺琉璃瓦，明显区别于紫禁城太和殿、保和殿等金碧辉煌的殿宇，表现出强烈的离宫特色。

[一]《中国大百科全书·建筑 园林 城市规划》卷，中国大百科全书出版社，1988年版，第488页“阎立德”条。

其三，离宫同时也是皇家园林，对于园林来说，相对简朴的建筑形式易于与山林景色融为一体，显然更为适合，清帝的御制诗也曾多次描写了避暑山庄和圆明园中一些朴素的建筑，如乾隆帝御制诗中就有不少类似这样的句子：“溪堂架朴斫，丹不□须涂”（《存素斋》），“筑墙所戒雕，结宇惟期朴”（《湛清华轩》）等等，这些建筑朴素的风格多出于园林景观的需要。这一特点在避暑山庄中尤其得到很好的体现，其素雅的建筑色调与塞外环境非常协调。

然而，离宫建筑所表现出的“茅茨土阶”之风只能相对紫禁城而言，还是要比普通民间建筑要富丽得多，在一般臣民的眼中，仍然具有一定的“壮丽重威”效果，只是不及紫禁城那么强烈而已。清代中期以后，离宫的建设也渐趋奢华，所谓“不雕不绘”多为托辞，乾隆时期的皇家档案中关于圆明园彩画的记载已不胜枚举，乾隆二十三年（1758年）方壶胜境的油饰彩画一次即耗银一万二千多两。到了晚清最后一座离宫颐和园中，更是园内所有的建筑均施以彩画，绚丽工巧，除了建筑的空间形式、等级规模和彩画的题材与紫禁城有所差异之外，二者之间的区别进一步减少，“茅茨土阶”的观念也进一步淡化。唯其多数建筑仍保持灰瓦覆顶，依然与紫禁城的建筑风格不尽相同。

总的来说，在清代所有的离宫中，除了类似圆明园“北远山村”等个别景区故意设置一些“山村茅舍”外，绝少真正的“茅茨土阶”建筑。乾隆帝在《圆明园后记》中也承认：“不斫不雕，一皇祖淳朴之心．然规模之宏敞，丘壑之幽深，风土草木之清佳，高楼邃室之具备，亦可称观止．实天宝地灵之区，帝王豫游之地，无以逾此。”清代离宫中的“茅茨土阶”之说主要不过是在强调和标榜一种简朴、适形的“卑宫室”精神，对其宫室的壮丽起一种调和的作用，以体现离宫独特的风格特征。

三

最后需要说明的是，现代建筑史论著中所常用的“茅茨土阶”一词的含义主要指早期的建筑的发展水平低下，建筑材料尚以茅草顶、土台基为主，与古代文献中“茅茨土阶”典故所特别强调的“节用”、“尚俭”的含义并不完全相同。实际上，人类早期建筑大多以类似“茅茨土阶”的形式出现，不仅中国，古代埃及、西亚也是如此，这本是由生产力发展水平所决定的，并非刻意崇尚简朴的结果。可能在先秦时期关于上古建筑“茅茨土阶”的传说早已存在，后被墨家学说借用并赋予了特定的含义。而我们从目前发掘的商周宫殿遗址来看，其建筑材料虽有局限，但仍应该是相当高峻华丽的，并且带有金属装饰，依然是当时生产力条件下最壮伟精制的建筑物，所谓“茅茨土阶”虽为实情，却并没有追求节俭的意思。由此可见，从很早的时期开始，宫殿建筑的主流就是“壮丽重威”，而“茅茨土阶”主要作为后世的一种理想和观念，对前者具有一定的制约作用，也对宫殿建筑（特别是离宫建筑）的发展具有一定的影响力，但其作用和影响终究是次要的。

参考文献

[一] 张纯一编：《墨子集解》，成都古籍出版社，1988年版。

[二] [汉]韩婴：《〈韩诗外传〉集释》，中华书局，1980 年版。

[三] [宋]司马光：《资治通鉴》，岳麓书社，1990 年版。

[四]《二十五史》，上海古籍出版社，1986 年版。

[五] [清]于敏中等编撰：《日下旧闻考》，北京古籍出版社，1981 年版。

[六] [清]奕䜣等编：《清六朝御制诗文集》，光绪二年刊本。

[七] 杨鸿勋：《宫殿建筑考古通论》，紫禁城出版社，2001 年版。

[八] 王贵祥：《〈周易·系辞下〉大状卦建筑隐义浅释》，见《建筑史论文集》（第十辑），清华大学出版社，1988 年版。

[九] 杨鸿勋：《中国早期建筑的发展》，见《建筑历史与理论》（第一辑），江苏人民出版社，1981 年版。

[一〇] 侯幼彬：《中国建筑美学》，黑龙江科学技术出版社，1997 年版。

【斗拱与相关构件在建筑实例中的科学机理】

滑辰龙 · 山西省古建筑保护研究所

斗拱内涵丰富，在古建筑中有诸多功能，名家在著作中已有不少论述，我在多年测绘古建筑工作中能反复观测，深感斗拱的奇妙，并有一些心得体会，今从其他方面浅谈其功能与科学机理。

一　斗拱可调移梁架的位置

在进深六至八架椽的大型建筑里，不论是歇山顶与悬山顶，它们的平梁与四椽栿都是对称的、固定的并受到梁架布局与整体性的局限。但调改斗拱跳数，可使平梁与四椽栿前后移动到适当位置，山西省绛县太阴寺大雄宝殿就是一个实例。这是一座金代遗构，坐南朝北，单檐悬山式灰瓦顶，面宽五间，进深六架椽，山面用四柱，殿内施后金柱，两山墙与后墙均为夯土墙，殿内梁架上为平梁，中为四椽栿，下为六椽栿。前檐斗拱为六铺作单杪双下昂，柱头斗拱为假昂，三跳令拱上承撩檐枋。后檐为四铺作单杪单拱造，一跳令拱承撩檐枋，柱头不施普柏枋。前后撩檐枋水平高差640毫米，用增高后檐柱来弥补。为了使四椽栿后端的重力落在后金柱上方，前端靠近前檐柱，通材六椽栿（中国杨木材质）减少荷载与垂曲，太阴寺的建造者们，把前檐斗拱做成三跳后檐斗拱做成一跳，相应使四椽栿前移720毫米，这样前后檐出就不对称，达到前檐高大深远的目的。乍看六椽栿置于前后檐柱头没动，但跳数使撩檐枋前移，从而引起整个架距移动，故梁架脊槫中线不在前后檐柱中线上；另一方面使殿内后部佛帐、木雕像靠近下平槫，结构牢固，节省材料，虽然屋顶前后坡不对称，前坡斜长9500～9170毫米。但和夯土墙合理搭配，建筑整体安全性很强，这是斗拱的第一种科学机理。

二　斗拱在檐部的视觉作用

檐部斗拱一跳或二跳、三跳，令拱上的檐槫，在各缝梁架端头因结构不同，有的在梁头，有的不在梁头，因而比较松散，故补间斗拱施真昂与下平槫联结；檐槫在悬山顶建筑山面角斗拱部位均处于乳栿或搭牵上，在殿身梁缝大多位于斗拱上，因而檐槫是整体梁架最特殊的结点和承重点，它既决定架距，又决定承重支点，在宋《营造法式》卷五中有两条关于它的规定，其一为用椽之制：“每架平不过六尺，若殿阁或加五寸至一尺五寸，径九分至十分，若厅堂椽径七分至八分，余屋径六分至七分，长随架斜，至下架即加长出檐”。以上规制是从椽径抗剪力与相对应瓦顶重量（用否筒瓦）而定的，也限定了檐部的架距。其二为造檐之制：“皆从撩檐枋心出，如槫径三寸，即檐出三尺五寸，椽径五寸，即檐出四尺至四尺五寸，檐外别加飞檐，每檐一尺，出飞子六寸”。该条规制既关系檐椽的抗剪力又关系檐槫支点两侧不平衡，用椽之制规定的椽长架距可在 6 ～ 7.5 尺之间，造檐之制补充规定了檐槫步距以外椽加飞子共长在 5.6 ～ 7.2 尺之间，檐出比檐步距少 3 至 4 寸，但这 3 至 4 寸重量又被 3.5 举架的势高抵消了。以上两制是以檐槫为界限，而人的视觉是以柱头枋为界限，檐槫外移借用了檐步的空间，所以檐头造成高阔深远的美感，它又不改变槫高度与椽的坡度，这是斗拱的第二种科学机理。

三　斗拱在梁架栿头中的作用

大型建筑中四椽栿与平梁的结构是叠压固定的，它们的架距虽有“用椽之制”规则，但受四椽栿荷载所限，平梁头尽可能接近栿头才能减少栿弯垂。在栿梁头均施襻间铺作与驼峰构件调节架距宽度。该架距宽在 1700 毫米左右的建筑，四椽栿都很完好，如临汾牛王庙大殿，绛县太阴寺大雄宝殿、榆次城隍庙显佑殿。该架距在 2200 毫米左右的建筑，如五台县佛光寺文殊殿四椽栿就断了三根；栿头使用斗拱是为了解决大开间槫结点的卯榫荷载不足，襻间铺作出拱承替木、槫，这也改变了栿传递屋顶重力的方式，使屋顶部分重力通过槫、替木、散斗、拱传到驼峰上，这是斗拱的又一种科学机理。栿头部位有两种结构：一施驼峰、斗拱，优点是稳固，抗震性能好，扩大了力的传递面；二施金瓜柱，优点是用在举架高的槫缝上，金瓜柱直接顶在栿头，使梁栿头少开卯榫，临汾牛王庙大殿后坡平梁下就是这种结构。缺点是不稳固，它仅限用于面宽三间的小殿。晋城市玉皇庙配殿也是这种结构。

四　斗拱改变了栿在传递檐部重力的方式

高大建筑需前檐相应深远，才能产生视觉美感，增大或缩小檐出有三种方法：一用变化斗拱跳数来实现，使檐槫支点与架距整体外移，太阴寺大雄宝殿又是此项实例。二增加檐椽长度，不施飞子。三栿头直接承托檐槫。例山西省临汾市魏村镇牛王庙大殿，坐北朝南，单檐悬山式灰瓦顶，前设廊，面宽三间，进深六架椽，山面用四柱，殿内施前金柱，两山与后墙为土坯墙，梁架下层为前乳栿对后四椽栿，中层为四椽栿，上层为平梁。此殿虽为三间，但很高大，前后檐步距也不对称，后檐不施斗拱，出檐较原始与特别，即后檐柱头施普柏枋，枋上置四椽栿出头承后檐槫、随檐枋，普柏枋与随槫枋间施盖斗板来阻止鸟、虫、尘土入侵。

这种结构的优点是槫在梁架上，整体性强，不受跳距限制；缺点是栿头不能像斗拱一样伸出过长，不然会影响梁架的稳定性，因梁架的重力传距增大。再者它改变力的传递方式，斗拱承槫是把檐头部分重力经华拱、普柏枋传到檐柱头，斗拱起到缓冲的作用。栿头承槫是把整个重力由栿经普柏枋传到檐柱头，地震时因没斗拱该殿后土坯墙一半被晃塌，东山后乳栿因直径不大，檐槫与柱中距为460毫米，地震时把乳栿颠裂，而前乳栿因有斗拱完好无损，这是斗拱的又一科学机理。

五　斗拱可调整檐步与脊步举高

檐部斗拱的高度，是指大斗底到外跳替木的上皮，不仅高度与柱高有一定比例，而且当檐步举高有差异时，可以增加一至几层枋子、替木来弥补，例如山西省五台县佛光寺文殊殿，坐北朝南，悬山式单檐灰瓦顶，面宽七间，进深八架椽，山面用四柱，殿内明间施后金柱，次间用前金柱，前后金柱檩缝施大内额，梁架下层为前后乳栿对金柱，中层为前后搭牵对四椽栿，上层为平梁。前后檐斗拱均为五铺作单杪单下昂，前檐一跳华拱承翼形拱，二跳昂上置通材令拱，枋上隐刻出令拱，其上置散斗，通替木。耍头斜下出为昂，二跳令拱本应承檐槫，但因檐步举架高与铺作高相差185毫米，故增施一道替木，这是调节檐部举高的手法之一。如檐部举高与铺作高相差较小，就采用加大槫径与加大撩檐枋高度来解决，这是调节檐部举高的手法之二。如果脊步不能用过高的蜀柱，为了解决高差，就采用两层替木的手法，太阴寺大雄宝殿脊槫的丁华抹颏拱上，第一层斗拱高220毫米，第二层斗拱高90毫米，这是调节檐部举高的手法之三。其他方面，斗拱中的昂也可部分增减跳距或调整铺作高低，这些是斗拱的又一科学机理。

六　斗拱可代替部分柱高

柱子是古建的主要承重构件，在古代扩建和改建的小型建筑中，遇到柱高不够就用斗拱和枋子代替。例如榆次市城隍庙显佑殿，本为元代建三间小殿，明代扩建为五间歇山顶大殿，进深八架椽。梁架结构下层为前后乳栿对四椽栿，上层为平梁。三间殿前后檐柱仍保留为前后金柱，前设廊。前后金柱高度差 2783 毫米，就仅在明次间金柱上施三重斗拱，下中层斗拱为五铺作，上层斗拱为四铺作，承托四椽栿。这样殿内空间高旷而不用更换柱子或墩接柱子，又有很好的抗震性，这是斗拱的又一种科学机理。

今后随着建筑测绘实例的增多，斗拱的功用与科学机理还会有新的发现，以上浅谈只是抛砖引玉，望广大文物工作者在这方面有更深入的研究与发现。

【中国古建筑狮文化的演进】

杨古城 · 宁波工艺美术协会

引言

作为中华民族传统文化的龙凤和狮子，前二种是中国本土的理想动物，其本身在地球上就不存在，不过是综合了多种动物的特征集中表现而已。而狮子，却是世间真实存在的猛兽，虽然不生活在中国的土地上，但后来却成为中华民族的传统文化，这一特殊的文化现象，不得不引起我们深刻的思考。

任何一种文化观念的形成，总离不开社会历史和民族意识的诸多因素，龙凤狮子作为中国特有的文化形态，当然与中国长期的皇权至上社会结构和多神崇拜的民族意识相适应，但引起人们关注的是，即使社会结构变化了，人们从皇权和神权中解放出来，而对于龙凤狮的文化崇拜，好象并不见减弱，而特别对于狮子文化现象，即使在现代化高度发展的社会中，繁华的街头和舒畅的住居内外，仍出现那么多的古代建筑物的守护狮和装饰狮，需要我们深刻的思考。

由于狮子的产地不在中国，故狮文化也并非中国所特有，而欧、亚、非、美各大洲的狮子文化，虽早于中国，但却与中国的狮文化大相径庭。如果与之比较，狮子产地的狮文化无不以写实为主，狮子特征分明；中国的狮文化却以写神为主。这种形似与神似的区别，中国式神似的形成，却有一段漫长的历史，并引发起我们炎黄子孙的深刻研究和思考。由于本文限于篇幅，只能作一次概述性的探讨，期望得到关注这一文化形态的专家和研究者的共鸣和指教。

一　**中国狮文化的渊源**（秦～汉　公元前221年～公元221年）

任何文化艺术都不是无源之水，无本之木。艺术根植于生活，文化来源于社会。当中国的先民们尚未直接或间接见闻到狮子形象时，无法揣摩和创作出狮子文化，因此，中国狮子文化之源，只能借助外来文化，但却并不是被动的重复，而是受到中国民族文化的制约而发生变革，再创造一种新的形象，这就是中国的狮文化。

考古学告诉我们，在中国土地上迄今没有发现原始人和狮子搏斗的痕迹，即使到了万年前后的新石器时代，有犀牛和大象，却没有狮子遗物，因为狮子的故乡在远离中国的非洲、南欧、南美和印度的西北部。凡有狮子出现之处，就有先民的狮子文化。如公元前9世纪的亚述帝国，有"猎狮图"、"垂死的狮子"、"受伤的狮子"等艺术品；古希腊迈锡尼的"狮子门"，刻了二头雄狮用作门梁，古巴比伦以写实的雄狮作神庙的守卫等。

因此，西域（包括南欧、非洲及印度西北）的狮文化无不以真实狮子为依据，采用写实手法，对狮子的形态描绘得维妙维肖。原始社会时代的古埃及五千年前的神庙入口，用巨大的狮身人面作守卫，称为"司芬克斯"，还有采用狮子身体和古埃及国王面部的"阿门内姆特国王"卧像，以及头部为狮子、身体却是丰满的女性体态的"肖克米特"，虽然颇带神话色彩，但对于狮子的刻划，无不以写实手法。这是因为狮子在他们的土地上司空见惯。艺术创作受到真实形象的制约，直到进入文明社会，西方狮子文化一直以写实为主线，雄雌特征分明，我们习惯上称之为"西方狮"或"真狮"、"洋狮"。

中国人最初认识到狮子及西方的狮文化，称之为"殊方异兽"，大约是在公元前后期间，比西方狮文化至少要晚数个世纪。

根据中国最早的古籍《竹书纪年》（晋·郭璞著）记载，周穆王驾八骏巡游西域，有"狻猊野马走五百里"。郭璞注："狻猊，师子（狮子）"。而周穆王在位于距今3000年之前。汉代初年成书的《尔雅·释兽》中，也有"狻鹿（猊），如猫，食虎豹"的记载。此文字记载，提供了这样一个信息，即在中国人熟悉的虎豹狗猫等以外，还有一种神乎玄乎的异兽存在，且名之为"师（狮）"。

公元前138年，汉武帝派张骞出使西域，沟通了中国与中亚各地的关系，"殊方异兽"的狮子和狮子文化才正式被中国人所认知。笔者以为此时的各种史籍记载应该是可信的，如《汉书·西域传赞》、《后汉书》等，有"章和元年（87年）"、"章和二年（88年）月氏国（克什米尔、阿富汗）安息国（古波斯）遣使献来师子"等记载。

丝绸之路的开通，有专门运送狮子的车骑队。而在汉代的宫苑内，帝王们有幸见到狮子的尊容，因此在东汉晚期，三国时代的孟康，在《汉书·西域传》的注释中，对于"师（狮）"解释为"似虎，正黄，有冉冉，尾端茸毛大如斗。"用这几个文字描述狮子的外貌，基本上是正确的，而与之可印证的东汉晚期的中原四川、山东和河南的画像石石刻，也有与文字描述相同的西域写实狮，不过已经增加了中国特有的云气和羽翼。这就充分说明，以西域真实狮子为依据的中国狮文化已经开始形成。而也就在这个时候，佛教也开始传入，这类为宗教教义服务的狮子文化也在中国生根落脚，且以驯服型的狮子为特色，于是，丝绸之路的真狮、写实的狮文化和佛教狮就成为中国狮文化的源流，在中国的土地上孕育出特有的民族风格浓郁的狮文化（图1）。

图1 陕西出土东汉墓前走狮

二 中国狮文化的形成（三国、晋、南北朝 公元221～589年）

任何一个民族文化的形成，无不带有本民族独特的个性，而这种个性的形成，又得益于本民族的地域、风土和固有的宗教信仰。中国的土地虽然不产狮子，但当外来的狮子文化传入以后，并不是完全被动的接纳和吸收，而是经过较长时间的酝酿、改革从而形成本民族所特有的新的狮文化，融入了中国民族的理想和情操。而这种在外来文化基础上的改头换面，其客观上是因为从西域输入的真狮和狮文化数量有限，只有极少数人才有机会耳闻目见。而仅凭口述笔传，更增加了狮子形象的神秘性，于是产生了似狮似虎能飞能游的异兽形象，其中以表形为主和表意为主，总体上可分为三个大类，即威猛型、驯服型、神异型。

（一）威猛型。威猛型与驯服型都是以外来表形为主体的狮文化，是丝绸之路开通以后以“殊方异兽”进入中国，其中佛教又是最重要的媒介。三国、两晋、南北朝的政局动荡不稳，南北长期分裂混战，从东汉光武帝至隋代统一的近六百年期间，战火遍地，民不聊生，道教的求现世利益，得不到太多人的支持，而佛教重来世利益却成为大多数芸芸众生的祈求，于是从东汉初年传入中原的佛教得以落脚生根，在乱世之中，成为人们心目中的重要精神支柱，这为狮子的崇拜和传播创造了最有利的社会条件。

狮子在佛教之中有至高无上的地位，这与狮子习性有关。现实中的狮子就有至尊无敌的个性，它有着豪迈的步伐，所向披靡的气概。在公元前5世纪的印度西北部，佛教产生后，狮子就成为至尊无上的释迦牟尼的化身。在公元前3世纪的古印度阿育王石柱顶部，就刻有三头狮子，表示佛的威慑力。佛经将释迦牟尼比作“人中狮子”，佛说法称为“狮子吼”等。于是在佛教及佛教文化传入以后，更将狮子视为“王者”和万物之主，它的体型硕大，状态威猛，具有强大的镇慑力。东汉时期一些王公大臣墓前有以狮子作镇墓（图2），南朝帝王墓前的“辟邪”，高与宽达4米左右，令人望而生畏，突出了狮子威猛的个性 。

（二）驯服型。这类狮子造型起初带有浓厚的宗教色彩，这就是威猛无比的狮子在大雄至尊的释迦牟尼面前显得温驯如狗猫，不仅形体小，而且神态妩媚温驯，由此更加衬托出佛力的伟大。佛经上的狮子听经故事和敦煌、龙门诸多石窟都有这类驯狮。初唐版刻《金刚经》扉页的图像，狮子形如小猫伏在地上。这类狮子一般作坐、跑、立姿，俯首贴耳、温驯谦诚。在南朝的不少青瓷器皿中的狮子形象，如水器、烛台也属这种类型。猛狮失却威严，从宗教性走向民间，成为民间避邪纳吉的日用器物，变为可亲可近的亲密伙伴，这种形象，为南北朝时代多灾多难的民族，从精神上带来几分慰籍和温馨。这种驯服型的造型此后一直流行在民间的佛教道观、民间宅第、桥梁亭台等处（图3）。

（三）神异型。在西域的狮子文化传入中国之前，在殷商、秦汉时代，中国就有图腾式的龙、凤、麟、朱雀、玄武等祥瑞异兽，它是中国本土原始宗教和神仙神权观念的产物，后成为秦汉时代神仙方士玄学的文化内容。由文学艺术的推波助澜，造型艺术（雕刻、绘画、表演艺术）的具象显示，使西王母、东王公、天禄、螭虎等的神异动物，越发成为战乱中的芸芸众生祈求和崇拜的神灵。西域传入的狮子也一样被视为神物，蒙上神秘的理想色彩，有的头顶生角、有的肩上添翼，有的身上附有云气和火纹。这种对外来动物形象附加本民族特有的精神观念，成为这一时代的又一类狮子，如四川雅安高颐墓的翼狮，河南南阳宗资墓的天禄狮，河南洛阳出土的辟邪狮等。特别是南京、武进等郊外的南朝帝陵，巨大的石兽高达3～4米，无不具有狮子的特征，但又带上神异的夸张。 这种神异型的狮子，在后世成为民间吉祥物中的狮子造型的一种（图4）。

图3　山西晋城城隍庙守殿石狮（元）

图4　四川雅安高颐墓阙守护狮（东汉）

三　中国狮文化的成熟（隋、唐、宋，公元589～618～907～1280年）

图2　河南出土守墓蹲式辟邪（东汉）

隋唐统一华夏，文治武备，经济和国力空前繁荣。唐代文化，更成为中国封建社会文化发展的高峰期，亦是中国与东西方文化交流的黄金时代。在这个文化空前繁荣发展的大气候中，中国的狮文化从形成期走向成熟，无论是威猛型、驯服型还是神异型更加完善，中国狮文化的民族风格在唐宋时代正式形成。由于南北统一集权，各地域狮子文化的形象大体上风格趋向一致，而且由于西域狮子不断入贡，狮子的写实性加强，特别是宫廷艺术中的狮文化，成为中国狮文化中的楷模。

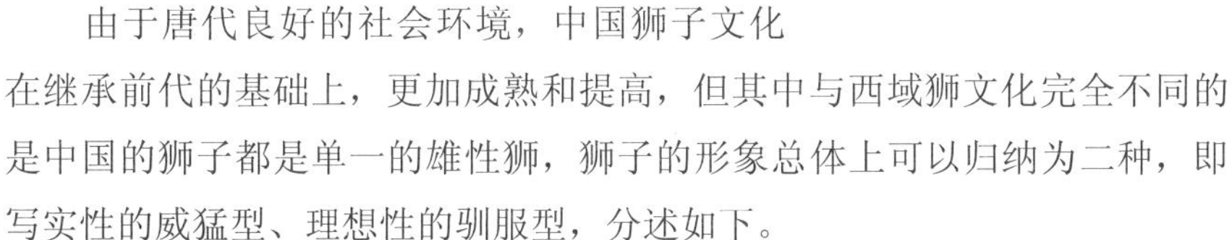

由于唐代良好的社会环境，中国狮子文化在继承前代的基础上，更加成熟和提高，但其中与西域狮文化完全不同的是中国的狮子都是单一的雄性狮，狮子的形象总体上可以归纳为二种，即写实性的威猛型、理想性的驯服型，分述如下。

（一）写实性的威猛型。隋唐统一，西线、南线和海上丝绸之路的开通，以写实为主体的西域狮文化大量涌入，真实的狮子和写实狮文化多次从西域进入宫中。如新、旧《唐书》记载，仅唐玄宗开元七年、十年、十五年、十七年，有康居国、波斯国、米国等献送狮子。唐高宗显庆二年，吐火罗国送狮子。唐太宗贞观九年，康居国进贡狮子。唐太宗命虞世南作《狮子赋》：“洽至道于区中，被仁风于海外，有绝域之神兽，因重驿而来朝……”。《狮子赋》中具体描写了狮子的形貌。唐太宗还命阎立本对狮子作写生，而不少西域雕刻家和画家涌入长安，画狮的如西域尉迟乙僧、唐居国康萨也等。唐代王玄策从西藏出使印度，传入佛画和狮子画法。唐代的陵墓狮、陶瓷狮、印染狮、金属狮或跃动或威猛或俊灵，充满生气，狮子的神态、情感、动势、构造等等都表现得维妙维肖、栩栩如生。从气宇轩昂高达3米的陵墓石狮，到长不盈寸的工艺金属狮，均比例合适，体态生动。即使民间的舞狮活动的模拟，也以真实狮子为依据。笔者认为可能西域进贡的都限于雄狮，因此所有的狮文化表现的都是雄狮，且都充分表达狮子的“野性”，直到五代混战，西域真狮不再入贡，野性的狮子才带上了锁链项圈，中国狮子艺术从宋代以后进入了另一历史时代（图 5）。

（二）理想性的驯服型。从隋唐开始，随着中外文化交流的频繁，以写实为主体的中国狮文化从成熟达到鼎盛。但由于唐时期有机会接触到现实狮子的文武百官贵族的人数不少，故对狮子的神异感和恐惧感大大减弱。又由于佛教的影响，狮子被释迦牟尼所驯服，成为文殊菩萨的座骑，成为民间吉祥物，出现了为数很多的驯服型的佛教狮——石窟造像、泥塑木雕、绘画漆艺，有的还有与狮子在一起的驯狮人（狮奴）。佛教文化中的狮子无不带有宗教气氛，诸如色泽、座垫、体量等都作了理想化的改变。如公元 838 年，日本圆仁入唐，在寺庙中看到的狮子有青毛狮、金毛狮、白玉狮等，就有了“其师子精灵，生骨俨然，有动步之势，口生润气，良久视之恰似运动矣”的记载。

唐代的狮子无论是猛狮和驯狮，都是气势威猛，动势活跃，随着中外文化交流的频繁，传到日本，统称“唐狮子”，其中也包括日本的狮子舞。

五代十国（907 ～ 960 年）的南北征战，经济文化又遭受一次大破坏。960 年建立的宋王朝与西夏、吐蕃（今西藏），及后来金、元长期对峙，国势日衰，中国狮子文化的神采随之减弱。一方面是由于西域真狮和写实型的西域狮文化不断进入；一方面是中国本土的文化艺术趋向世俗化，其中最明显的是狮子的项颈中有一条项饰，这一根本性的变革，狮子从野性到被驯化，从“王者”地位，徐步迈入民间百姓之家，狮子的动态减弱，最后终于定型为挂着铃铛的雄狮和雌狮，以抢球和抱幼狮作为中国狮文化的固定格式。不同的民族，不同的地域，不同职业，几乎都

图5　陕西唐代陵墓石狮

图6　宁波宋代石狮

图7 陕西韩城城隍庙琉璃脊顶狮（明）

把狮子作为心目中的吉祥物，狮文化已渗透到中国民族文化的深处了（图6）。

四 中国狮文化的继承（元、明、清和近现代，公元1280年～1368年～1644年～1911年～1949年）

元、明、清三代，中国封建社会进入晚期，中国狮文化在继承前代基本定局的基础上，进一步渗透到民间，应用的范围扩大，造型变化多样，程式化趋向强烈。由于西域丝绸之路的中断，狮文化在中国土地上的代代传承，仅凭口述笔录，民间流传的狮子离真狮的形象愈来愈远，地方特色、民族风貌、艺人技艺得到更自由的发挥。

在近七百年的封建时代晚期，元代是一个游牧民族，没有建造固定陵墓，故没有墓前的狮子镇守，但元代的狮子差不多都有雄强劲悍的民族特色，一般头小、爪利、体躯劲健，威武猛烈。

明代的建立，使汉文化的正统地位又全面恢复。明代文化尚古崇文，虽然力度不足，但力显雄迈之风。虽然在神情上已显柔弱，而精雕细刻的华美装饰超过了以往几代。北京皇城的宫殿狮和明代皇室的守陵狮，八面威风，表示了皇权至上的象征性意义，但一丝不苟的狮子配饰，玲珑细巧的铃铛座基，开创了又一代的中国狮文化（图7）。

图8 浙江宁海檐柱木雕撑拱狮（清）

清代，虽然是满族为主体的统治，但传统的汉文化已不容逆转，狮文化在承袭明代的基础上，趋于纤细、玲珑和多样化，狮子被认为是最广泛应用的吉祥物（图 8）。

1840 年的鸦片战争，打开了中国封闭的大门，洋狮和真实动物狮子突然闯入，使中国人大开眼界。但中国固有的传统观念如泰山难撼，西洋狮只能在沿海城市中悄然流行，一般用作洋式建筑的守护狮，如上海汇丰银行的大铜狮。

近代商品经济的发展，其势猛不可挡，洋式新建筑涌现，传统技艺趋向失传，狮子的形象仅作精神上的共鸣和物质上的摆设，因此洋狮充满街头，国狮大多动态呆滞，神情不足，有的在造型上繁琐碎杂，着力于丝带锦袱的雕琢，有的头大腿细，尾巴篷松，各地民间艺人全凭个人对狮子的师承模仿，因而有突出创造的不多，仅少数有造诣的艺人，如砖雕、灰塑、石刻、金属雕、木雕等，颇多佳作。

在现代，仍有一批孜孜不倦研究中国狮文化的艺人们，他们继往开来，佳作频出。如上世纪 60 年代建造的浙江新安江大桥，老艺人张奕善大显身手，为大桥雕了 120 头姿态各异的狮子。河北曲阳的卢进桥是 2000 余位民间艺人中的佼佼者，他雕刻的《坐狮观音》等颇有“唐风”气概。1989 年制作的北京大型琉璃《九狮壁》，长 27.5 米、高 8 米，9 只大狮各带 8 只小狮，共 81 只狮子，神态各异，这是天津美术学院尹德明的佳作。其他如上海城隍庙和豫园的守门狮、屋脊狮，苏州的东山民宅狮、四川的寺庙道观狮等，各地艺人手中的狮子异彩纷陈，各有千秋。

综观中国近现代的狮文化，虽然丰富多彩，技艺各一，大体上可以分为北狮和南狮两大系列。

北狮：主要流行于华北和东北地区，北京狮为其代表。一般采用昂头恭坐状，神情肃穆，毛发丰满。而山西、陕西等黄土高原的狮子动态活跃，形体劲健，毛发不多，有的骨相和筋胳显露。

南狮：大多摇头摆尾、献媚取宠、张口露齿，灵秀丰润的姿态讨人喜欢。安徽狮的眼凸脑门秃，闽广狮的大头大耳，云贵狮摇头晃脑、拖着硕大的尾巴，而西藏、青海喇嘛寺的狮子带有神秘的宗教气氛。如拉卜楞寺的狮头人身，西藏大昭寺的翼狮等。其他如台湾金门的“风狮爷”色彩绚丽，成为当地特有的风景线。

具有独特艺术魅力的中国狮文化，是我国各民族二千年以来逐步形成的文化遗产，即使在我们这个物质文明已经高度发展的现代，多姿多采的中国狮子依然有着巨大魅力。浙江各地的牛腿狮、压绷狮，陕北的拴马桩狮，南方的倒挂狮以及狮子照壁、狮子柱础、狮子灯、狮子牌坊、镇宅狮、香炉狮、护桥狮、石敢当狮、屋脊狮、踏脚狮……狮文化在中国土地上的渗透和普及，与中国的龙凤相比较有过之而无不及。笔者在我国宝岛台湾考察，参观了宜兰头城镇的一座“狮子文物博物馆”，在这里竟收藏着5000件中国的狮子艺术作品。在日本奈良东大寺南大门，还保留南宋时代明州（宁波）工匠雕刻的一对石狮子。

五　结语

中国古建筑中的狮文化有着灿烂的光辉，它作为一种文化艺术，与我国的民俗风情、哲学伦理、地域特点紧紧相连，在一定程度上反映了一个时代的经济和文化发展的水准。中国狮子文化近二千年来随着代代王朝的更迭而又代代继承和变革，在具有中国狮文化共性的同时又有着鲜明的民族特色和地域特色，以及艺人表现出的个性。在当今世界上，科学的发展和社会的进步，每一国家和民族都在努力保护自己本民族的本土文化，因此，对于这样丰富而宝贵的狮文化，我们作为一个中国人不仅感到无上荣耀，而且更重要的是，应担负起保护继承和发扬的职责。

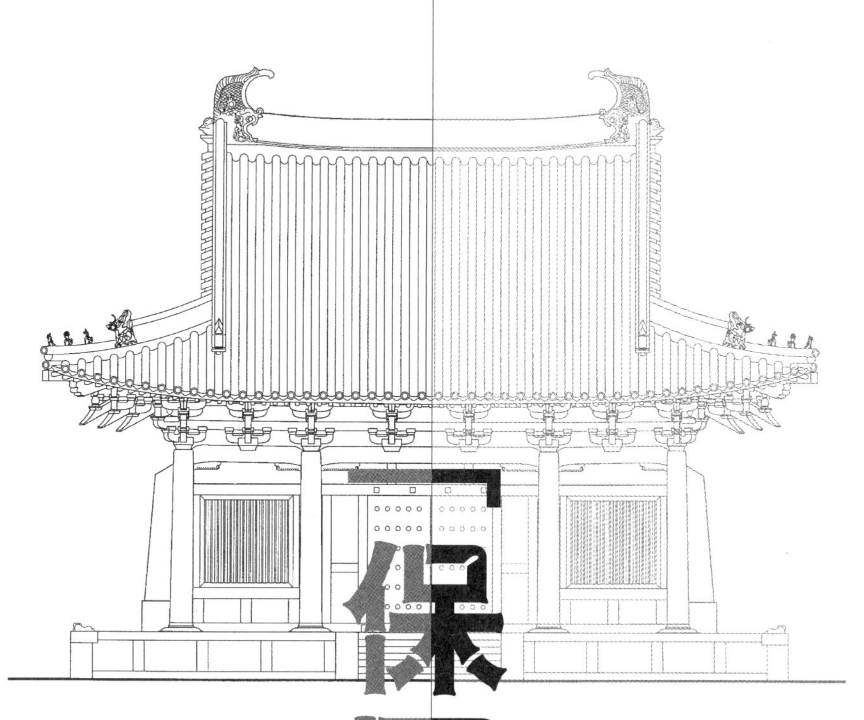

「保国寺研究」

【必须重视保国寺周边环境的保护】

郭黛姮　肖金亮·清华大学建筑学院

2005年10月21日晚，国际古迹遗址理事会（ICOMOS）第15届大会在西安闭幕。来自世界86个国家的文物古迹保护方面的专家、学者，围绕着“背景环境中的古迹遗址”这一主题，进行了深入探讨，形成并发表了《西安宣言》。

任何一个文物古迹所处的周边环境，应当被看作是文物建筑保护工作中的重要组成部分，特别是当其历史环境还存在的情况下，把文物建筑与它的环境进行整体保护尤为重要。保国寺所处的灵山和慈江是自汉代建寺以来一直保存下来的历史环境，有文字记载可考，如寺志中记载了这座建筑与慈江的关系。在嘉庆十年的《保国寺志》中记录了一些文人游记保国寺的诗文，其中多次写到慈江，例如：姚应龙《过保国寺》一诗有“登临何处好，古刹对沧江”之句；秋岩葛应龙《寄题极目江天》一诗有“古寺翠微里，窈窕环深谷，上有最高峰，旷望开平陆，大江出万山，横截岛屿绿，……”之句；三峰余曾鋐《保国寺避暑》一诗有“空山一片白云横，触暑追凉古寺行，晒网渔舟桥下泊，覆阴松树涧边生。到门正喜溪泉绿，……”写的是从水路来到保国寺门前的情景，也写出了慈江。历史上许多游客是从水路来保国寺的，对此情景从《保国寺志》所载的一幅寺院僧人永斋所绘图画便可得到证实（图1）。这些史料证明了慈江在保国寺发展过程中的地位，是非常难得的，也是保国寺这项文物建筑所特有的。只有将保国寺与其周边环境整体保护下来，才能够充分发挥文化遗产对后代的教育功能，向他们传递正确的文化信息，让后代子孙知道中国古人将建筑与山水空间和谐融合的匠心独运，让人抚今追昔，体味、再现由水而山、探幽访胜的传统文化意境，从而传承江南悠久浑厚的人文传统。

对照《西安宣言》所谈到的“古建筑、古遗址和历史区域的周边环境，……是其重要性和独特性组成部分”，必须“承认周边环境对古迹遗址重要性和独特性的贡献”。因此保护保国寺的周边环境是我们这一代义不容辞的责任。

图1　保国寺山水形势图

目前面临的是慈江马上要被拓宽的问题。慈江按照有关部门的要求将被拓宽成60米，理由是泄洪需要，并在两岸修筑硬质驳岸，其中慈江上的师圣桥也会被拆除（图2）。如果实行了这样的工程，本来历经千年保存下来的保国寺完整的历史环境将会完全改变。有些观点认为，在上世纪60年代公布的全国重点文物保护单位名单中，保国寺仅仅包括古建筑群，慈江和师圣桥并不能包括在内；在80年代所作的保国寺规划中，慈江和师圣桥也没有被划入保护对象之中；总之，二者不享受《文物法》的保护，可以不受建设控制。然而，从80年代至今的二十余年中，无论国际还是国内对于文物/文化遗产的认识都在迅猛地改变，保护的理念也一直在创新：20年前国内外对文物保护的理念大多仅仅限于文物本体，一般以《威尼斯宪章》所提出的原则为依据；现在有了《西安宣言》，我们不能再固守原来的理念。

时至今日，新的保护工作、工程越来越重视文物与周边环境的整体性，对过去曾经犯下的忽视周边环境的错误保护理念进行反思。有的不惜投入巨大的人力物力对环境进

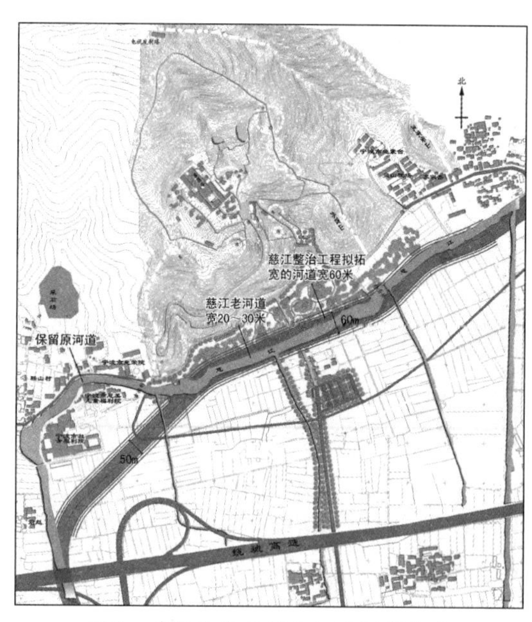

图2　慈江整治工程的河道拓宽方案

行整治。这种理念上的变化并不是少数专家心血来潮自说自话，而是随着全球性对保护历史文化要求的提高，对过去的错误进行地经验总结。

参加《西安宣言》制定工作的国家文物局副局长张柏曾经指出，进入21世纪，城市化进程的迅猛发展，给古迹遗址及文化景观的保护带来了巨大的冲击，……特别是遗产环境所承担的压力和风险日益加大。随着周围空间不断地被吞食和破坏，遗产所代表的历史价值也日渐剥离，面对这种情况人们不约而同地意识到了保护遗产周边环境的重要性和紧迫，……，因此近些年来不管是在发达国家，还是在发展中国家，不管是在东方还是在西方都在研讨文化遗产环境保护，都在实践文化遗产环境保护。

保国寺所具有的历史环境能够保存至今，本来是非常宝贵的文化遗产，应该予以保护。从《西安宣言》的精神来看，无论过去是否把历史环境划入文物本体的保护范围，今天都应当加以保护，况且保护与泄洪并非尖锐对立不可调和。文物保护的对象是慈江原有的宽度和岸边景观（包括植被、师圣桥、自然弯曲的驳岸线等），泄洪的要求仅仅是某段时间的通过水量，完全可以在适当的位置开辟支流，避开保国寺山前的一段老河道不进行拓宽，而在南边间隔若干米的地方开凿新河，使新河老河的总过水量满足泄洪需求即可。事实上，在慈江河道整治规划中，对于宁波市社会福利院处的一段老河道就是如此处理的，但到了保国寺灵山下的一段又简单粗暴地直接将老河道拓宽了事。这种粗暴的对待文化遗产的态度与当前国内外社会发展的主流是背道而驰的。为此，我们在《宁波保国寺文物保护规划》中提出慈江在福利院以东建一条宽为45米的支流，位于距离原有慈江河道30米的位置，用以解决慈江泄洪问题(图3)。

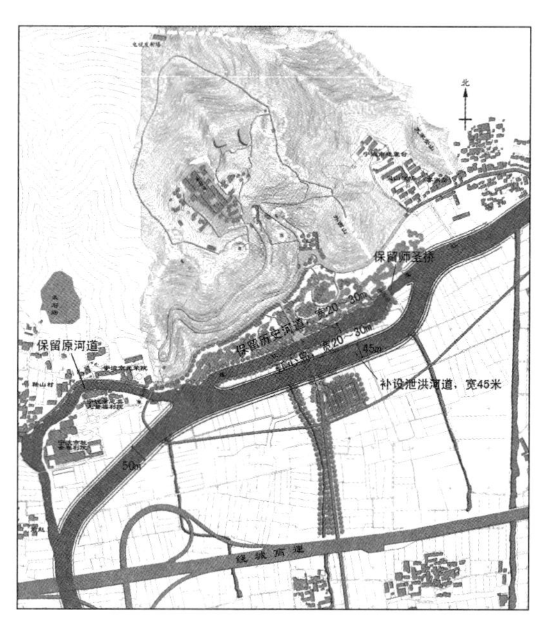

图3　推荐的河道调整方案

本建议里所提出的泄洪支流的位置并没有居民搬迁一类的复杂问题，仅仅是把占有农田的位置作一置换调整而已。可惜，有关主管部门在制定改造规划之前没有征求国家文物主管部门的意见，忽略了保国寺这一重要的国家级重点文物保护单位的意见，规划实行中遇到文物部门的不同意见又不愿意听取。

到今年《西安宣言》已经公布近三年时间了，宣言在中国制定，我们中国应当成为宣言的积极维护者，应当成为执行宣言的典范，不要等到将来破坏了历史环境之后，意识到问题所在，就要成为被“问责”的人的时候，再出巨资整治环境。作为牵扯繁多的水利工程，不应该害怕不同意见，也不能逃避麻烦，应该抱着负责的态度认真对待文化遗产，将它尽量完整地传承下去。

《西安宣言》要求通过规划手段和实践来保护和管理周边环境，并希望可持续地管理周边环境，需要前后一致地、持续性地运用有效的法律和规划手段、政策、战略和实践，……。这正是《宁波保国寺文物保护规划》应当完成的任务。

附：《西安宣言》

西安宣言——关于古建筑、古遗址和历史区域周边环境的保护

（国际古迹遗址理事会第15届大会于2005年10月21日在西安通过）

导　言

应中国古迹遗址保护协会的邀请，我们于2005年10月17日至21日在古城西安召开国际古迹遗址理事会第15届大会并庆祝该组织成立四十周年，回顾她为维护和保护作为可持续和人文发展的一部分的世界文化遗产所作出的长期努力；

得益于大会期间召开的“古迹遗址及其周边环境——在不断变化的城镇和自然景观中的文化遗产保护”国际科学研讨会上所交流的众多案例和反思，以及得益于中国和各国政府、研究机构和专家关于在加速变化和发展的条件下充分保护和管理古建筑、古遗址和历史区域（诸如古城、自然景观、古迹路线和考古遗址）的经验；

注意到《国际古迹遗址保护及修复宪章》（即《威尼斯宪章》，1964年）以及该宪章所引发产生的其他许多文件中所体现出的对古迹遗址周边环境保护的国际的和专业领域内的兴趣——这种兴趣尤其是通过国际古迹遗址理事会的国家委员会和国际委员会表现出来，并体现在《奈良真实性文件》（1994年）和其他国际会议所通过的结论和建议中，诸如:《会安宣言——保护亚洲历史街区》（2003年）、《恢复巴姆文化遗产宣言》（2004年）以及《汉城宣言——亚洲历史城镇和地区的旅游业》（2005年）；

注意到联合国教科文组织的公约和建议中关于“周边环境”的概念，包括《关于保护景观和遗址的风貌与特性的建议》（1962年）、《关于保护受到公共或私人工程危害的文化财产的建议》（1968年）、《关于历史地区的保护及其当代作用的建议》（1976年）、《保护无形文化遗产公约》（2003年），尤其是《保护世界文化和自然遗产公约》（1972年）及其执行性原则——在这些保护文件中，“周边环境”被认为是体现真实性的一部分并需要通过建立缓冲区加以保护，这也为国际古迹遗址理事会、联合国教科文组织以及其他合作伙伴进行国际和跨学科合作提供了机会；

强调有必要采取适当措施应对由于生活方式、农业、发展、旅游或大规模天灾人祸所造成的城市、景观和遗产路线急剧或累积的改变；有必要承认、保护和延续遗产建筑物或遗址及其周边环境的有意义的存在，以减少上述进程对文化遗产的真实性、意义、价值、整体性和多样性所构成的威胁；

国际古迹遗址理事会第15届大会的代表特此通过如下有关原则和建议的宣言，并将它告知所有能够通过立法、政策制定、规划和管理等途径促进宣言目标实现的政府间组织、非政府

组织、中央和地方政府、机构和专家，以便更好的保护世界古建筑、古遗址和历史区域及其周边环境。

承认周边环境对古迹遗址重要性和独特性的贡献

1．古建筑、古遗址和历史区域的周边环境指的是紧靠古建筑、古遗址和历史区域的和延伸的、影响其重要性和独特性或是其重要性和独特性组成部分的周围环境。

除了实体和视角方面的含义之外，周边环境还包括与自然环境之间的相互关系；所有过去和现在的人类社会和精神实践、习俗、传统的认知或活动、创造并形成了周边环境空间中的其他形式的非物质文化遗产，以及当前活跃发展的文化、社会、经济氛围。

2．不同规模的古建筑、古遗址和历史区域（包括城市、陆地和海上自然景观、遗址线路以及考古遗址），其重要性和独特性在于它们在社会、精神、历史、艺术、审美、自然、科学等层面或其他文化层面存在的价值，也在于它们与物质的、视觉的、精神的以及其他文化层面的背景环境之间所产生的重要联系。

这种联系，可以是一种有意识和有计划的创造性行为的结果、精神信念、历史事件、对古遗址利用的结果或者是随着时间和传统的影响日积月累形成的有机变化。

理解、记录、展陈不同条件下的周边环境

3．理解、记录、展陈周边环境对定义和鉴别古建筑、古遗址和历史区域的重要性十分重要。

对周边环境进行定义，需要了解遗产资源周边环境的历史、演变和特点。对周边环境划界，是一个需要考虑各种因素的过程，包括现场体验和遗产资源本身的特点等。

4．对周边环境的充分理解需要多方面学科的知识和利用各种不同的信息资源。

这些信息资源包括正式的记录和档案、艺术性和科学性的描述、口述历史和传统知识、当地或相关社区的角度以及对近景和远景的分析等。同时，文化传统、宗教仪式、精神实践和理念如风水、历史、地形、自然环境价值，以及其他因素等，共同形成了周边环境中的物质和非物质的价值和内涵。周边环境的定义应当十分明确地体现周边环境的特点和价值以及其与遗产资源之间的关系。

通过规划手段和实践来保护和管理周边环境

5．可持续地管理周边环境，需要前后一致地、持续地运用有效的法律和规划手段、政策、

战略和实践，同时这些方法手段还需适应当地的文化环境。

管理背景环境的手段包括具体的立法措施、专业培训、制定全面保护和管理的计划以及采用适当的遗产影响评估系统。

6．涉及古建筑、古遗址和历史地区的周边环境保护的法律、法规和原则，应规定在其周围设立保护区或缓冲区，以反映和保护周边环境的重要性独特性。

7．规划手段应包括相关的规定以有效控制外界急剧或累积的变化对周边环境产生的影响。

重要的天际线和景观视线是否得到保护，新的公共或私人施工建设与古建筑、古遗址和历史区域之间是否留有充足的距离，是对周边环境是否在视觉和空间上被侵犯以及对周边环境的土地是否被不当使用进行评估的重要考量。

8．对任何新的施工建设都应当进行遗产影响评估，评估其对古建筑、古遗址和历史区域及其周边环境重要性会产生的影响。

在古建筑、古遗址和历史区域的周边环境内的施工建设应当有助于体现和增强其重要性和独特性。

监控和管理对周边环境产生影响的变化

9．古建筑、古遗址和历史区域的周边环境发生的变化所产生的个别的和积累的影响，以及这种变化的速度是一个渐进的过程，这一过程必须得到监控和管理。

城乡景观、生活方式、经济和自然环境累积或急剧的改变可以显著地、不可挽回地影响周边环境对古建筑、古遗址和历史区域重要性所作出的真正贡献。

10．应当管理古建筑、古遗址和历史区域周边环境的变化，以保留其文化重要性和独特性。

管理古建筑、古遗址和历史区域的周边环境的变化并不一定需要防止或阻挠其发生变化。

11．进行监控，应当对识别、衡量、组织和补救古迹遗址的腐蚀、重要性消失或平庸化所采取的途径和行动加以明确，并就古迹遗址的保护、管理和展陈活动提出改进措施。

应当制定定量和定性指标，评估周边环境对古建筑、古遗址和历史区域的重要性所产生的贡献。

监控指标应当包括硬性指标，如对视野、轮廓线和公共空间的侵犯，空气污染、噪声等，以及经济、社会或文化等层面的影响。

与当地、跨学科领域和国际社会进行合作，增强保护和管理周边环境的意识

12．同当地和相关社区的协力合作和沟通，是古迹遗址周边环境保护的可持续发展战略的

重要组成部分。

在保护和管理周边环境方面，应当鼓励不同学科领域间的沟通，这应当成为一种公认的惯例。相关的领域包括建筑学、城市和地区规划、景观规划、人类学、考古学、历史学、人类文化学、博物馆学、档案学等。

应当鼓励与自然遗产领域的机构和专家的合作，这应当是对古建筑、古遗址和历史区域及其周边环境进行确认、保护和展陈的有机组成部分。

13．鼓励进行专业培训、展示、社区教育和公众意识的培养，以此支持各种合作和知识的分享。促进保护目标的实现，提高保护手段、管理计划及其他相关手段的效率。

应当借鉴从个别古建筑、古遗址和历史区域保护中获得的经验、知识和手段，应当被用来改进周边环境的保护。

专家、机构、当地和相关社区人员应共同担起责任，充分认识周边环境在各方面的重要性；在做决定时，应该充分考虑周边环境有形和无形的层面。

【构建科技保护监测体系，加强文物建筑保护力度】

——浅析浙江宁波保国寺大殿科技保护项目及其应用

余如龙 · 保国寺古建筑博物馆

一　文物建筑保护现状

（一）保国寺古建筑群的精华——保国寺大殿，重建于北宋大中祥符六年（1013 年），是长江以南地区保存最完整、历史最悠久的木构建筑遗存之一，是中国唐宋时期经典建筑典范，具有很高的历史、艺术和科学价值。虽历经多次修缮，但原制未改，其建筑布局和众多建筑构件在建造理论上与宋《营造法式》相吻合，具有显著的唐宋建筑特点。大殿某些构件做法还继承了唐代建筑的遗风及地方建筑手法，所采用的木构技术，代表了 11 世纪中国最先进的木构工艺水平，与同时期的其他建筑相比，建筑风格独树一帜，对我国乃至海外建筑的发展产生了深远的影响。

（二）保国寺大殿虽然多年来一直进行着维护保养，但大都是抢救性质的修复，即在建筑产生明显损毁之后进行补救。这种被动的亡羊补牢式的做法只能治标，难以治本。长此以往，古建筑就会变成“新建筑”。保国寺大殿由于所处位置特殊——暴露于户外，长期遭受周边自然环境（如风雨侵蚀、阳光照射、空气干湿变化、热涨冷缩、洪水、雷电、地震以及鸟兽、虫蚁、细菌等）的影响。本身建筑材料又均为木材，这种材料更是特别受制于自然环境的变化，况且大殿本身也会随着时光的流逝而发生衰变。到目前为止，保国寺大殿整体建筑明显向北侧倾斜，内柱倾斜也有日益加剧之势，部分构件碱化，个别构件腐朽等（图 1）。

图1

（三）当前我们对保国寺大殿的“健康与安全”状况缺乏必要的检测手段和评估，既无法预知大殿未来的危险程度，也无法确定在目前情况下应该采用何种保护措施。以保国寺大殿为代表的文物古建筑群的生存和传承面临保护的难题和前所未有的挑战。

二　构建科技保护监测体系

（一）为了更加有效和有预见性地做好文物保护工作，推进文化工作的创新与发展，坚持“抢救第一、保护为主、合理利用、加强管理”的文物工作方针，借助著名院校的科研力量，我馆联合清华大学、同济大学、东南大学、河南大学等国内知名高校，展开针对文物建筑(保国寺大殿)的科学保护工作，进行探索和研究，提高了文物建筑保护修缮的预见性，降低破坏文物原状所携带历史信息的可能性，对文物建筑的材质、结构受压状况以及有可能影响建筑本体的一些自然环境进行检查和监测，并根据信息本身特点及变化规律确定检测的周期和监测频率，为科学保护文物古建筑，特别是在江南地区特有的潮湿环境下保护古代木构建筑探索出较为系统的监测方法，为今后建立江南木构古建筑保护与研究，制定相关技术标准和维修古建筑，提供丰富的实践经验和理论依据。

（二）文物保护运用科技手段，进行深入研究、科学决策和谨慎处理文物建筑，采用先进的科技监测方法对保国寺古建筑群及其环境进行全方位的信息采集、信息管理与分析。经过一段时间的监测和数据积累，通过分析了解文物建筑的变化规律，确定文物建筑检测的安全值、警戒值和行动值的临界点，为文物建筑的持续保护提供了科学的数据支撑和应对措施，及时了解周围自然环境变化与文物本体变化的关系，找出了影响文物的主要环境因素，进行有针对性地防护，消除其不安全隐患。

三　科技监测项目的实施步骤

（一）2003年我馆开始在某些领域（木材材质分析、倾斜等)对保国寺大殿进行监测，得到了一些数据，并会同中国林科院木材工业研究所对大殿木构构件的材质状况进行勘查，提出保护和修缮对策。2005年联合同济大学建筑与规划学院，使用三维激光扫描技术对大殿内柱进行变形测量，根据监测得到的相关数据，会同清华大学、同济大学等相关院校进行数据分析研究，同时采用温湿度仪器进行实时监测。

（二）2007年，我馆与同济大学共同编制的《宁波市保国寺北宋大殿保护信息采集与展示设计方案》，在第四届“中国建筑史学国际研讨会”上顺利通过专家评审。同年12月，国内首个基于Visua Studio 2005平台针对古建筑类的“科技保护信息采集与展示软件”开发并投入使用，并将“科技保护项目成果”进行开放展出，取得了良好效果（图2、图3)。

本科技监测系统项目主要分为文物建筑及环境信息采集、信息管理与分析、相关保护技术及信息展示三个部分。

图2

图3

1．文物建筑及环境信息采集在查阅国内外大量文物保护相关技术文献的基础上，结合实际保护工程实践经验，在国内首次借助现代计算机信息技术，先将大殿分为“九宫格”，在大殿上下前后各个角落都隐蔽地安插监测器和探头，监测器每天 24 小时不间断工作，实时采集数据并传送到服务器。

2．信息管理与分析。将采集获取的大量数据存储于数据库中，结合古建筑知识及结构利用前台计算机工作站进行一系列综合整理分析。通过分析一段时间积累的监测数据，了解文物建筑变化规律——即所谓的自损和他损规律，为文物保护维修提供必要的理论支撑，做到尽可能及时消除隐患，避免由于频繁维修而带来的对文物建筑的破坏，同时还可以探知周围自然环境与文物建筑变化的关系，以寻找出影响文物建筑的主要环境因素，然后进行有针对性地防护，做到标本兼治，防患于未然。

3．相关保护技术及信息展示。采用直观、互动的形式，使参观群众能够更加深入地了解大殿及古建筑内的状况及其与环境变化的关系，让他们对文物建筑更感兴趣，激发观众保护文物、保护环境的热情，为让更广大的群众参与保护文物建筑奠定广泛而坚实的基础。

四　科技保护监测系统的建设

（一）大殿相关环境信息。环境温度（结冰）与温度、风力监测；空气污染监测（颗粒数量，PH 值）；地下水水位监测；地震数据及其影响监测；

地基特征勘测与力学测试；地基位移监测；环境振动情况监测；环境生物检测（植被、鸟类与昆虫，特别是与木构相关部分）。

（二）大殿主要材质（木材）相关信息。木材种类调查；木材霉变与虫蛀状况检测（包含对防霉、杀虫剂效果的评估）；木材干缩状况检测；受力构件的破损检测；非受力构件的破损检测。

（三）大殿主要结构和构造相关信息。关键构件的应力信息采集；结构关键点的位移与变形信息采集；结构构件的裂缝与变形信息采集；结构构件联系部位的受力分析信息采集。

根据以上各个信息的特点及变化率，将信息采集频率分为一次性监测、周期性监测、持续实时监测三种。

研究路线与方法。本项目主要采用实验性的研究方法，以量化分析为研究手段，力求探索文物建筑在特有的内在和外在环境下的变化情况，预见可能发生的灾变，提高保护措施的应变能力，具体又分三个步骤：

1．数据采集。首先接受由各种监测设备监测得到的原始数据，建立完整的环境监测体系，按前文所述的几个方面进行监测，不间断地采集、更新和积累数据材料。

图4

2．数据处理。

数据预处理：根据采集得到的不同类别的数据，结合相关专业知识，进行一些必要的预处理，以生产标准的、能准确反映监测信息的数据；将预处理后的数据选择合适的数据类型存放到相应数据库表中。

数据处理：依据每类数据所代表的专业知识，进行适合古建筑保护的数据处理工作。

数据挖掘：根据各个数据所代表信息结合相应的古建筑保护专业知识及保国寺大殿特点，选用合适的数学模型对存放在数据库中的数据进行挖掘和分析，从而推断出某些信息的变化规律或信息之间的关联性，从而推导出修复古建筑需要的信息，对未来古建筑的发展趋势做出具有科学意义的预测，可将这些推断信息存放在数据库中，同时也可将得到的信息通过终端机给用户看。

3．数据输出。定期打印输出纸质监测数据及各种图表，用于存档，便于专业人员查阅（图4、图5）。

五　科技保护监测系统的初步成果评估

“宁波保国寺北宋大殿科技保护监测系统的建立与展示”是深入贯彻落实科学发展观、不懈追求文化工作创新的结果。

（一）探索文物保护的新方式。将原来单纯的、被动的亡羊补牢式做法，转变为通过科学的监测系统和计算机技术，将文物保护

图5

扩展到建筑材料木材本身，可以尽早知道文物建筑内部发生的虫蛀、霉变等损害，及时将不良信号消除，防患于未然。

（二）开拓了文物保护的新局面。以新的思维方式，结合科学技术，探索新的方法来保护文化遗产。通过计算机软硬件，实时的、全方位的监测文物建筑变化，在全国尚属首例，为古建筑的保护提供了范本。

（三）加强了全社会保护文物的力度。通过直观、互动、虚拟维护等多种形式让观众了解、感知、参与文物建筑和环境的保护，激发观众保护文物建筑和环境的热情，体现人与建筑、人与环境的和谐。

（四）取得了良好的社会效益。集科技保护与监测为一体的展厅，一经推出，就引起了社会新闻媒体和参观群众的广泛关注。到目前为止，已有宁波电视台、杭州日报、宁波日报、东南商报、东方早报、宁波晚报、现代金报、钱江晚报、新闻晚报、新华网、浙江在线、中国宁波网、宁波文化遗产保护网、东方热线等多家新闻单位进行相关报道，社会效益显著。

1．动态性：主要体现在两个方面。一是对文物建筑的变化数据进行长期有效的定量的、全自动不间断采集、检测；二是随其“健康与安全”状况不同，提出有针对性的保护措施。

2．整体性：全面分析文物建筑的生存环境，建立自内而外的“健康与安全”的侦测，有实时性。

3．数码化：由于国内目前尚无类似保护的实例，创造性地综合应用相关的先进技术设备，实现了数据的定量化、数码化，为进一步研究提供了第一手的数据材料。

4. 应变性：通过长期持续对大殿进行全方位的科学监测，研究其内在的规律，预见其可能发生的自变或它变以及各种灾变，并提出相应的保护措施，具有动态的应变能力（图6）。

在国外对木结构文物建筑的监测和保护，已建立起了一套完善的措施，如通过各种仪器、设备采集数据，建立多种数据库等，而在我国，只有少数高校的科研院所具备了一定的监测能力。但在实际应用过程中，也只能做到定期监测，无法实现不间断地监测，导致了数据的连续性和可靠性均较差。因此，在文物保护单位中建立一个监测点，结合外部条件（如气候等）变化，将是我国在科学保护古建筑领域里的一次有意义的探索。

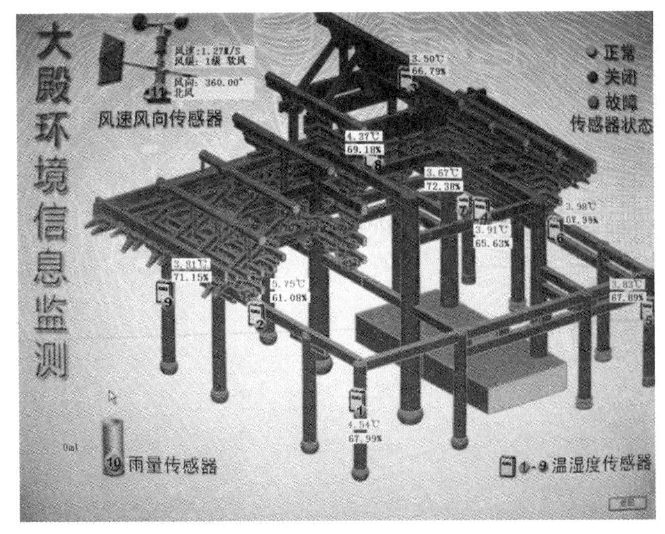

图6

六 “保国寺大殿科学保护与研究”学术研讨会的召开

针对保国寺大殿此次监测系统的建立和运行，2008年6月21～22日，为期两天的“保国寺大殿科学保护与研究”学术研讨会在宁波保国寺古建筑博物馆举行。参会的人员有北京故宫博物院、中国文物报社、清华大学、同济大学、东南大学、华南理工大学、中国林科院木材工业研究所、浙江省文物局、浙江省古建设计研究院等科研院所的二十余名国内知名专家学者及相关单位代表（图7、图8）。

研讨会上，与会代表提出，保国寺古建筑博物馆联合清华大学、同济大学、河南大学的科研力量建设的动态监测系统，应用了现代的数字化技术对文物古建进行全方位信息采集、分析和管理，积极实践古建筑“防未病”的保护理念，为更加科学及时地开好“处方”、实施保国寺保护和排险奠定了扎实的信息基础。推动了保国寺古建筑群科技保护应用技术研究和学术理论研究水平的提升，为促进宁波市文化大市建设和历史文化名城建设，产生积极的推动作用。

专家组详细听取了课题组阶段成果汇报，并实地踏勘了系统的建设和运行情况。随后，与会专家纷纷畅抒己见，发表对监测系统的意见与建议。最终专家组达成共识（详见：保国寺大殿科技保护监测系统建设与初步成果评估意见），保国寺古建筑博物馆率先在全国范围内把多系统、跨学科的数据信息采集技术集中应用于文物建筑保护，开创了利用高科技手段、多学科共同进行监测与保护的新阶段，在国内属于领先之列，代表了文物建筑保护工作的发展方向，进一步完善之后具有示范和推广价值。

图7

七　结束语

图8

现代科技是与时俱进的，它能帮助我们在文物保护事业中更好地承上启下。保国寺大殿的这种有益的开拓在我国尚属首次，它提升了我国文物遗产保护的高科技含量与管理水平，建立健全了我国古建筑类文化遗产的科学保护体系，在国内文物保护界将产生创新性的示范效应，推广意义重大。同时，也为提升保国寺古建筑博物馆的科学研究能力、构建古建筑文化研究中心奠定了基础。

附：保国寺大殿科技保护监测系统建设与初步成果评估意见

保国寺大殿科技保护监测系统建设与初步成果评估意见

重建于北宋大中祥符六年（公元1013年）的浙江宁波保国寺大殿，是我国现存长江以南地区保存最完整、历史最悠久的木结构建筑之一。保国寺大殿具有极高的历史、艺术和科学价值。

保国寺古建筑博物馆借助于科技手段，联合同济大学建筑与城市规划学院、河南大学计算中心，研发设计了保国寺大殿科技保护监测系统，在原状保护的前提下，应用现代的计算机数字化信息技术，展开对材质变化、结构受力状况、生态环境及位移变形等方面影响的监测，能够为进行系统管理和分析提供依据。该系统运行一段时间以来，积累了大量有效实用的要素信息，形成初步的研究成果。

针对保国寺古建筑博物馆此次监测系统的建立和运行，2008年6月21日—22日，来自全国各地的相关知名专家和学者，会聚甬城，参加了东方建筑遗产暨保国寺大殿科学保护与研究学术研讨会，听取了保国寺大殿科技保护监测系统建设与初步结果报告。与会代表经过两天的实地踏勘、充分交流和热烈讨论之后，达成如下共识：

1．采用先进的科技手段对保国寺建筑及其环境进行较为系统的信息采集、管理和分析，为科学制定保国寺维护方案提供可靠的依据和必要的数据，是科学保护文化遗产的必由之路。保国寺古建筑博物馆率先在全国范围内把多系统、跨学科的数据信息采集技术集中应用于文物建筑保护，开创了利用高科技手段、多学科共同进行监测与保护的新阶段，在国内属于依领先之列，进一步完善之后具有示范和推广价值。

2．通过积累分析足够的监测信息，运用数据建模的手段，以期探知周围自然环境与文物建筑变化的关系，找出影响文物建筑的主要环境因素，及时清除隐患，进行有针对性的预防性保护，做到标本兼治，防患于未然，代表了文物建筑保护工作的发展方向。

3．希望把科技监测系统的建设和完善与文物保护工作的要求更紧密地联系起来，补充扩展监测系统的监测内容，将建立安全值、预警值、行动值作为该系统的工作目标，建立多学科专家的合作机制，并能及时将研究成果转化为保护措施的实施。

4．该项目可以进一步扩展，作为文化遗产保护科学和技术研究课题向相关部门申报。希望本项目继续按计划实施，得到上级部门的积极支持，取得预期成果，为以后他地文物建筑的保护提供理论支撑和实践借鉴。

专家组组长 郭黛姮　　专家组成员 晋宏逵 彭常新 王贵祥 路秉杰 朱光亚 吴庆洲 杨新平 陈允适 刘秀英 李 湞 黄 滋

【宁波保国寺大殿复原研究】

肖金亮 · 清华大学建筑学院

一　综述

保国寺是第一批全国重点文物保护单位，位于浙江省宁波市的灵山，距市中心 13 公里，若从市区驱车西行，40 分钟便能到达。保国寺所坐落的位置，称为燕子窝，位于灵山的半山腰，这里三面青山环抱，一面朝向大海。从山脚到山门有一条两三里长的石道。

保国寺现存的建筑群坐落在燕子窝中的三层台地上，东南低，西北高，建筑物随地势高低错落，鳞次栉比。总用地面积 20000 平方米，总建筑面积 7000 平方米。

保国寺现状总平面图请见图 1。为了能够在有限的狭小地段中同样达到庄严、肃穆、严整的崇祀空间要求，保国寺将几个主要的殿堂布置在一条明确的中轴线上[一]，而其中最为显著重要的，正是大雄宝殿。

保国寺大雄宝殿，简称大殿，又名祥符殿，始建于宋真宗大中祥符六年（1013 年），是建筑群的核心主殿。大殿屋宇虽不甚高大，但前有月台，两侧夹以白墙，共同烘托出大殿庄严肃穆的气氛。大殿建成至今已 990 多年，不仅是保国寺内最为古老的建筑，更是江南所存最早也保存最为完整的一座木结构建筑，殿内很多做法成为海内外孤例，并与大殿建成后 90 年成书的宋《营造法式》多相印证，清嘉庆《寺志》云："（大殿为）宋祥符六年德贤尊者建，昂拱升斗，结构甚奇，为四明诸刹之冠。"[二] 大殿的一些空间和结构处理方法也成为后代佛殿仿效的对象，这些都对建筑史学研究具有重大价值。

保国寺大殿屹立近千年，其间几经修缮加建，核心结构未曾改变宋貌，但外观已然不同。笔者根据实地测绘所取得的成果，试着对大殿进行一个复原，力图将其两宋时期的面貌风采尽可能接近真实地展现在世人面前。

[一] 由于地势所限，这条轴线并没有能够严格地朝向正南正北，而是由北向东偏了 36 度。

[二] 民国《寺志》记载略同，为"宋祥符六年癸丑德贤尊者建。昂拱升斗，结构甚奇，为四明诸刹之冠"。

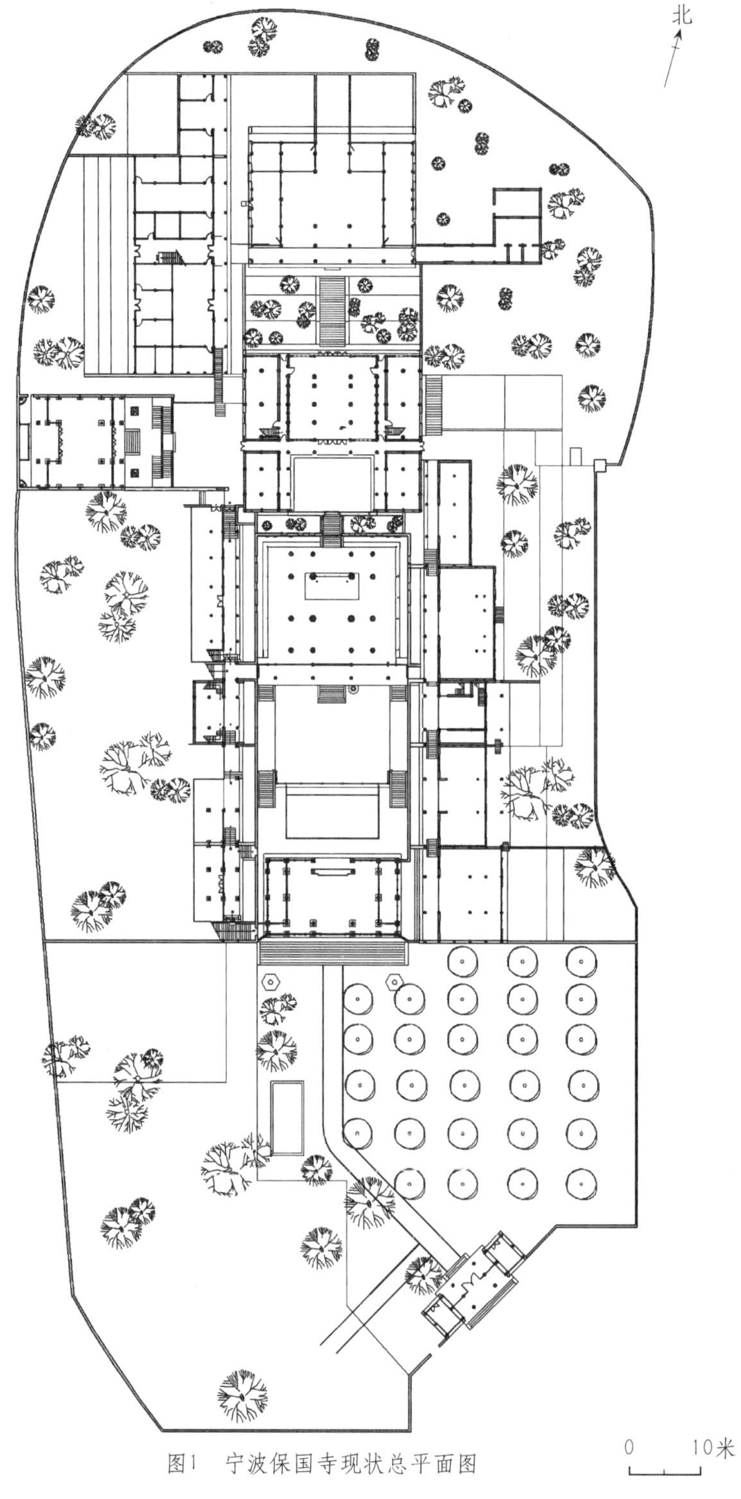

北

0 10米

图1 宁波保国寺现状总平面图

二　复原方法

大殿虽然历经千年，各朝各代均有过或大或小的修缮活动，但其结构主体仍然保存着比较原始的信息，这使复原工作具有一个较高的起点。

2003 年 3 月，笔者有幸在郭黛姮先生带领下参与了对保国寺的整体测绘，笔者所负责的正是大雄宝殿这一部分，因此对大殿现状比较熟悉。本次复原工作，即以笔者所掌握的现状为基础，分析其中所保有的宋代遗存信息，对于保存较好者、信息量较大者基本予以保留，对于明显后代有过更换的，则酌情进行复原设计。

对于复原设计部分，其依据一为与保国寺大殿同代或其前代遗存佛殿的对比分析，一为《营造法式》所载形制。前一种依据，通过横向和纵向的对比，可以总结出通行一般的做法，比较具有可信性。对于后一种依据的可信性，通过严格比照保国寺大殿宋代遗存部分与《营造法式》所载，可以发现两者能够相互印证者极多，可见李诫编纂《营造法式》时曾经大量借鉴吸收浙江一带工匠的做法，由此以《营造法式》作为指导反求保国寺大殿原貌做法，也是具有一定依据的。

三　大殿历次修葺

宋大中祥符六年（1013 年）大殿建成竣工。

宋神宗甲子元丰七年（1084 年）大殿经过大修[一]。

明嘉靖年间（1522 ～ 1566 年）重修大殿。

康熙九年（1670 年）重修大殿。

康熙二十三年（1684 年）重修大殿，“前拔游巡两翼，增广重檐，新装罗汉诸天等像，位置轩昂，其规模大非前日比”。此次重修，对大殿外貌改动极大，这一方面破坏了大殿原有的外檐装修，使我们今日不得而见，但从另一方面来说它也保护了内部的原始结构。而且考虑到保国寺初创时规模较小，配属建筑等第也不高，等到发展至清朝，规模扩大，其余殿堂营造得日渐高大华丽，作为中心建筑的大殿如果还保留着宋时古朴的面貌，难以适应它的级别地位，也难以满足人们视觉享受的要求，所以此次加建还是理由确凿，站得住脚的。

乾隆十年（1745 年）“移梁换柱，立磉植楹”。

[一] 1975年对大殿进行维修时在西侧南次间补间铺作上昂后尾挑杆侧面发现墨书“甲子元丰七年”字样，可见此挑杆为当时所换，同时可见此次维修规模不小。

乾隆三十一年（1766年）“内外殿基悉以石铺”。

乾隆四十六年（1873年）山门、大殿悉被狂风吹坏，几无完屋。次第修葺，愈为完固。

嘉庆元年至六年（1796～1802年），起工重修殿宇，改装罗汉配装诸天等像。

1956年柱子和额枋之间加上木支撑加固。

1963年调换了一些斗拱等构件。

1966年对大殿后围墙进行维修。

1970年更换屋面，采用北方做法。

1973年更换屋面，分别在屋面东西两侧换上明清的老筒瓦和大板瓦。采用南方做法。

1975年将由于整座大殿往北倾斜而脱位、歪闪的构件进行拉正归位。将榑子上和扶脊木上的椽碗全部更换。下平榑西向一段近三米糟朽，接新木。东北角两根拼接昂衔接处严重脱节翘起，重修时重做榫头，以环氧树脂粘合。屋面在1973年基础上，收集明清时期的旧筒瓦、板瓦和瓦当，将老瓦全部调换；并更新了东北角和西北角的戗脊。此次维修对于北宋的木构件，尽量保存原件，个别榫头糟朽严重的则进行局部更新；尽量利用原有材料，如当心间换下的阑额换作次间使用。对过去维修过程中不合理的更换也进行了改正，如东北角的转角铺作，由于柱子严重糟朽，上部构件被更换，只用一块枕木来代替，此次维修时按其他三处转角铺作式样进行改正。过去对倾斜的屋架构件没有进行校正，只在各构件之间使用大量木条和短柱加固，既影响原貌又损坏原构件，此次维修时对构件做了校正归位，去掉了拉接用的木条和短柱。大殿柱子损坏较大，均在尽量维持原貌的前提下以科学方法加固，只对损坏情况严重的东北角柱进行了整柱更换，但形制仍按照原物制作。

1988年对大殿梁架进行防腐、防糟朽处理及断白作旧工作。因为采用了青铜油涂刷斗拱，致使斗拱表面的水分子无法散发，久而久之材质表面发黑，无法复原。

1993年大殿西北角垂脊、戗脊遭雷击毁损，后修复。

1997年10月至1998年6月，上檐屋面更换破损的板瓦筒瓦，修复屋脊及垂脊，下檐屋面全部起底重做。更换了两个断裂的老檐柱（清代加建部分）以及糟朽变形的桁条若干。

四 逐项复原分析

大殿现状的平、立、剖诸图请见图2，复原后的诸图请见图3。

保国寺大殿平面，中心的部分为宋代祥符年间所建殿宇之遗存。这一部分面阔三间，进深三间；当心间宽5.80米，合宋尺[一]一丈七尺六寸，次间宽3.05米，合宋尺九尺三寸，两者比例为3.8:2。从南到北三间进深尺寸分别为4.44米（合宋尺一丈三尺五寸）、5.82米（合宋尺一丈七尺七寸）、3.10米（合宋尺九尺四寸）。通面阔11.90米，通进深13.36米，进深比面宽长。南面第一间进深加大，前内柱后退，增加了大殿前端的活动空间，这是满足使用功能的一种做法。

清代康熙年间在大殿周围加建副阶重檐，

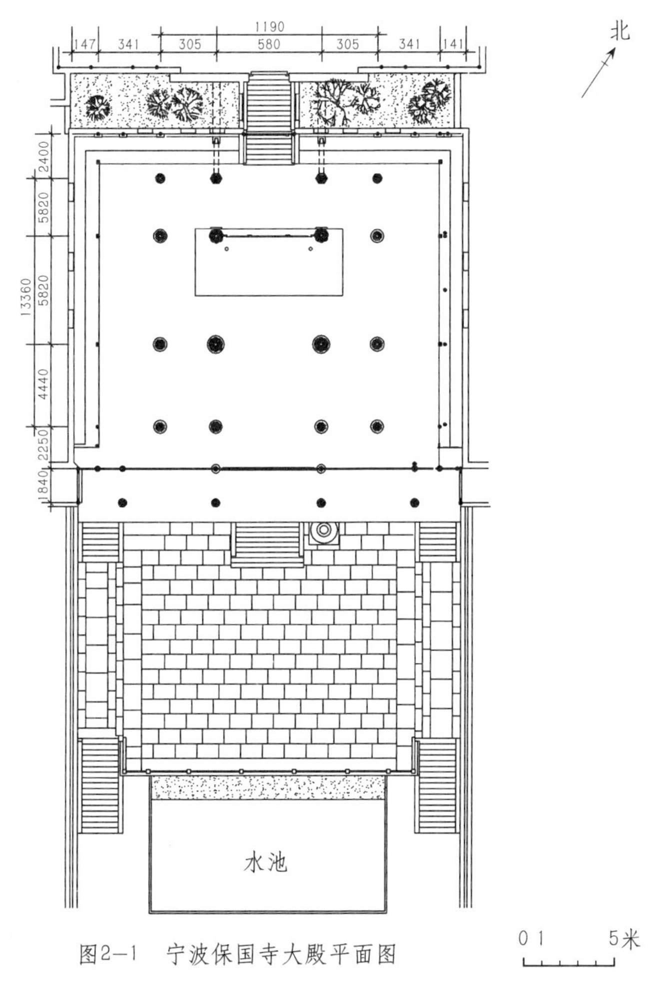

图2-1　宁波保国寺大殿平面图

同时改建屋顶翼角，大殿遂成了现今外观之面貌。这层加建的副阶，面阔七间，进深六间（因为地势所限，在前檐能加两间进深，但是在后檐只能加一间）。面阔各间与内部宋代遗物只当心间相对应，其余各间并不相对，其中当心间宽 5.80 米，次间宽 5.09 米，稍间宽 1.37 米，尽间宽 1.47 米。进深各间则与内部宋代柱网一一相对，由南到北尺寸分别如下：1.84 米、2.25 米、4.44 米、5.82 米、3.10 米、2.40 米。通面阔 21.66 米，通进深 19.85 米。

柱头各缝尺寸，当心间柱头尺寸为 5.64 米（合宋尺一丈七尺一寸），次间柱头尺寸为 3.02 米（合宋尺九尺二寸）；进深各间的柱头尺寸由南往北依次为 4.46 米（合宋尺一丈三尺五寸）、5.80 米（合宋尺一丈七尺六寸）、3.03 米（合宋尺九尺二寸）。柱头通面阔 11.68 米，通进深 13.29 米。

四周柱头中线到撩檐枋中线的距离是 1.70 米，合宋尺是五尺二寸；到

[一] 现存宋尺实物长度从 30.09 ~ 32.90 厘米不等，国家博物馆所藏32.9厘米的宋代木矩尺当为工匠所用，故取之为换算原则。

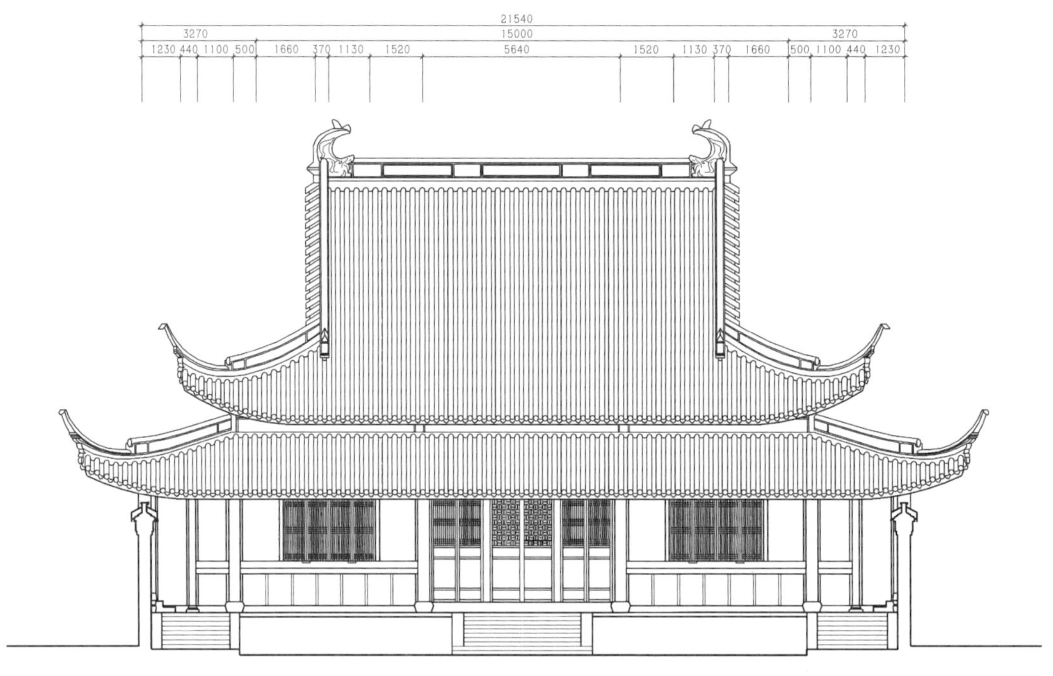

图2-2 宁波保国寺大殿现状正立面

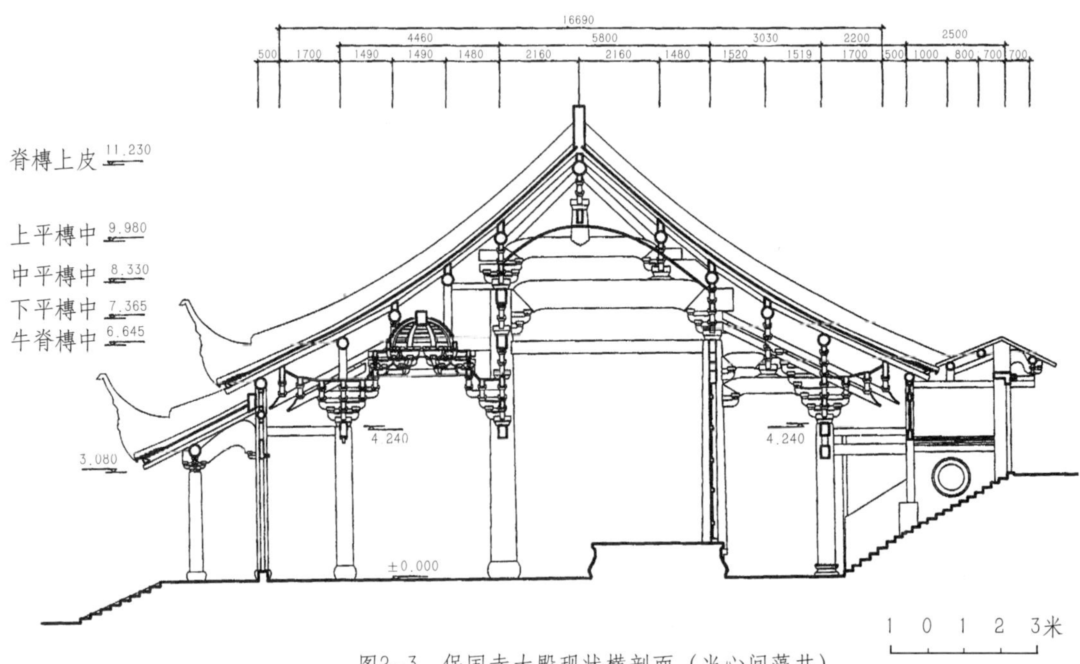

图2-3 保国寺大殿现状横剖面（当心间藻井）

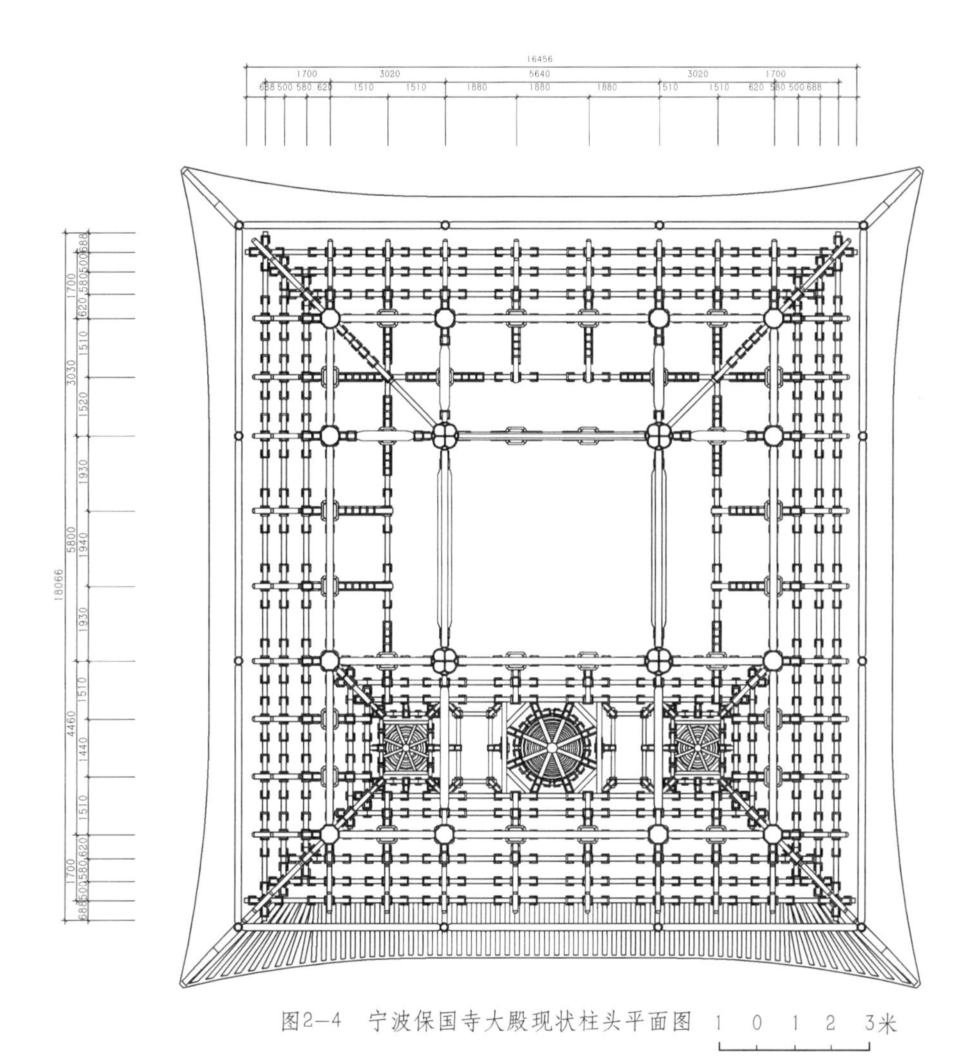

图2—4　宁波保国寺大殿现状柱头平面图　1　0　1　2　3米

清代加建之檩的距离为 2.39 米。上檐出：至撩檐枋为 1.57 米，至清代加建之檩为 0.97 米。翼角生出 0.77 米。

大殿前槽处做有藻井天花。其中藻井两种，当心间做大藻井，两次间做小藻井；藻井之间做平棊天花，斗拱遮椽板的位置做平闇天花，有菱形方格两种。

大殿现状立面为典型江南清代风格，屋面为重檐歇山顶，屋顶翼角高高翘起，正脊笔直，前出廊，无额枋，无雀替，老檐装修的门窗均为清代后加。

大殿主体现为 11 檩，前后各一檩为清代康熙年间加建，宋代遗存的殿身为八架椽。山面出际达 1.50 米，为了支撑出际之槫子，特在次间中部、顺梁之上加设一缝梁架。

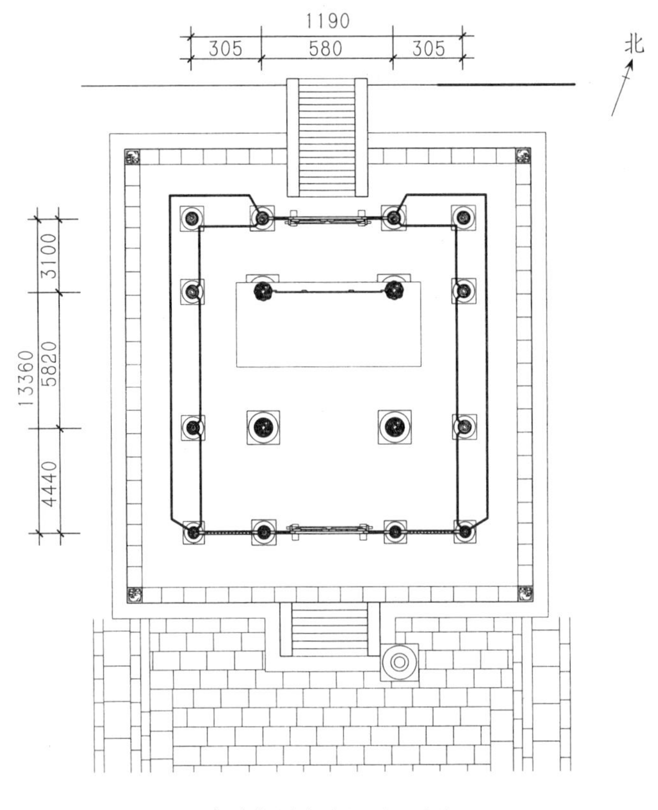

图3-1 宁波保国寺大殿平面复原图

1. 台明

现状台基通高 1.10 米，通宽与大殿现状通面阔同为 21.66 米，下出 1.00 米。台基正面当心间部位和两侧靠院墙处设一组踏道。大殿后部当心间部位，在台基之上又有一组垂带踏道，顺地势向上直入观音殿三合院。

按照《法式》所定，阶基高为材之五倍。大殿用材约合五等，材广六寸六分，则阶基高应为三尺三寸，按 1 宋尺 =32.9 厘米换算，得基高应为 1.0857 米。现状台基通高 1.10 米，比较相近。考虑到乾隆三十一年（1766 年）曾更换过大殿内外铺装，这些高差可能是更换的石板厚度不同导致，复原时将殿内地平确定，以之为 ±0.000 平面，室外地平适当升起至符合三尺三寸的高度。

参照复原后的檐椽和飞子的位置，让台基边位于两者之间，确定下出九尺。于是复原后的台基宽五丈三尺，深五丈八尺。角石二尺见方，上压角兽。压阑石宽二尺，广三尺，厚六寸。角柱方一尺六寸，高二尺六寸。台基立面施心柱，宽八寸。

台基前只留一组踏道，为了避开殿前水井，踏道宽未随当心间宽，而只做到一丈三尺五分。副子宽一尺八寸。共分七踏，均分三尺三寸为高，深为高的二倍。

大殿后向上的 21 级踏道位置保留，但

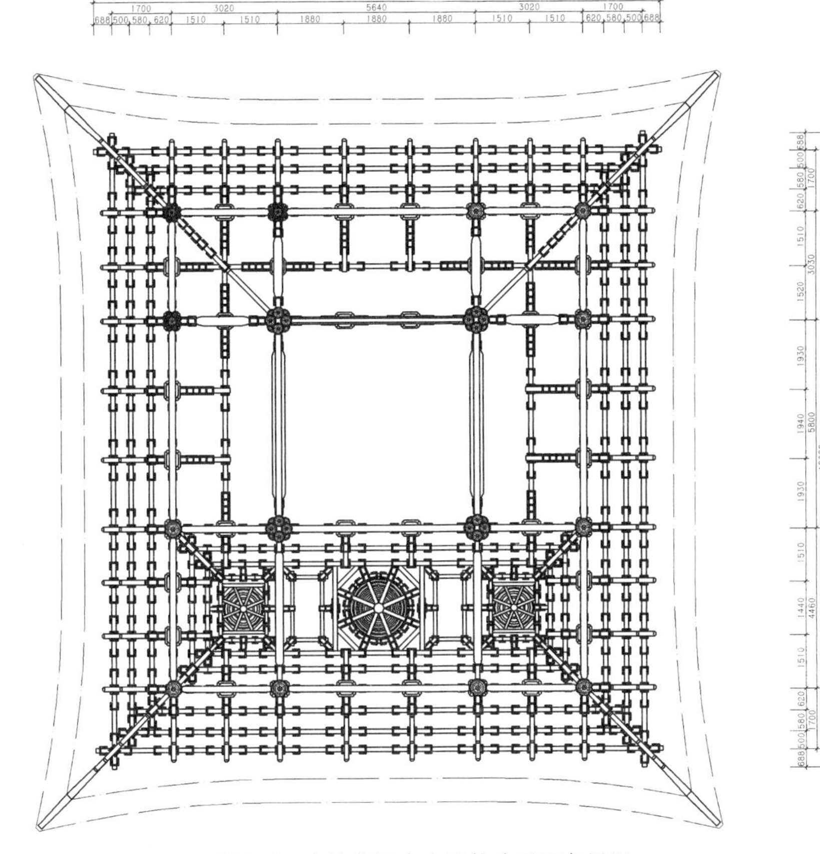

图3-2　宁波保国寺大殿柱头平面复原图

按照宋代营造尺寸重新制作踏步，遂改成17级，每级高五寸，深八寸五分。副子一尺八寸。

2．副阶

现状前檐及两山有副阶，后檐因地势所限无副阶，只在上层高台上有一卷独立的小门，既是大殿的后门，也兼做上层观音殿院的院门。副阶部分共用柱26根，有方有圆。如前面历次修缮记录，这圈副阶为康熙二十三年（1684年）重修大殿时所加建，远非宋时原貌，因此本次复原将其取消。

3．柱

宋代遗存的核心部分檐柱12根，内柱4根，共16根柱。

这16根柱全部为瓜棱柱。断面形式按瓜棱瓣数分共有三种：八瓣瓜棱柱，四瓣瓜棱柱和二瓣瓜棱柱。按照做法则分为三种：拼合式、包镶式和整木柱。瓜棱柱在南方的宋代砖石建筑中也曾见到，保国寺大殿的拼合柱，

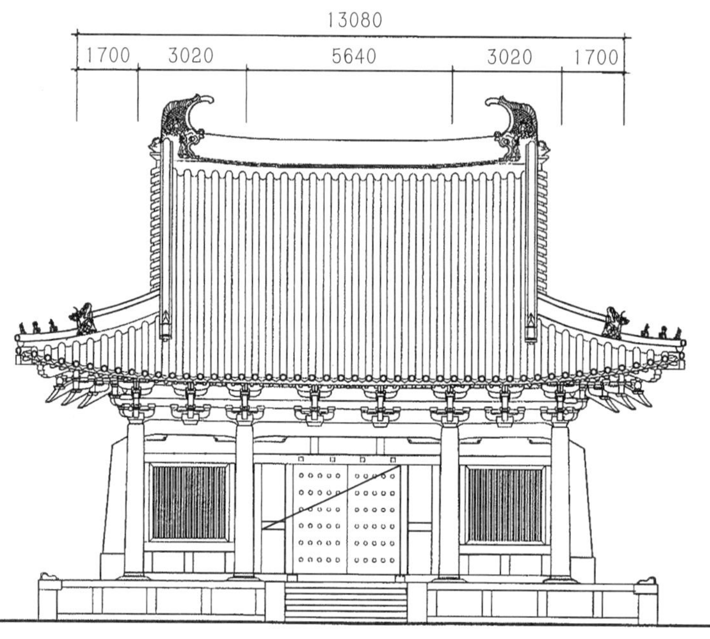

图3—3　宁波保国寺大殿正立面复原图

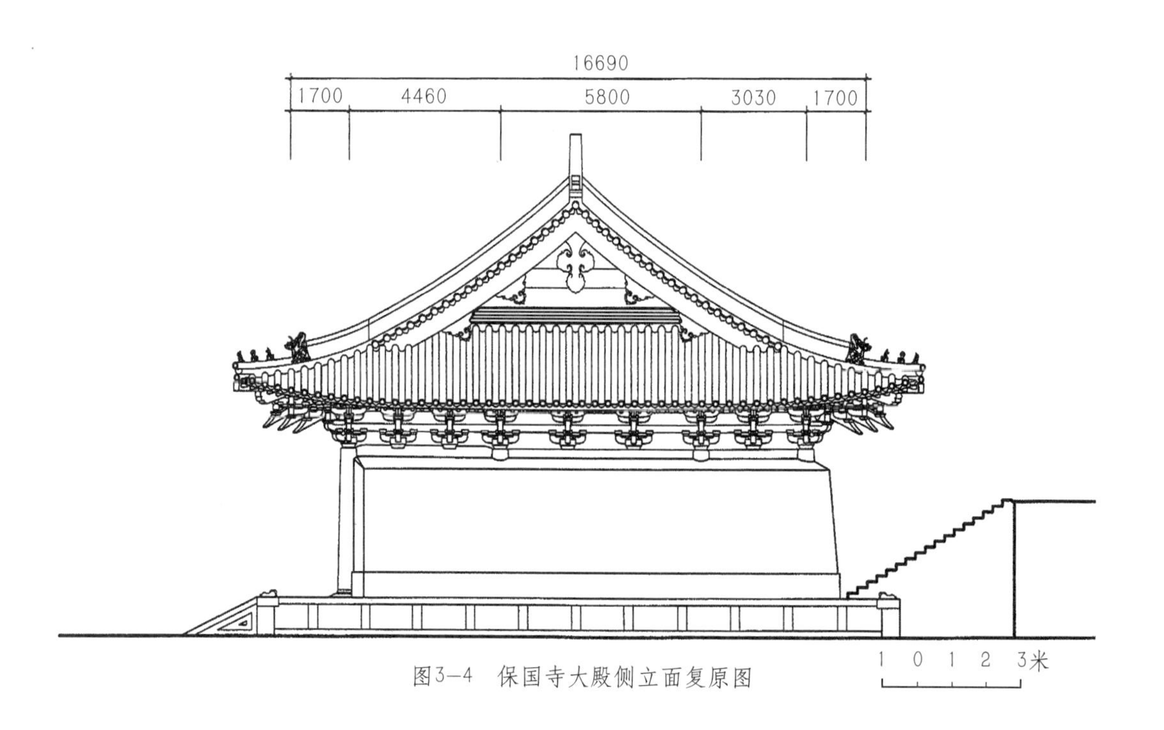

图3—4　保国寺大殿侧立面复原图

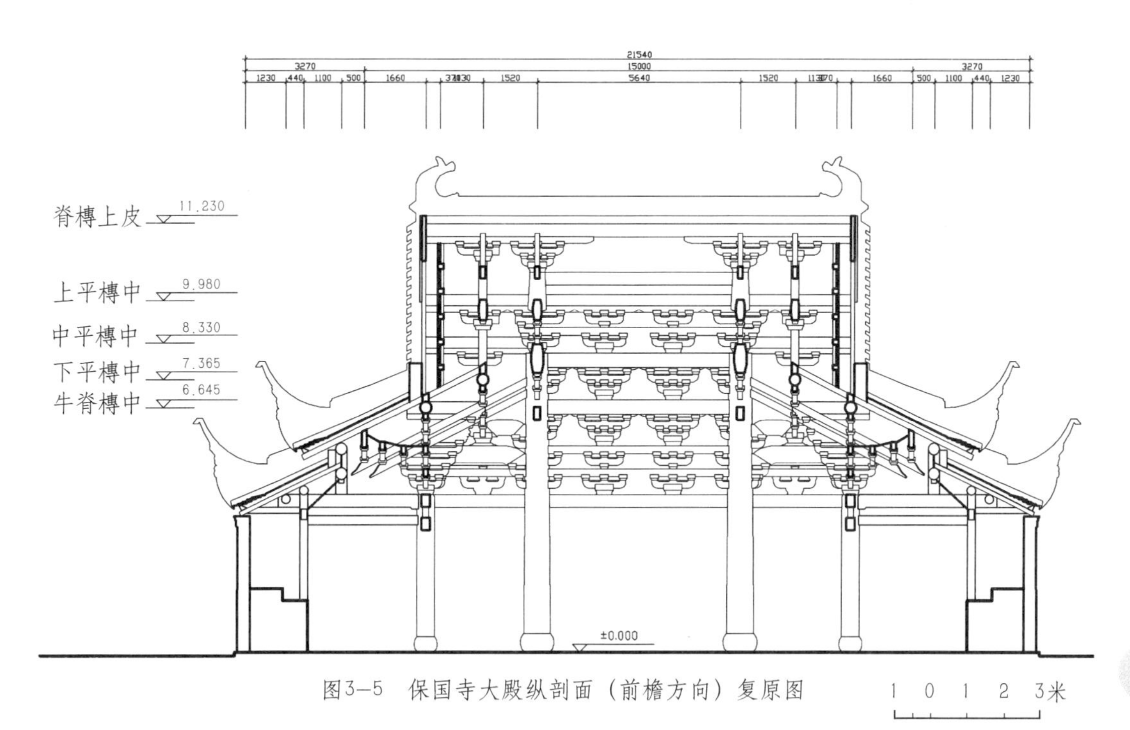

图3-5 保国寺大殿纵剖面（前檐方向）复原图

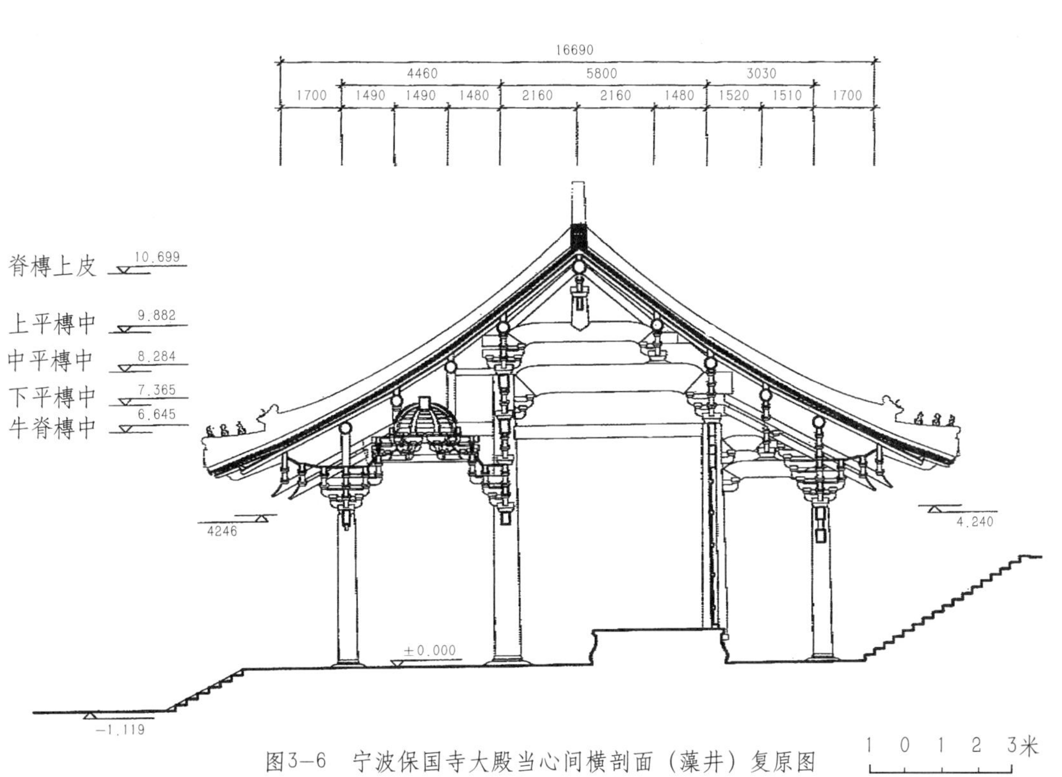

图3-6 宁波保国寺大殿当心间横剖面（藻井）复原图

是现存最早的木构实例。本大殿大量使用这种以小代大以承重荷的做法，或者因为从宋代便开始考虑木构省材问题，或者因为当初修建保国寺时财力不足，难以从远处购来大材，因而巧妙施为，又或者两种原因都有。

柱高共分三种，四周檐柱最低，平均约4.24米；后内柱次之，约6.61米；前内柱最高，约8.08米。所有柱子均有收分，但无明显卷杀。

取檐柱柱底直径平均值52.5厘米，换算成宋尺为一尺六寸，本大殿约为五等材，一份为0.44寸，按《营造法式》："若殿阁，即径两材两栔至三材，若厅堂柱即径两材一栔。"大殿檐柱径合两材一栔：前檐柱高取平柱高4.24米，则柱高与柱径之比为8:1。后内柱取径62厘米，合一尺八寸八，合两材两栔，高径比10.6:1；前内柱取径74厘米，合二尺二寸五，合三材一栔，高径比10.9:1。

前檐角柱比平柱高出1厘米，后檐角柱比平柱高出2厘米，比之《法式》所定三间生高二寸之制相差甚远，似乎更像是地基沉降或者柱子歪闪所产生的误差。

根据柱底平面和柱顶平面面阔进深之差，可算出各檐柱侧脚，与柱高之比在18～25‰之间，比之《营造法式》云："每屋正面，随柱之长，每一尺即侧脚一分；若侧面，每一尺即侧脚八厘。"即侧脚与柱高之比在8～10‰大出甚多。

据《寺志》载，乾隆四十六年（1873年）大殿被狂风吹坏，现状殿内各柱都向后檐方向倾斜，当为此次风灾造成的后果一直留存至今，因此复原时未保留这个现状。

大殿核心部分的这16根柱子，虽然历代都有过一些整修，但未见大规模更换的记载，新中国成立后虽然曾经更换过东北角柱，但仍尽量按照原有形制，因此本次复原保留了各柱现状信息，只是将各柱向后檐方向的歪闪扶正。侧脚保留现状数值，角柱生起按《法式》作二寸。

据清嘉庆《寺志》载，乾隆十年（1745年）对大殿的整修曾"移梁换柱，立磉植楹"。如果真的"移梁换柱"，工程量实在浩繁，所以此次维修很可能只是"立磉植楹"，也就是说现状各柱下面的柱础，应非宋代原物。现状柱础有四种形式：鼓形柱础、直统形柱础、须弥座式柱础和覆盆式柱础，高25～76厘米不等。其中两根后内柱嵌入佛座。复原时将柱础改作《法式》中所载的覆盆式，同时保持柱顶高度不变，柱脚下延落于柱础之上。

4．梁枋

大殿宋代留存部分的梁架为抬梁和穿斗相结合的形式，前三椽栿后乳栿，中柱间亦为三椽栿。

前檐柱与前中柱间的三椽栿比后檐乳栿低一足材，山面乳栿顺梁与后檐乳栿高度相同。前槽有天花藻井，三椽栿作月梁，高厚比1.83:1。后槽彻上露明造。内柱间的梁架，都为彻上露明，现状弧形天花为后世所加。前后内柱间的三椽栿比之前槽三椽栿高厚，高厚比为2.1:1，前端伸入前内柱柱头，后端伸入后内柱柱头铺作中，梁头高两足材，比《法式》所定无论几椽栿梁头都是一材高

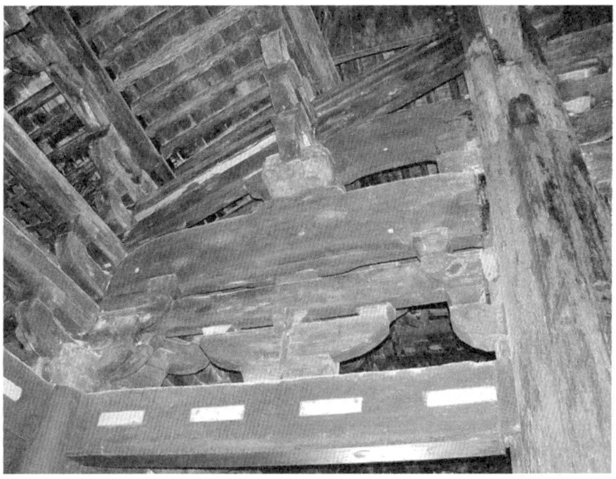

图4—1 东次间的异形梁架

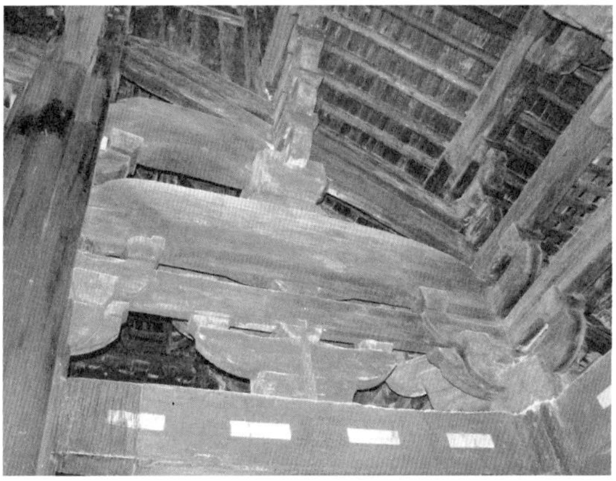

图4—2 西次间的异形梁架

要来得坚固牢靠。顶层平梁，高厚比为 2.2:1。

在纵向构架上，为了承托山面出际，在次间中部加一缝梁架。

在左右次间各做两道乳栿顺梁，上施搭牵，都为彻上露明。其中南面第一间进深左右两道乳栿为与前槽天花形式呼应，前后形状不一（图 4）。

前檐阑额与山面第一间进深的阑额都带卷杀，与《法式》说阑额要带四瓣卷杀相符。额枋带卷杀这在现存实例中比较少见。阑额总高 40 厘米，起䫜后高 30 厘米，厚 20 厘米，上皮出柱头 11 厘米。前檐阑额之下，平柱两侧尚存蝉肚绰幕，但角柱侧没有。后檐和第二、三间进深的阑额没有卷杀，其下 24 厘米处有由额一道，在阑额与由额之间，每到柱子两侧和补间铺作下均有垫木填塞，加强强度。如图 5。所有阑额、由额到角柱即收住，不出头，与《法式》定制不符。这几条枋木截面均采用单材比例。所有额枋上均施“七朱八白”彩画。

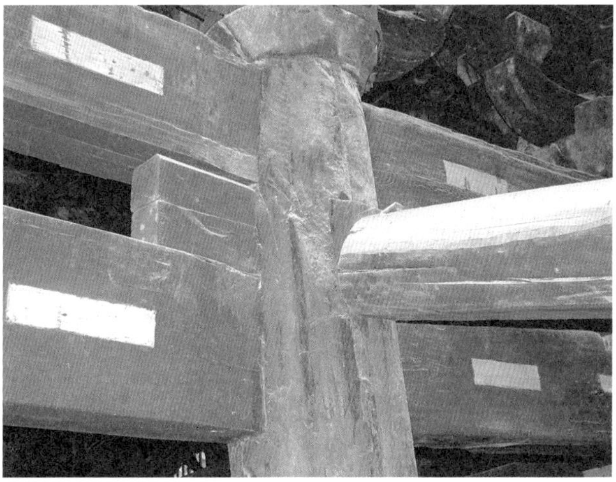

图5

现存的梁枋系统，构件制作精良考究，相互之间搭接紧密，与宋代原貌相差不大，故复原时完全保留之。檐柱头未用普柏枋，阑额由额到角柱不出头，这些都是唐代遗风，复原时予以保留。后檐和两山第二、三进深的阑额由额虽不带卷杀，但在两者之间加垫块，这也是一种具有唐代特点的做法，可见这些部分的额枋并未为后代更换做法，因此也予以保留。现在留存的蝉肚绰幕予以保留，同时补齐角柱侧的绰幕。

5. 举折

现状上檐举折为八架椽，每架椽长不等，除脊步架突然加长外，其余各架相差不大，各槫上均无生头木。

前后撩檐枋间距 16.69 米，当前总举高 5.5 米，两者之比为 3:1，属于《法式》中殿堂三分举一的范围内，高于厅堂的四分举一。

然而保国寺大殿为厅堂式结构，为何采用了殿堂一般的三分之一举高呢？这有两种可能，一是清代曾经大举改动过屋架，二是宋代原貌就是如此。对于第一种可能，笔者没能仔细观察屋架是否有改动的痕迹，但看蜀柱平梁以及脊槫下面的斗拱与整个大殿的梁架系统结合紧密，风格统一，不像经过清代人重新架构的样子。对于第二种可能，如果为真的话，分析原因可能是当初兴建此殿时，为了提高等级，特意选取了三分之一的举高，而没有取厅堂的四分之一举高。

在复原时，曾经试图将屋面降为四分之一举高，但与上层梁架冲突太多，不仅蜀柱将大大缩短，甚至平梁及三椽栿都要大幅度缩短。可以推想，如果宋代大殿真为厅堂式举高，那么后来将其改为殿堂时将是个多么浩大的工程，如果这事发生在明清之际，无论如何不可能保证新更换的梁枋与宋代全然一样，瞧不出破绽，这可以反推出上面的第一种可能不成立。

那么现在的举架极有可能是宋代原貌。保持现在举高复原出的立面屋顶太大，比例失调。于是为了顾及美观，将举高稍稍降低大约一材一架，复原出的正立面屋顶和屋身比例较好。

6. 斗拱

保国寺大殿使用了大量斗拱，内槽外槽皆有分布，在山面和后檐内柱与檐柱间的乳栿上也用斗拱，此外在前槽还有另一种材制的斗拱承托天花与藻井。明间无论内外均用两朵补间铺作，次间用一朵补间铺作；第一、二间进深也用两朵补间铺作，第三间进深用一朵补间铺作。

斗拱用材分为两类，第一类：拱高 21 ～ 22 厘米之间，拱厚 14.5 厘米，高约合宋尺六寸五，厚合四寸四，广厚之比为 2.95:2，极近 3:2。材制合于《法式》五等材：“第五等广六寸六分，厚四寸四分，又殿小三间，厅堂大三间则用之。”大殿按等级说属于小三间殿，按结构说属于三间厅堂，用此五等材正好合适。大殿足材华拱高 30.20 厘米，合九寸二，略小于五等材足材广九寸二分四，但十分接近。这种五等材的斗拱用于外槽和内槽。第二类斗拱用于藻井平棊部分，广 17.3 厘米，合五寸二分六，厚 11.3 厘米，合三寸四分三，广厚比为 3.06:2，近似 3:2。材制相当于《法式》七等材：广五寸二分五厘，厚三寸五分。这是现存宋辽金木装修中唯一按照《法式》规定在大木作中选择藻井装修用材的例子。但这种藻井用斗拱材份使用比《法式》要求的要大一等。如图 6，为大殿殿身斗拱出跳份数与《营造法式》之对比，从柱心到撩檐枋共 118 份，出檐深远，这一点在复原立面上表现得非常明显。

殿中各斗的耳、平、欹的比例在 2:1:2 左右，出入不大。拱作卷杀，一般为华拱 3 瓣，泥道拱、慢拱 4 瓣，令拱 5 瓣。对于华拱卷杀，《法式》说：

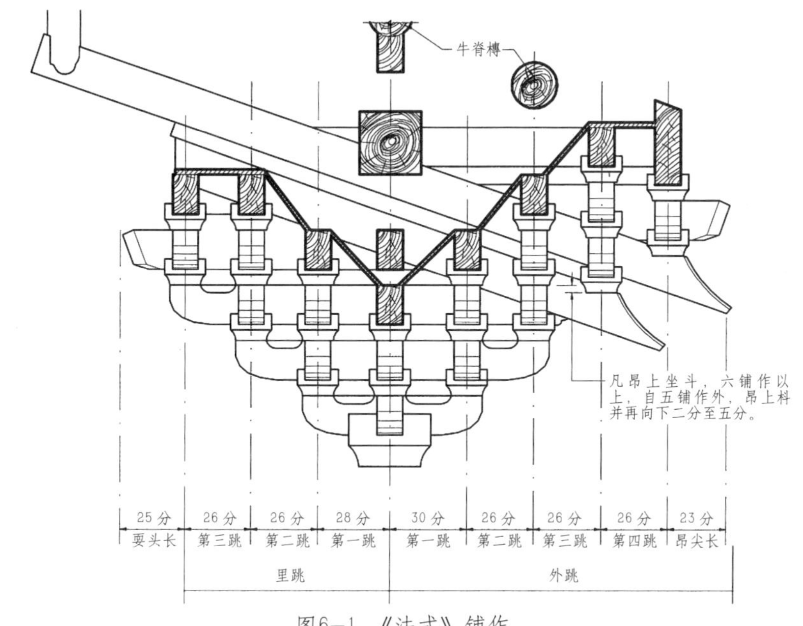

图6-1 《法式》铺作

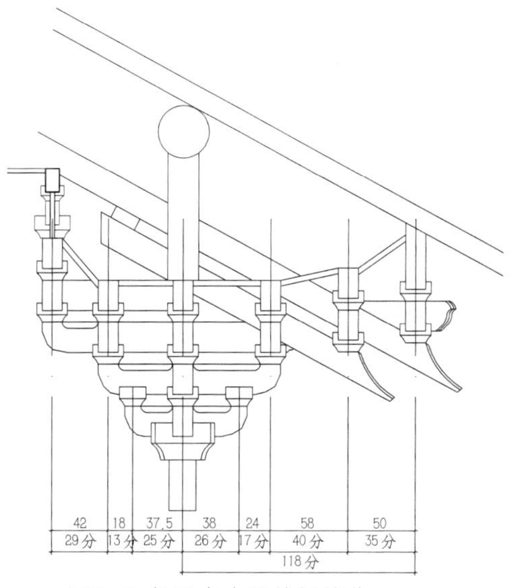

图6-2 保国寺大殿补间铺作

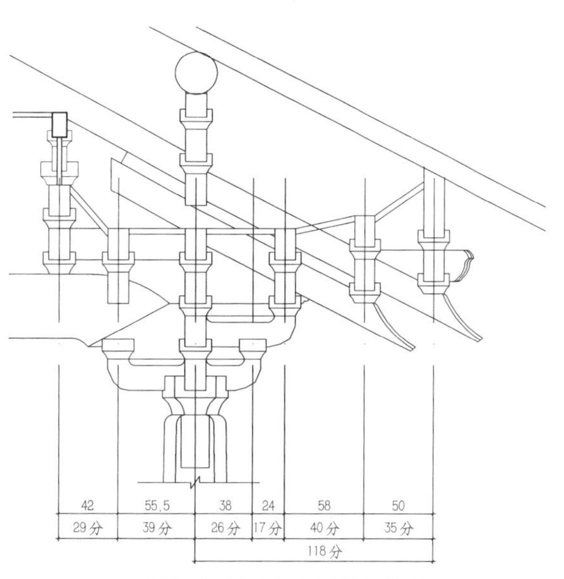

图6-3 保国寺大殿柱头铺作

图7

“若铺作多者，里跳减长二份。七铺作以上，即第二里外跳各减四份。六铺作以下不减。……每头以四瓣卷杀，每瓣长四份。如里跳减多，不及四瓣者，只用三瓣，……”在前面分析大殿现存斗拱时，可以明显见到作为七铺作的大殿斗拱内外跳都减了长度，虽然减得较多，没有如《法式》所说，似是华拱因为减长太多，所以都作了三瓣卷杀。此又一印证之处。

因大殿斗拱多有宋代面貌，且原貌保存较好，故不改动之。

7．藻井与天花

大殿的天花装修极具特点。在前槽三间皆有藻井，其中当心间最大，两次间藻井略小，在藻井之间为平棊天花。在斗拱遮椽板处做平闇天花。天花全貌如图7。

平闇分方格和菱形格两种。在正心枋和里外罗汉枋之间为方格平闇，其余各枋间为菱形格平闇。前檐内檐也有天花，而山面和后檐只外檐有天花，分布规律同前檐。

内槽三椽栿上有弧形天花，为清代所加。

因大殿藻井与天花多为宋代原物，且原貌保存较好，故不改动之，只是取消内柱间的弧形天花，改为彻上露明造。

8．屋顶

现状屋顶为重檐歇山，但后檐只有宋代殿身的单檐。屋面为灰色筒板瓦陇。屋顶举折是进深的三分之一，但因为进深较大，所以顶层屋面看起来较陡。上下檐的比例、间距不合适，看起来不够美观。大殿上檐即宋代遗存部分的屋面，前后坡各有筒瓦75陇，下檐99陇：两山面上檐各89陇，翼角均高高翘起达2.6米余。檐口设勾头滴水。有檐椽但无飞椽，檐椽径11厘米，椽头钉护椽板。

屋面用脊有正脊、垂脊、戗脊、博脊等，均为条瓦垒砌，除戗脊外皆透空做毬纹格眼等纹饰。多数脊上未安走兽，仅正脊两端置鸱尾，当初发现大殿时正脊本无吻兽，现状鸱尾为盆1975年维修时添加。山面做山花板，仅钉竖条木板，未作图案。施排山沟滴，勾头坐中。槫头钉博缝板。悬鱼惹草贴钉在博风板外面，此应为地方做法。在天花板外设博脊，但在山花板内又设有一道曲脊，这应该是宋代做法延续至今，清代及近代历次修缮除在外加山花板和博脊外，并未改动内部的曲脊。

如上所述屋面，为1949年后改换而成，因此复原时全部更换。

按《营造法式》，五等材需按照小三间殿大三间堂确定椽部尺寸。椽径三寸五分，飞子广二寸八分，厚二寸五分。檐出三尺七寸五分，飞子出二尺二寸五分，总檐出六尺。檐角生出五寸。现状角梁截面为扁长方形，现按照《法式》尺寸重做，最后的翼角翘起约三尺。

现状山面出际1.5米，槫头几乎到达山面檐柱心，看上去很有清式歇山的风格。考虑到槫头部分更换较容易，怀疑清代曾经按照清式歇山形式改造过山面。因此考察与保国寺大殿同一时期、甚至之前建成的佛殿有厦两头造者。建于唐代的山西平顺天台庵大殿，次间没有加设出际缝梁架，山面出际约抵次间中线部位。建于北宋（964年）的福州华林寺大殿，也没有加设出际缝梁架，山面出际约抵次间中线部位。可见在歇山顶（厦两头造）使用前期，三开间殿堂都没有在次间加设出际缝梁架，此时的屋面尺度偏小，与殿身比例不协调。到了北宋，现存的三开间厦两头造佛殿，均在次间加设出际缝梁架，再加上山面出际的长度，使得屋顶加宽，与殿身的比例日趋和谐，实例中的山西榆次县永寿寺雨华宫（1008年，现已毁）、少林寺初祖庵大殿（1125 年）、阁院寺大殿、龙门寺大殿，莫不如此。考察宋代的这些大殿的山面出际，由次间中线伸出，或达次间宽的四分之三，或达半次间宽的四分之三，其中尤以少林寺初祖庵大殿出际比例最长，但也没有到达山面檐柱心。因此复原保国寺大殿时将山面出际缩短 0.5 米，约至半次间宽的三分之二。

按《法式》载用瓦之制，殿阁厅堂五间以上，用筒瓦长一尺四寸，广六寸五分；三间以下用瓦长一尺二寸，广五寸。本大殿三开间，故选瓦长一尺三寸，广六寸。复原后屋面前后坡各有筒瓦46陇，两山面各有50陇。

正脊用条瓦垒脊，因是三间堂屋，故正脊用二十一层瓦，每层瓦算灰缝共厚一寸，所以正脊高二尺一寸，正脊角部生起二寸；垂脊比正脊低二寸。取消现状的博脊，保留曲脊。因本殿开间三间，无副阶，所以选用鸱尾高五尺；殿角走兽选三个，因是山地建筑，未按《法式》要求的大小，而根据立面比例随意调整。山面作曲脊伸入达下平榑分位，亦用二十一层瓦，高二尺一寸。

山面按《法式》重做，博风板广二尺，悬鱼惹草按宋代样式接于博风板边，不做山花板。

9．彩画

大殿阑额上均有“七朱八白”彩画遗迹，予以保留。其余部分因不明宋代彩画样式而未做复原。

10．外檐装修

大殿下檐设有老檐装修，为清代改建的产物。当心间设六扇隔扇门。中间两扇为短横竖格心，横六格，竖九格；左右各两扇为一马三箭。下槛石质。两次间各四扇槛窗，格心亦做一马三箭。窗下榻板为石板。

复原时，取消清代的老檐装修，参照《营造法式》小木装修部分进行重新设计。当心间开板门，门高九尺，两侧填以余塞板和立颊。板门各部构件尺寸按《法式》小木作部分的规定逐一细算。板门之上施门额一道，高8寸。门额与阑额之间用两立旌，旁边做编竹墙。

次间做破子棱窗。窗高六尺五寸，随间宽做 13 棱，棱间距一寸。窗下墙做心柱编竹造，墙高三尺。窗上施窗额一道，高同当心间门额。因间宽太小，窗额与阑额之间未设立旌，只做编竹墙。

11．佛座

殿内两侧及后檐沿着墙基高低两层台，原用于置放罗汉、诸天塑像，现塑像已无。台子分别高 1.34 米和 1.64 米，深 0.7 米和 0.92 米，为清代所加，复原时取消之。

当心间部分，在后内柱前设置佛座一，台高 0.97 米，深 3.67 米，通宽 8.18 米，大于当心间面阔。佛座作须弥座形式。束腰部分雕减地平钑如意纹。后部束腰处刻有捐赠人题记：“明州管内都僧正国宁寺传天台教观赐紫智印大师约之同弟子……等同施净财制造精进院大殿内石佛坐一所……”署名年代为“崇宁元年五月”，崇宁为北宋徽宗年号，此年应为公元 1102 年。从后内柱与佛座的关系看来，此殿应该原有较矮佛座，后内柱落于其上；后来新建现在的这座佛座，将后内柱下端包住一些。复原时予以保留。

12．墙

大殿现状正面各间均为槛墙；山面尽皆围墙，开高窗；后檐当心间无墙只有照壁，次间为槛墙，上开窗。这些都是清代加建改建的结果，复原时全部取消，按照《法式》制度重新设计。按墙厚为墙高三分之一，定下墙厚四尺，墙上收分二尺，并抹45度尖于进深第一间阑额起䫜后的下皮。因大殿室内空间不大，所以墙体偏向室外四分之三。

13．大殿前的月台

现状宽16.10米，深13.61米，石板铺墁，南端设有石栏杆，下为净土池。估计此月台在千年之间改动不大，故复原时不予改变。

经过上诸项的分析研究，综合起来，便可绘得保国寺大殿两宋时期面貌复原图，可以为读者提供一个大略的概况。因为笔者学识有限，时间仓促，此次复原工作不免有着错漏之处，还望专家前辈多多指教。

[一] 延福寺，坐落在武义县桃溪镇陶村福平山旁，为后晋天福二年（937年）僧宗一创建。原名福田寺，宋绍熙年间（1190～1194年）赐名延福寺。大殿重建于元延祐四年（1317年），为江南已发现的元代建筑中年代最早者，平面方形，长宽11.8米，分作五间。

五　复原感想

保国寺大殿无论是从历史文化角度、技术角度，还是从艺术角度来看，都有着巨大的价值。在现存的木构佛殿中，它的始建年代算不上最早，建筑规模算不上最大，寺院地位算不上最崇隆，但是在建造艺术上却当之无愧地可以称之为“瑰宝”。在对大殿进行复原过程中，笔者考察了相近时期同等规模的三间佛殿，深感保国寺大殿无论在构件制作、结构安排，还是空间处理上，都是最为精细认真、最为定型的，大殿铺作系统复杂而又井然有序，既是结构上的必须，又流露着一种凝重的美感，实是古代木构建筑不可多得的精品。

大殿的平面布局和室内空间处理，是江南三开间佛殿中之佼佼者。保国寺大殿除进深大于面阔外，其前后内柱后移，加大与前檐柱之间的空间，同时在这部分的顶部着重处理天花，并配合以竖直方向上的大量扶壁拱，有力地划分了空间，使殿内拜祭使用、安置佛像以及交通三种不同功能得到划分。《寺志》称大殿“甚奇，为四明诸刹之冠”，所言不虚。这种前三椽栿后乳栿的平面处理方式成为后世江南佛殿模仿的对象，如武义延福寺[一]和金华天宁寺[二]（图8）。

[二] 天宁寺坐落在金华市区飘萍路北侧，旧名“大藏院”。创建于北宋大中祥符年间（1008～1016年），元代延祐五年（1318年）重建。现存大雄宝殿据碳14测定，有的柱子距今一千多年，有的梁栿、斗拱距今八百多年，保存了部分北宋和南宋时的构件。该大殿是我国南方现存典型的元代木构建筑之一，是研究江南古代建筑从宋代到明代这一过渡时期建筑结构、形制演变的重要实物例证。

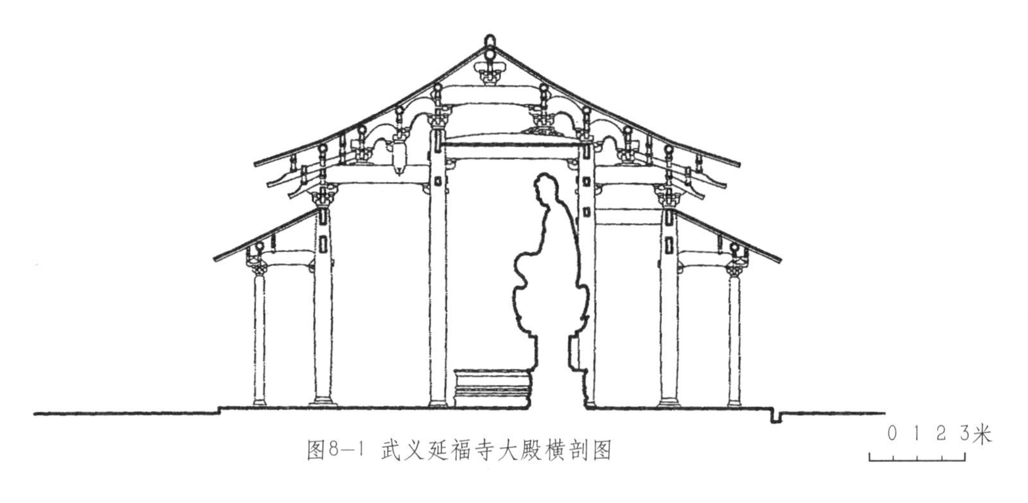

图8–1 武义延福寺大殿横剖图

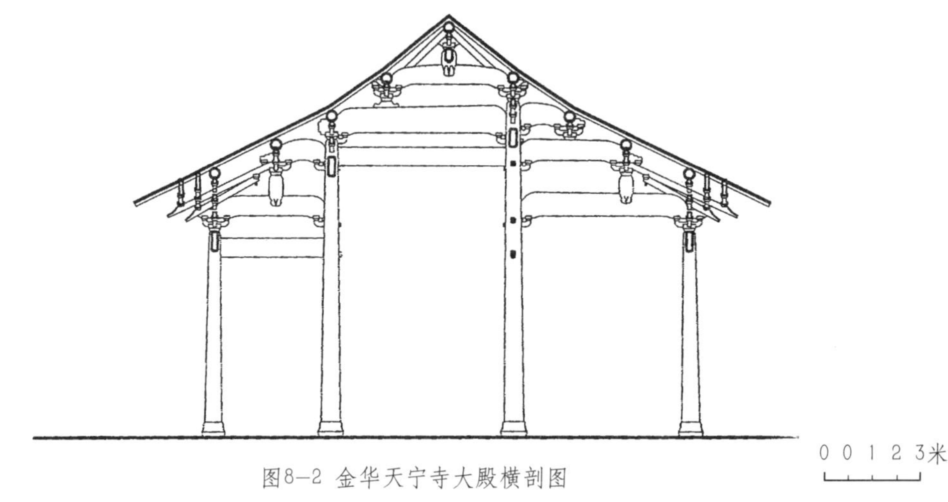

图8–2 金华天宁寺大殿横剖图

参考文献

[一]《保国寺志》[Z]，清嘉庆乙丑年（1805 年）。

[二]《重纂保国寺志》[Z]，民国九年（1920 年）。

[三] 窦学智等：《余姚保国寺大雄宝殿》[J]，《考古资料》，1956 年。

[四] 浙江省文物考古研究所：《宁波保国寺调查报告》[R]，1981 年版。

[五] 郑彭龄：《古代建筑之瑰宝——保国寺》[J]，《浙江档案》，1996 年，第 7 期。

[六]《梁思成全集》第七卷 [M]，中国建筑工业出版社，2001 年版。

[七]《梁思成全集》第八卷 [M]，中国建筑工业出版社，2001 年版。

[八] 傅熹年主编：《中国古代建筑史》[M]，中国建筑工业出版社，2001 年版。

[九] 萧墨主编：《中国建筑艺术史》[M]，文物出版社，1999 年版。

【浅谈北宋保国寺大殿的测绘与工作体会】

沈惠耀

保国寺始建于东汉，毁坍，唐广明年间重建，北宋振兴，历代几重毁建，现存建筑自宋至民国形态风格各异。现存重建于北宋大中祥符六年(1013年）的大殿，为江南最古老、保存最完整的木结构建筑之首，是今天我们研究宋代建筑最宝贵的实物资料。

大殿历经千年巍然如初，与其独特的形制、结构、材料以及相应的管理有着直接或间接的关联。因此，对于研究和了解它的内部构造与复杂的斗拱技术，是研究该建筑最为基础的工作也为有效的保护提供了依据。大殿建筑所体现的五大独到精妙设计之处，已为世人所熟悉和共睹，它的特别之处一是平面布置进深大于面阔，呈纵长方形，进深 13.38 米、面阔 11.83 米；二是前槽天花板上绝妙地安置了三个镂空藻井；三是主体为复杂的斗拱结构，使其各种构件在榫卯的巧妙衔接下，无用一钉，殿堂稳巧有致，且有极强的防风抗震能力；四是柱子设计更具匠心，外观呈现的瓜棱柱，分别是四段合、包镶作，加明显侧脚，是既省材又稳固更美观的有效选择；五是主要结构的不对称建造，即佛台西侧柱头上的方形木质栌斗与东侧柱头上的圆形石质栌斗，外檐斗拱里转东侧为四跳与西侧为五跳等。这些精细的观察与结构研究，是我们通过采取传统与现代的测绘手段所获取的成果与收益。相结合这些有效的技术数据与研究成果，是保护维修以及进一步深入地进行研究的最稳固的基础。

二

保国寺大殿自上世纪 50 年代被发现后，文物部门曾组织了四次测绘工作。

1. 1954 年，南京工学院（现东南大学）学生在宁波进行浙东民居和古建筑的调查中发现大殿后，在有关部门重视和关注下，对大殿首次进行了较详细的测绘、摄影和资料收集工作，确定了保国寺大殿的文物价值。

2．上世纪 80 年代中后期，清华大学建筑学院为深入研究保国寺大殿的建筑结构与力学情况，组织师生对其进行了第二次全面测绘与制图，本次的测绘为保国寺北宋大殿建筑结构的描述奠定了坚实基础，为 90 年代的大殿的修缮保护提供具体可靠依据。

3．2003 年夏，时值大殿建成 990 周年，清华大学建筑学院再次组织有关人员对大殿进行的测绘，推动了对大殿文物价值的深层次的研究，特别是进一步厘清了大殿与宋《营造法式》的联系。

4．2005 ～ 2007 年，同济大学建筑与城市规划学院、清华大学建筑学院应邀采用三维扫描等现代测绘工具和技术，全面分析大殿的结构变化，并结合后期的数据库的开发，全面展开大殿的科技监测保护工作。

笔者自 1985 年参加文物保护工作以来，作为业务人员，全程参与了后三次测绘与制图工作，主要负责测绘的基础技术工作。正是由于这些测绘的经历，建立保国寺大殿的文物“四有”文字档案。笔者通过对上述所测图纸的数据复核，并对原先无测绘的缺测构件，结构细部，大样装饰等作了增测与补测，使目前保国寺大殿的测绘图纸（CAD 格式）更为精确和完善。

梳理保国寺大殿的测绘过程，笔者认为保国寺大殿的测绘工作反映了我国文化遗产保护理论与实践发展的过程。古建的测绘不是一次性的工作，而是一项长期的、系统文物保护工作，必须以发展的角度认识测绘工作的重要性。通过定期的测绘，多种测绘方法的结合应用，借助现代的计算机数字化信息技术等科技手段，不断收集、积累、分析、研究相关测绘数据，从中寻求规律，实现对古建筑的科学保护和深化研究。

三

“析理以辞，解体用图”。古人短短八个字阐明了图画和语言的各自特点。

建筑图是建筑形式信息交换中的重要媒介和手段，留存传统建筑文化把握住建筑图画最为关键。古建筑测绘从建筑保存、修缮、复原的作用出发，是现有的摄影或素描所无法胜任的。建筑遗产的保护无论采用什么方式，都迫切需要科学记录档案作为基础，而一套完备的测绘图纸是最基本、最直接、最可靠的依据。

为此，笔者通过实际测绘，认为做好具体的古建筑测绘工作应牢牢把握以下几点：

第一：把握好测量的基本工作

1．距离测量：测量两点之间的直线距离，其方法包括：（1）钢尺量距；（2）电磁波量距；（3）视距量距；（4）GPS 基线测量；（5）激光测距。

2．高程测量：是通过测量已知点和待定点间的高差得待定点的高程，其方法包括：（1）水准测量；（2）三角高程测量。

3．角度测量：是测量地面点连线在水平面上的夹角及视线方向与水平面的竖直夹角，分别称为水平角和竖直角。测量仪器一般是经纬仪或全站仪。

4．定向：确定地面上一条直线与标准方向间的水平夹角为直线定向。直线定向通常所用的标准方向有真子午方向、磁子午线方向和坐标纵轴方向。由标准方向顺时针旋转到直线所经过的夹角分别称为真方位角、磁方位角和坐标方位角。

第二：选择有效的常用测绘仪器

1. 水准仪；2. 经纬仪；3. 大平板仪；4. 电磁波测距仪；5. 电子全站仪。

第三：实地测绘所用的基本工作流程

1. 准备（测绘常用工具）；2. 徒手草图（构绘草图）；3. 测量（各面、结构）；4. 整理测稿（测绘草图件）；5. 仪器草图（反馈修正）；6. 校核（错漏部分）；7. 上机绘图（电脑CAD制图）；8. 验收（规范标准达标）；9. 提交（审核与存档）。

第四：测绘图的一般基本要求（测绘的部位及图纸内容）

1. 总平面（底层平面、楼层平面）

保护范围内单体建筑、照壁、牌坊、围墙、道路、铺装、天井、水池、水井、绿化（古树、大树）、碑刻、构筑物的位置与相互关系。

各个单体建筑的台基、柱网、踏步、墙体、隔断以及门窗洞口、楼梯位置等。

节点详图：各式柱础、踏步、台基、抱鼓石及柱子、门窗与墙体、隔断交接部分的节点详图。

2. 单体建筑立面图

立面图主要表现建筑物的外观形状及艺术特征，可分为正立面、背立面和侧立面。

记录要素：台基、建筑正身、屋盖、斗拱、门窗等正投形图。

3. 不同梁架的横剖面图

建筑物的各缝梁架，凡是不相同的均要整体勾画；如果两缝梁架仅个别局部节点不同，可画该节点详图并用文字注明。

主要节点详图：

——梁架结构中构件交接关系复杂的节点、檐部结构、斗拱等需画详图。——形式复杂或不规则的构件（如月梁、雀替、替木、牛腿、驼峰、蝴蝶木等）也须画详图

4. 前（后）视纵剖面图

所测建筑物的前后檐梁架结构的做法是完全对称相同的，只需画一个纵剖面图，否则，前、后视纵剖面图都要画。

纵剖面图主要反映歇山、悬山顶建筑两山出际部分的梁架结构关系、屋面升起，尤其是歇山顶建筑的踩步金、山花草架结构比较复杂，测绘时应详细勾画。

踩步金、山花草架、排山勾滴做法节点详图。

5. 梁架仰视图

梁架仰视图主要反映檐柱柱头以上部分的梁、檩、枋、椽、斗拱等构件的布置方式、数量及构架间的组合关系，尤其在梁架结构复杂或两个建筑构架相互搭接的情况下（或有侧脚的建筑），梁架仰视图就显得更为重要

记录要素：斗拱、天花、藻井、翼角结构（翼角椽）、翼角冲值等。

6. 角梁大样图（阴角梁）

角梁结构是建筑构架中极为重要和复杂的部分，勾画角梁侧视图（45° 剖视）对于了解角梁结构和确定翼角冲、翘值具有至关重要的作用。

古建筑的翼角部分构件较多，结构关系错综复杂，因此，勾画草图时必须仔细观察，把角梁与其他构件的交接关系交待清楚。

角梁侧视图的测量与尺寸标注。

老角梁底皮与檩条交接处，老角梁底皮切入檩条的垂直高度。

老、仔角梁水平投形长度。

老、仔角梁梁头梁尾标高以及其他重要控制标高。

7. 斗拱详图

古建筑中使用斗拱的种类和式样往往很多，除在剖面、立面和梁架仰视中记录其布置状况和不同类型外，斗拱本身的构成及尺寸则需要由大样图来表示。

不同种类的每个斗拱都需要有三个视图：正视图、侧视图和仰视图。如果结构复杂还需增加背视图。必要时可画分件图

8. 屋顶俯视图

屋顶俯视图主要反映屋顶平面情况，要求把各条屋脊之间的交接关系、瓦陇排列（要注明是勾头坐中还是滴水坐中）、吻兽脊饰位置、排山勾滴等交待清楚。

节点详图：各种屋脊（正脊、垂脊、戗脊、岔脊、博脊）的正投形、断面图；各种吻兽、脊饰（正吻、垂兽、戗兽、小走兽、宝顶、合角吻、套兽、其他脊饰等艺术构件）的正、侧视图；各种瓦件（筒瓦、板瓦、勾头、滴水、钉帽）等详图；排山及山花部分应勾画排山勾滴、山花纹样、悬鱼、惹草、博风等详图。

9. 装修、彩画及附属文物

不同形式的门窗（洞门、洞窗、横坡窗）、天花、藻井、挂落、飞罩、栏杆、彩画以及属于文物的塑像、台座、碑刻、牌匾等均需勾画大样图和细部详图。

最后，需要注意的是，在测绘前对古建筑史料、民间说法等的调查，有助于我们确定测绘的重点部位，因应引起我们充分的重视。如《保国寺志》中题咏的“升斗昂栱人巧极，祥符千载永留名”等赞叹奇构与雄奇的诗句；当地民间称保国寺大殿“无梁殿”的说法，均是对大殿重点测绘部位的提示。

四

所谓“耳闻不如目见，目见又不如测绘。”

笔者对这个有深刻的体会：学习古建筑之前，看传统建筑（无论是古建还是仿古）都是一个模样，了无感受；学习之后，渐觉层次，能看出大体上之差别；只有测绘之后，才注意到细节上、尺度上、做法上不同。测绘的价值且不说对于古建保护工作的必要性，其过程对于研究者个人尤其可贵。别人的测绘资料也可用来学习，终不如出于自己手的更为亲切更有深刻的认识。梁思成先生对古建筑就做过大量的测绘，这和他的学术成就不无关系，这一点尤其值得我们学习。

通过对测绘对象的实测和调查分析，可以从实物角度了解古建筑，经过仔细的观察、记录和分析，掌握这些建筑空间的物质形态和社会内涵；加强对传统建筑材料、构造方式及施工方法等的认识。以求专业素养的完善、调研能力的培养和制图表达能力的提高。当然，测绘资料在系统整理后，也可为文物保护、研究和开发利用提供基础性资料。我就喜欢上了古建筑保护事业，特别是有幸。

附：测绘的一般工作流程：

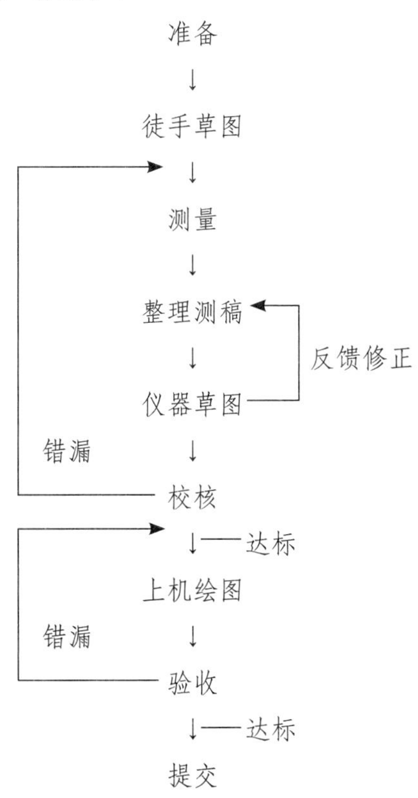

【江南瑰宝保国寺大殿】

——从遗存看演变脉络

林浩　娄学军·宁波市文物保护管理所

保国寺是1954年全国文物大普查时由南京工学院浙江调查小组发现的，被认为是我国长江以南最古老、保存最完善的木结构建筑之一（图1），1961年被国务院公布为第一批全国重点文物保护单位。保国寺建筑辉煌，大殿是其精粹，政府多次拨款专门维修，在维修中发现的一些铭文题记及在构件更换修补过程中发现的一些特殊现象，对我们进一步研究保国寺大殿变迁的历史，有一定的现实意义。

一　大殿的遗存调查

（一）平面布局

现时大殿的平面布局为面宽五开间、进深六开间，除去清代加的前、左、右外墙及檐廊，以中间三间测得长11.90米、宽13.36米即为宋时大殿的

图1　保国寺大殿

通面宽与通进深。

（二）柱网分布

同样去除清代加的外墙及檐廊，宋时大殿的柱网排列示意如下：

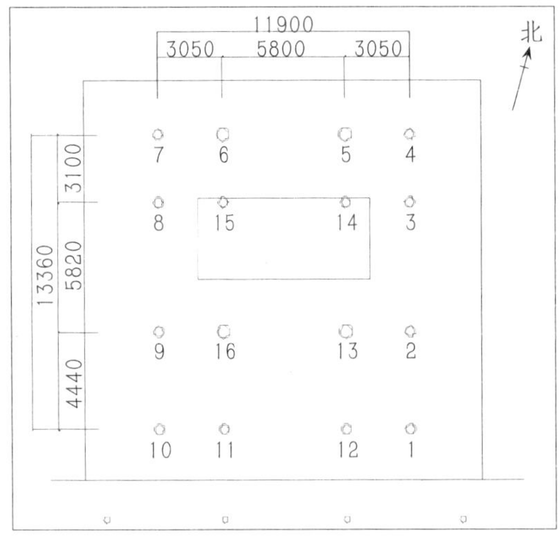

宋时大殿的柱网排列示意图

1．构成外槽的柱网

设东南侧为①号柱，按逆时针依次排列为②、③、④、⑤、⑥、⑦、⑧、⑨、⑩、⑪、⑫，构成外槽柱网框架。①至⑧号柱，为一原木制成，且截面形式有四种：第一种，外槽⑫、①号柱的八面瓜棱；第二种，②号柱的东向为四瓣瓜棱；第三种，③号柱东向，⑧号柱西向，⑤、⑥号柱北向为二瓣瓜棱；第四种，④号柱东北二向与⑦号柱东西二向各为二瓣瓜棱。⑨、⑩、⑪、则为“包镶作”瓜棱柱（图2）。

外槽柱础共分四种：第一种，⑤、⑥号为覆盆状櫍式柱础；第二种，③、⑧号为须弥座式柱础；第三种，④、⑦号为扁圆形柱础；第四种，①、②、⑨、⑩、⑪、⑫号为鼓圆形柱础。这些柱子的柱顶石，除⑨、⑪已被调换外，其余柱顶石从遗留的迹象看都曾为覆盆式，后被凿去，残痕明显，凿去面积大多为92×95厘米（应为宋时覆盆式柱础的直径）。

2．构成内槽的柱网

构成内槽的柱网，即中央的四个大内柱，设东南角为⑬，仍按逆时针排列，依次编号为⑬、⑭、⑮、⑯，均为瓜棱柱。⑬号柱为1975年维修时，因为糟朽严重危及屋面，经国家文物局同意后进行更换，且仍采用了宋式的“四段合”作法。⑭、⑮号柱，祛除槽朽部分，保持原来的面貌，⑯号柱为原物。

内槽的柱础，如排在南边的⑬、⑯号础，宋时也为覆盆状柱础，后被凿去覆盆，遗留痕迹仍清晰可见。⑭、⑮号柱，柱顶石宽60、厚17、高40厘米，直接置于崇宁元年制的石质作须弥座内。

（三）额枋

前檐阑额的两肩均有卷杀且成月梁状，殿内阑额均有“七朱八白”的装饰（转角各

图2 清“包镶作”瓜棱柱

四块），每块白 32×8 厘米，额上不施普柏枋。阑额下又施了一道由额，两额之间由间柱上下相连，即为重楣（图 3）。

图3　彩绘“七朱八白”与唐重楣做法

（四）斗拱

大殿中不但所施斗拱特多，而且用料较大。斗拱其材高在 21.5 ～ 22 厘米间，宽 13.5 ～ 14.1 厘米。

1．外檐斗拱

在所有外檐斗拱中，那些补间铺作的布置，不仅有规律，而且与整体结构十分协调。这些补间铺作从形制规格、木质纹理及用材大小比较，可以认定绝大部分为一个时期的遗物（图 4）。

图4　外檐斗拱

2．内槽斗拱

内槽斗拱中有一特殊的铺作。在后内柱中，左内柱柱头铺作的“栌斗”为一石质莲花瓣状，而右内柱柱头铺作上的栌斗则是一个木质的讹角斗。

3．藻井斗拱

前槽三间各置一藻井（图 5），中间大左右小均为透空穹窿状。藻井斗拱用材为 17×11.5 厘米，栔高 7 厘米。在前槽当心间的藻井左右，分别置有长方形的天花。

图5　大殿藻井

（五）梁架结构

大殿梁架作抬梁式，其侧样为八架椽屋，前三椽栿后乳栿用四柱。全部梁架由周围檐柱及四根内柱承托。在天花、藻井以下，露明的乳栿采取了明栿月梁的做法，制作工整、精细；而在天花和藻井之上，则为草造。

根据当时主持维修的虞逸仲等前辈的回忆及笔者的现状观察，大殿梁架有此特点：第一，有的枋上留有原斗口的印痕十分明显，说明这些枋子原来已被使用，现仍在使用，但位置变了，且未再加工刨光。第二，隐蔽部分的额枋、斗拱上不但积有灰尘，而且把宋代涂刷的粉彩也盖住了一部分。第三，大殿西南角的一根挑斡由于朽腐实在严重，进行了更换。在挑斡尾上有墨书“甲子元丰七年（1084 年）

图6 柱头铺作上的木质栌斗与斗拱彩绘

□月□日”的铭文。

（六）彩绘装饰

保国寺大殿除了木结构建筑特殊外，其梁架上保存的宋代装饰彩画又是另一项珍贵的遗存，虽因年久褪色或粉彩剥落残缺，但幸存的仍色彩艳丽。天花以上的隐蔽部分，也可看到构件上有红、黑、白三彩和红、黄、绿等装饰，天花以下最引人注目的是前槽三个镂空藻井四周及枋子上的彩绘装饰，使藻井与斗拱浑然一体，华丽庄重，而柱头铺作的斗拱上彩绘装饰也相当显目（图 6）。

（七）台基

根据大殿内外槽柱网及柱顶石分布，大多为宋代原物，后虽有改换，但它们的位置始终没有变动，可以说近千年的大殿台基的核心部分保持了原貌。台基的基础制作，在勘查中发现大殿下用块石构筑的由山体向殿前铺设的“弄”，可容人进出，这条用石叠出的“弄”实际上是水脉，大量的山水和后檐的雨水都通过“弄”聚集后流入大殿平台下的放生池。从建筑构造上看，这无疑是台基的基础，其年代至少是北宋或更早。

二　遗存的分期特征

从保国寺大殿的遗存分析，该建筑不但由单檐变为重檐，大殿面宽由三开间变为五开间，而且内部的斗拱、柱、础等构件，随着历史上几次加固维修，保留了不少历史信息，反映了不同的时代特征。现结合文献，以“标型学”的方法，对大殿各个历史时期重点部分的变化，共分六期进行综合考证。

第一期　公元 1013 年重新建造的大殿

从遗存研究推断：

1．宋时大殿面宽三开间、进深三开间，为单檐歇山顶。大殿始建时外墙和门窗的情况：

第一、大殿围护结构与外槽四周柱网有密切的关系，现发现四周的宋代瓜棱柱（一

图8　后内柱立于须弥座上

图7　当心间宋治平元年赐“精进院”额

条原木制作）因部位的不同瓜棱瓣也随之多少不一。这样的木制瓜棱柱，既实用又增添了建筑美观，为我们判断围护结构、北宋墙体与门提供了有力的证据。

第二、在古代或现代构筑墙体（包括构筑板壁、泥壁）和门窗时，在柱、枋上往往要附加“抱枋”，因此在柱子上是不用开卯孔的，故此大殿目前在瓜棱柱左右或由额的下皮都没有遗留卯孔的痕迹，正说明当时采用了“抱枋”的作法。

据上，笔者推断从②号柱开始，到④号柱、⑦号柱、⑨号柱的范围内的瓜棱柱的向内部分应有“Π”形墙体围护。在宋代殿堂中采光采用栅栏是很常见的。大殿梢间檐柱瓜棱只作东、南或西南各二瓣，说明梢间极有可能采用了栅栏式门或窗。当心间的由额（枋）上挂的宋治平元年（1064 年）赐的“精进院”额（图 7）则为宋时大门的位置提供了一个佐证，那么⑩、⑪、⑫、①号位置的柱就是宋大殿门前的四个前檐柱，虽均作成全瓜棱状，但现存的宋物只有二柱。

从②、⑬、⑯、到⑨柱的位置可能为门窗或栅栏，与佛座构成一个礼佛空间。整个大殿的外檐斗拱、昂均露明。

2．殿内构成内槽的四个内柱，由外观作成半圆状的四条大木相拼后，再贴四片半圆木的“瓜”，用木梢钉串牢，整体成瓜棱状。这种以小拼大的做法在后来的《营造法式》中称为“四段合”。

3．殿内四个内柱的柱础，前两个从遗留痕迹看为覆盆式，推测后两内柱的柱础，建造时也应为覆盆础，因为《造佛座记》中云“……公昇等同施净财制造精进院大殿内石佛座一所……壬午崇宁元年五月□日谨记……”说明佛座是在崇宁元年（1102 年）建造的，两个后内柱是立在须弥座内（图 8）。

第二期　元丰七年（1084 年）的维修

这次维修从遗留下来的迹象表明，主要涉及屋面及某些重点构件。

自北宋大中祥符六年（1013 年）建造至元丰七年，大殿已经过了七十余年的风风雨雨，长江以南雨水较多、气候潮湿，加之南方台风的影响，大殿的屋面渗漏糟朽是不可避免的。这次维修的特点是：

1．保存老构件

屋面直接接触部分是这次维修的重点，见到的梁枋除了个别地方新加的外，绝大部分都是原来的，有的梁、枋子换了位置使用，原来的卯口、榫头、斗口印痕等地方比较明显。

2．重要部位的保护

个别的昂或跳斡也作了更换。在1975年维修时，发现西山南次间的西面补间铺作上昂后尾跳斡侧面，有墨书“甲子元年七年□月□日”纪年题记。该昂由于大部分已腐朽，不能起到跳斡承重作用，故更换了它。当时与其周围的昂与跳斡相比，它们的制作工艺、手法、用材、规格、木材纹理几乎一致，均应为元丰七年维修时的遗物。

3．柱头铺作的保护

四根内柱上的柱头铺作是承重整个屋面的中心部位。现存大殿后内柱的栌斗，东侧为石质莲瓣纹“栌斗”，西侧为一方形的木质栌斗，对此说法不一。笔者认为这并非是人为的故意要做成一个石质、一个木质，而是维修时匠师们机智的体现。

屋面瓦作几十万斤的重量，全部通过四根内柱上的各部分梁架传递到柱头铺作。从现存内柱上的柱头铺作的木质栌斗表明，斗拱与栌斗形制及尺寸配套，位置紧密结合，栌斗与拱制作时木头纹理的锯剖一致，据此可断定是公元1013年建造时候的原物(图8)。

而东侧内柱上柱头铺作的“栌斗”，其实是经幢上的一个莲瓣圆形幢身的局部。由于斗部腐朽，要调换一个新的栌斗，就要牵涉到很多来自屋面及四边的构件，匠师们的“就地取材”利用经幢的莲花石作衬垫，代替了栌斗（图9），既方便又牢固，所有斗拱构件的力集中到石质的“栌斗”上，其所起的作用是一样的。

4．斗拱里转跳维修

关于保国寺大殿东、西侧斗拱里转跳，由于外观做法不同，也相当引人关注。据笔者观察，东、西侧斗拱里转跳一个为五跳，一个为四跳，实际上东侧四跳后用大楔木，西侧五跳以后用小楔木，其高度应该是一致的，否则会造成屋面不平衡。笔者认为，西侧斗拱里转跳为五跳，应属正常的作法，而现在东侧斗拱里转跳为四跳则是维修过程中的一种处理手法，用楔木代替并起到了五跳的高度以承受重量。推断造成的这种现象，也应在元丰七年维修时所致。

5．檐柱的换向

在大殿外槽编号为⑫号柱是宋代之物，作八面瓜棱，是一个标准的棱柱，这棵柱的左右是与阑额相交，柱头上为栌斗，下置雀替，在瓜棱柱与柱头间的一定距离的正面开了一个卯孔，现在这个卯孔上填充了一块长方形木头，说明这个长方形卯孔原来是安装阑额的榫头的，现在换了一个方向，并废弃了这个卯孔，目前在枋子上的宋代雀替的存在，证明了它应是元丰时换向的遗物。

第三期　崇宁元年（1102年）造佛座

北宋元丰七年（1084年）维修后，到北宋崇宁元年（1102年），不到20年，这次的整修从刻石记载看，主要是建造了佛座。《造石佛座记》云：“明州管内都僧国宁寺传天台教观赐紫智印大师约之同弟子陈延詠延绍妻孔十四娘弟新妇夏十一娘男世卿世清弟子丁彦隆彦昌寿母徐念五娘，妻陈小五娘，弟新妇龚小五娘，男龚明龚昇等同施净财制造精进院大殿内石佛座一所，□□巨利奉答四恩用资三有□乞玉相垂明诸天昭鉴时壬午崇宁元年五月日谨记石匠许明礼住持沙门约文”。

从上述记载可知为造石制佛座捐资者达十多人，同时知道了这座石质结构的须弥座的建造时间在崇宁元年。后二内柱立于须弥座内，也应从崇宁元年开始，四根内柱应是等高的，这样做既可以扩大前槽做佛事的空间，又保证了须弥座的面积，且不影响内柱的美观与应用。

图9　柱头铺作上的石质栌斗

第四期　康熙二十三年（1684 年）的扩建

我们所见到的大殿重檐歇山顶造，殿内的三开间变为五开间的现状，按保国寺寺志等文献记载，即是“增重檐，塑罗汉诸天”。

清康熙二十三年（1684 年），大殿的屋顶由宋代的单檐歇山顶演变为重檐歇山顶，扩建了现今的前檐及东、西两檐，遗迹表明现前檐六檐柱（础）和东西山面柱（础）是公元 1684 年式样，唯北檐没有增檐。此前，大殿中仅置西方三圣，是没有罗汉的，东西两翼成梢间后则专供“罗汉诸天”。

第五期　乾隆十年（1745 年）的刷新

乾隆盛世大修佛殿，保国寺大殿也经历了一次“刷新”。这次维修的重点，就像《保国寺志》等文献所叙为“移梁换柱立磉”。

大殿自从公元 1084 年元丰七年维修后，过 20 年到北宋崇宁又至清康熙二十三年的扩建到乾隆十年，大殿的柱子（除康熙时加的外）经受了六个半世纪，因此“理所当然”成了“刷新”的重点。这次维修的特点：

1．更换柱础，保护柱子。

前面两根内柱，在北宋时是采用“四段合”制作，用材较大，由于覆盆状柱础离地面较低，因潮湿侵入，柱根部腐朽严重，因此采用了将宋代的柱根锯短，把宋代覆盆式柱础凿掉，以大鼓形柱础取代，柱础高度大增，一般为 50 厘米，柱径则没有增加。当时将糟朽的柱根锯掉的迹象，有的十分明显。

2．采用清代的“包镶作”

外槽的柱子中，采用中间一条大木，四周用较小木头给予拼镶，称为

“包镶作”，从外观看也做成瓜棱柱，当然与内柱相比,无疑是“四段合”的做法牢固得多。外槽⑨、⑩、⑪号柱是典型的清乾隆十年更换的“包镶作”做法。这说明在清代这类“包镶作”的工艺在江南是十分流行的。

3．柱础不规范

柱础除了保存宋代覆盆状櫍式柱础（宋式）外，大部分作了新添（清代圆形、鼓形或帽式），也有利用经幢底部的似须弥座式的构件再利用。

4．彩绘的新增

在可见的柱头铺作上的彩绘，风格与隐蔽部分斗拱上色彩一致，那无疑是宋代遗物；在乾隆年间的这次维修中，新增了藻井四周及天花上的彩绘,有黑底白花卷草纹、蔓花纹、菊花纹；白底黑绘的勾莲纹、水波纹、云气纹；用墨勾线，施以红、绿、青色彩绘的花鸟、人物、山水，另有变形龙凤、仙鹤图案，规范细致，彩绘时代特征明显。

这次维修，据文献记述一直延续到乾隆三十一年(1766 年)结束,前后相持时间 20 余年。

三 大殿之遗珍

保国寺大殿建于公元 1013 年，我国著名的《营造法式》出刊则是在公元 1103 年，当时北宋朝廷为了管理宫室、坛庙、官署、府第等建筑工作，颁发了《营造法式》。保国寺大殿属于坛庙一类,建筑的年代比李明仲《营造法式》出刊要早 90 多年，《营造法式》公布至今，已有 900 多年历史，而保国寺大殿早已存在了将近一个世纪。保国寺大殿的许多做法、规制，使该大殿成为北宋时期东亚地区最具典型的建筑范例,为后来《营造法式》的出刊提供了科学的依据，成为《营造法式》的实物例证。

（一）唐代做法的遗存

目前保国寺大殿的阑额下施一道由额，两额之间以间柱上下相连，即为重楣。现存宋以前建筑多为单阑额，重楣的做法很少见，而在唐代佛寺中就能见到。重楣的做法在唐代前期是比较盛行的，保国寺这一做法应是唐代建筑手法的遗风（图 3）。

保国寺大殿的斗拱，直接坐于阑额上，不用普柏枋做法，亦为唐代和北宋初期的风格遗存（图 10）。

保国寺大殿扶壁拱为单拱素枋加单拱素枋。这种单拱素枋交替重迭的做法，常见于敦煌壁画中，也是唐代旧法在保国寺大殿应用的实例（图 11）。

保国寺大殿的阑额上可以看到栌斗底部开槽，嵌在阑额之上（图 12）。这种做法在木结构建筑中甚难看到，仅在苏州五代虎丘云岩寺塔和北宋罗汉院双塔中可见到这种古法。

（二）“四段合”与“瓜棱柱”

保国寺大殿的内柱,在建筑时采用了“四段合”制作,以小拼大实为“拼合柱”法,在《营造法式》公布前已相当的盛行,为《营造法式》中的“拼合柱”提供了实物依据，目前保国寺这种柱子不但是最早遗物，而且也是孤例。

瓜棱柱，宋代盛行的是一条原木上刨出瓜棱，像保国寺遗存的全瓜棱八瓣，半瓜棱四瓣，也有二瓣瓜棱的。清代维修时编号为⑨⑩⑪柱则采用中间一条大木四周以八条小木拼合成瓜棱状，虽亦称“瓜棱柱”，但实际上与北宋盛行的瓜棱柱含义已然不同。北宋时的“瓜棱柱”，是属于制作工艺中起装饰作用的，清代的“包镶作”，是“以小拼大”的做法，只不过包成八棱而已，在清代相当盛行。

（三）构件作“月梁形式”

保国寺大殿中不仅梁栿加工成“月梁”，就连前檐和进深方向第一间的阑额也都做成“月梁形式”且阑额两肩有卷杀，说明在北宋初期，江南一带的“月梁形式”已十分流行。在崇宁二年出台的《营造法式》中有该规制，可在同时代的北宋木结构建筑中实例甚少，目前在国内仅见到福建华林寺大殿前檐阑额也成“月梁形式”。

（四）藻井、斗拱

保国寺大殿前槽三间，各有一个藻井，以当心间的为最大、最精。藻井斗拱用材为17×11.5厘米，栔高7厘米，略小于殿中的其他斗拱。国内现存宋、金以前的木结构建筑，在藻井构筑中使用如此较大木材制作斗拱的，却仅此一例。

（五）“蝉肚绰幕”的出现

据徐伯安、郭黛姮教授的《宋〈营造法式〉术语汇释——壕寨、石作、大木作制度部分》介绍：“蝉肚绰幕”是在绰幕枋的出头部分下缘，雕刻成若干连续的凸形曲线的形式。在“绰”条中曰：绰幕枋，紧贴在阑额下边的辅助方木。这种做法，在河南济源济渎庙临水亭等元代建筑中较为典型，故保国寺大殿的前檐柱，在阑额与柱子相交处使用了“蝉肚绰幕”这个建筑构件不但为《营造法式》作者提供了实物例证，而且出现在保国寺大殿其年代也可算是最早的（图13）。

（六）特殊的制作技法

在下昂昂尾之上压着蜀柱及中平槫的做法，在海内也属孤例，即为《营造法式》中“如用平棊，自槫

图10　唐斗拱按于阑额上做法

图11　唐单拱素枋交替重叠做法

图12　栌斗底部开槽

图13　中国最早的“蝉肚绰幕”

安蜀柱以叉昂尾”之制。

（七）大殿梁架

大殿梁架为八架椽、用四柱的做法也较独特，具有平面灵活、结构整体性强等优点。

综上所述，保国寺大殿除保留了唐时的一些旧法外，主要还是北宋初典型殿堂与厅堂（官式）的做法。说明北宋初的大江南北，尤其是全国著名的港口城市明州城里的坛庙殿堂建筑，不但在木构形制与做法上形式多样，而且级别也较高，保国寺大殿就是其中的典范。宋代“唐式”建筑还东传日本，有著名的日本重源、荣西等学问僧，不但学禅求法，而且专学建筑，并从日本运来木头助修天童寺千佛阁和阿育王寺的舍利殿，而明州著名的建筑师铸造师陈和卿到日本修建东大寺建筑和佛像，还从明州带去不少的建筑材料……惜现今的天童寺、阿育王寺已非昔日宋代原貌，唯独保国寺大殿仍巍然屹立在灵山之上，成为11世纪东方建筑最先进、最有代表性的范例。这些保存在这座珍贵的宋代早期木构建筑中的丰富的历史信息对我们进一步研究保国寺大殿的变迁有着重要的参考意义。

参考文献

[一] 徐伯安、郭黛姮：《宋“营造法式”术语汇释——壕寨、石作、大木作制度部分》，《建筑史论文集》第六辑，清华大学出版社，1984年8月版。

[二] 徐伯安：《“营造法式”斗拱型制解疑、探微》，《建筑史论文集》第七辑，清华大学出版社，1985年12月版。

[三] 南京工学院建筑系：《中国建筑史》，1978年6月版。

[四] 宁波市文管会《谈谈保国寺大殿的维修》，《文物与考古》，1979年9月102期。

[五] 清嘉庆《保国寺志》，清光绪《慈溪县志》。《东来第一山——保国寺》，文物出版社，2003年6月版。

[六] 林浩：《南宋明州建筑传东瀛》，《三江论坛》，2008年7月版。

「建筑美学」

肆

【甬上名园考略】

周东旭 · 宁波市海曙区文物管理所

唐长庆元年（821 年），明州州治由鄞江迁至今三江口，成为一个港口城市。宋室南迁，定都于杭州，四明史氏家族出过三个丞相，当时有诗云："满朝朱衣贵，皆是四明人"。政治经济发展飞速，宁波城市以鼓楼为政治中心，以日、月双湖为文化中心的格局基本定型。明清时期，宁波作为"东南都会"随着商业经济的发展，城市继续得到极大繁荣。同时宁波气候温和，水源充沛，物产丰盛，自然景色优美，有水乡城市之称，十分适宜居住，士大夫们在追求住华宅美屋的同时，又希望能居住融精神与物质一体的园林，于是略有余富，便大兴土木。陈从周先生说："中国园林应该说是'文人园'，其主导思想是文人思想，或者说士大夫思想，因为士大夫也属文人。其表现特征就是诗情画意，所追求的是避去烦嚣，寄情山水。"

宁波历代文人辈出，且不乏达官显贵，在宁波的日、月双湖边上有许多园林建筑，现在都很难寻找她们的踪迹，借助于文献古籍，笔者考证了一些宁波老城的名园，并找出相应的坐标位置，读者大致可以知道大约是哪一个位置，现编述如下：

一　两宋

嬾堂。北宋学者舒亶之园，在月湖烟屿上。全祖望有《西湖嬾堂记》一文云："予家十洲之烟屿，于嬾堂最近。虽竹石俱无存者，然每过之，未尝不爱其明瑟，徘徊良久"。可见在全翁的时代，此园竹石早已不存。

十洲阁。元祐八年(1093 年)，刘纯父(淮)守宁波，浚疏月湖"增卑培薄，环植松柳，复因其积土广为十洲，而敞寿圣之阁，以其名名之。盖四时之景物具焉"（舒信道《西湖记》）。寿圣之阁即在湖心寺内。

蒋园。金紫所筑，在采莲桥。金紫即宋金紫光禄大夫蒋浚明。王亘《和太守游园之作》："采莲桥下路，皂盖拂云来。尘压随轩雨，风生避暑台。酒缘佳客尽，花为使君开。忧患西溪旧，相忘此日杯。"

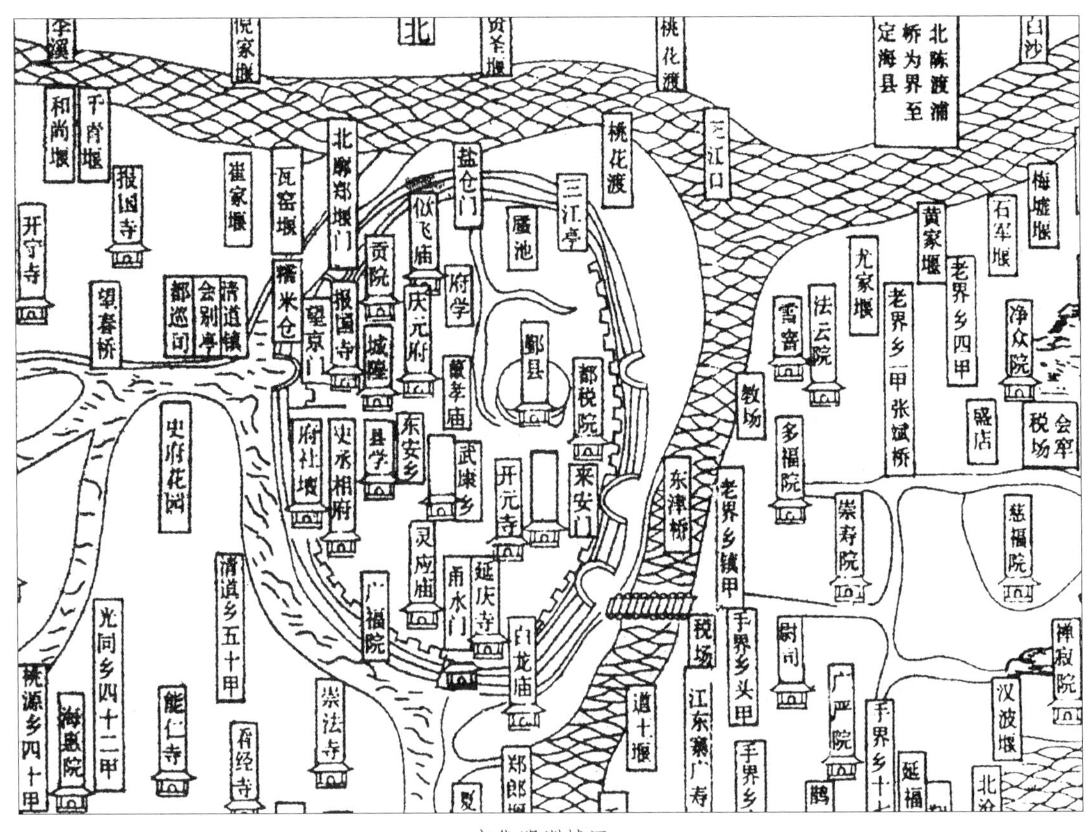

宋代明洲城区

县圃。北宋王安石为鄞县令，在县治后圃建有西亭、经纶阁。南宋绍兴二十五年(1155年)，县令王烨建敕书楼、清心堂、琴斋、仰高亭，绍兴二十六年县令周升亨建宽赋堂、鱼熙亭，绍兴三十一年令宋应建昼帘堂，宁宗嘉定十年（1217年）令李寿朋建退轩。

郡圃（独秀山、后乐园）。有羔羊斋、桃源洞、百花台、梅庄、九经堂、老香堂、翕芳亭、苍云堂、小教场、生明轩、净凉亭、春华亭、秋思亭、四明窗、双桧泉、木香台、占春亭等景，均建于南宋，今为中山公园。明代堆有独秀山，今存。清薛福成后乐园也在这个地址上。

竹墅。“高处州衍孙宅。旁植水竹、奇石、号曰‘竹墅’。在甬水门内，锦照桥东城下处”。高衍孙以直阁知处州。著有《五书韵总》五卷，此书篆、隶、真、行、草一字五体，别体皆作小字，随体分注，可备初学者用。崇法寺即在祖关山。

汲古堂。在县治南，即今念书巷，尚书王应麟所居。其父㧑，为崇政殿说书，理宗御书飞白“汲古传忠”四字匾其堂。至今称王家府（《嘉靖志》）。左濒河，后临县学前街。其楼仅余后楼。御书匾额，乾隆年间尚在，今已无存。《湖语》：“自是而南，故榭之迢迢者，蒋园其最有名矣。至若水阁之疏越（赵侍郎筑），竹墅之幽清（高使君衍孙），丞相、少师、学士、辂院之徒，园林之盛，有如列城。竹林一区，则王氏昼锦之都厅其同巷者，尚书拙逸之亭也。”

秀野园。南宋学者袁燮之园，大约是张苍水故居前的位置，“袁第当在郡学之西，明季张尚书府前”，今张苍水故居犹存。园二亩有奇，有“直清亭”、“是亦楼”，又作“愿丰楼”。楼之左右前后有山，有水，有竹，有花。先前名之为“是亦楼”，后来增大了一点，改名为“秀野园”，袁燮，字和叔，世称袁正献公，求学于陆象山，传二陆之学。淳熙八年（1181年）进士，累官至国子祭酒、秘书监、礼部侍郎兼侍读。

安晚园。南宋丞相郑清之之园，在当时县治（今宁波市政府）东南半里左右，前有大池，跨池有左右两桥，一名“积善桥”，一名“余庆桥”。园中有三百余株梅花树，十分壮观，有许多诗人歌咏。郑清之，字德源，晚号安晚，嘉定十年（1217年）进士，史弥远卒后，拜右丞相兼枢密使。

四明洞天。南宋丞相史浩之真隐观，在月湖竹洲上，今即宁波二中的位置。“史忠定以竹洲之真隐观为洞天，摹四明九题于其中，因立谢遗尘庙。其御赐“四明洞天”四字藏宸奎阁”《四明谈助》。后在竹洲真隐观地基上建有全氏别墅，即全翁祖父全天叙所建，构“平淡斋”于洲东，构“菘窗”于洲南，复于城下筑桃花堤，以助竹洲之胜。

攻媿斋。在县南昼锦坊，昼锦坊在灵应庙之右。灵应庙今犹存。南宋楼钥之园，有白醉阁、仰嵩楼、登封阁等建筑，读书藏书于其间，登封阁藏有嵩山石，全翁有“汴京艮岳夜雨泣，未若斯阁偃卧小玲珑”之句。

得趣楼。冯公湛之楼，在菊花洲上，“榜其楼曰‘得趣’。轩曰‘爱日’，有泉石花竹之胜，然地不越数亩，阖门千指，田止二顷，殆无以赡。或劝以增。则曰：‘匈奴未灭，何以家为？’襟抱旷夷，不设防轸。贤士大夫多称述之”。

袁氏南园。宋咸淳年间，袁尚书似道于崇法寺左营“南园”，曲廊修槛、台榭共15区。而清容学士修复南园，其“芳思亭”、“罗木堂”皆有诗。

二　元代

倪家花园。《四明谈助》卷九《北城诸迹》（二上）：在旧府治北。元倪万户建(《嘉靖志》)。倪万户可辅,官浙东宣慰司都元帅兼海道漕运。万户父天渊,字震亨,家饶而乐施与。时江南漕白粮,由海运达畿,震亨籍占漕役,躬自蹈海,积四十余年。至元四年(1267年),漕舟多没于风,震亨舟漂高滩上,且拜且祷,俄而神炬见桅端,风回获济。中台御史袁赛因不花,状闻于朝,旌之曰"高年耆德之门"。后子贵,震亨自处如平时,出入不乘舆焉(《成化志》)。旧府治即今中山公园的位置。

介石斋。《四明谈助》卷九《北城诸迹》(二上):倪隐君克介介石园,在四港桥河北。后其子孙分居河南,犹称"介石园倪氏",即今之桂芳第。《句余土音・赋倪隐君介石斋》诗话:倪隐君克介,高士也。名豫。购故高少师园中佳石以颜其斋。乌先生春草为之记:"城隅有佳胜,传自少师园。竹墅笔床旧,雪波墨浪翻。世以豫滋悔,吾惟介避喧。峰峰斋外矗,石丈总忘言"。袁陶轩《鄮北杂诗》:"竹墅何年改姓倪?白猿终古尽情啼。杨花李花自开落,欲问'来谁'路又迷"。高使君衍孙,宅旁植水竹奇石,号曰"竹墅",见《清容居士集》。倪隐君"介石斋"即高氏竹墅,见《句余土音》。倪氏园中白猿,见《戴九灵集》。"来谁园"初为杨氏别业,御史李遵重建,见《闻志》。袁诗注误高氏竹墅在南城。倪盖购其石于斋前也。民国《鄞县通志》载:"桂芳巷,旧名桂芳第、秃水桥。"巷东有倪氏桂芳第,故名。

紫霄精舍。元履斋倪公之园,城北有小山,倪履斋公购买后,植以松、柏、梧、楝、槐、桂、枣、梅竹等花木,在山头挖凿一亩大的水池,作"紫霄精舍"数十间。

三　明代

西峰书屋(天赐岩、乐亲亭)。明屠滽之园,"西峰"为其号。屠滽建第于城中祝都桥,面河营第,凿照池,隔岸筑台,竖旗门,款为"在城第一"。又凿池叠石为"西峰书屋",以娱鹤发,因为其父屠瑜"善吟咏,唯泉石花卉适其情"。屠瑜,字廷美,号松窗。好治鱼池及丹山。母忧时,将凿池以悦亲意,而未得也。一夕,梦神人谒曰:"吾当献之。"觉而大惊异。已而,于居之乾隅购得隙地,因凿池,得石多且巨,又瑰奇可爱,叹曰:"梦征矣,殆天意乎!"乃即池为山,名曰"天赐岩"。构亭于池前,曰"乐亲亭"云(朱文肃国桢《涌幢小品》)。天赐岩在祝都桥天官府内,仅存遗址。先是,松窗公居桃花渡北,性喜园池,襄惠尝辟治以悦之。栽植芙蓉,红白可爱,名曰"芙蓉庄"。里人教谕赵瓒作赋,建碑于旁,今尚在(屠莘农《先世见闻录》)。光绪《鄞县志》称尚书街为祝都桥巷、芳嘉桥巷。街因旧有尚书第得名。尚书第,为明成化二年(1466年)进士、太保、吏部尚书屠滽所居。

凫园。戏剧家屠隆之园,原址在今屠园巷,已不存。《鄞县通志》:"屠园巷,旧名屠家花园。"屠隆自己写过一篇《凫园》的文章,详细介绍构园的情况:"弢光氏(屠隆自称)宅西有隙地,如手掌大。……辟以为园。傍邻筑垣,下凿小池,窄而长,才一发。下植荷、芰、茭、芦,上植芙蓉、木兰、红蓼、紫葵。凉风时至,秋色飒然。跨小池,构一楼,颜曰‘飞仙’。又空明楼一间，高而正方，仅可坐六人。八窗玲珑，东眺海门朝旭，西览崦嵫夕阳；晦明不常，紫翠变幻；崇霞长住，飞鸟径度。……弢光氏清身寡欲，鲜所嗜好。六尺而外，都无长物，而独有此园，比于仙人。葫芦虽小，大地山河咸在焉，素位任真，乐而安之。夫万物皆有坏不坏者何？物舍有坏以求不坏，是吾实也”。中有栖真馆，后得阿育王舍利殿前沙娑罗树一棵，植于斋前，改名为“娑罗馆”。屠隆著戏剧作品以《昙花记》、《彩毫记》、《修文记》最为有名。而且自编自演，至性至情，旷古奇才。

掌园。屠本畯之园，掌园在屠园东边，纵横三十六亩，内有霞爽阁。屠本畯，字田叔，又字豳叟，号汉陂，生平唯喜读书，到老手持一卷，常常说：“吾于书，饥以当食，渴以当饮，欠伸以当枕席，愁寂以当鼓吹，未尝苦也。”学而不厌，著有《闽中海错疏》、《海味索引》、《野菜笺》、《〈考工记〉图解》、《〈离骚〉草木疏补》、《闽中荔枝通谱》等书，是我国古代的生物学家，尤其在海洋生物这一领域有独到造诣。

日涉园。明末孙氏园，在市心桥东。“板扉萝径，竹树周遮”，其主人在明亡后入天童寺出家为僧，别号莲隐，陈怡庭有《赚莲隐师序》，数十年间，经历丧乱，日涉园所见只是豆棚菜园了。市心桥在今解放南路上，旧名贯桥头、千岁坊、市心桥、新街衕口、广济桥、握兰庙跟、芝兰桥、新桥头、寿昌寺、三角地等处皆属之。

余太常园。园在冲虚观左。章载道诗录后：“林园随地寂，况复枕仙家。竹动风前叶，桃开雨后花。问年忘甲子，款客荐胡麻。以此从吾好，悠悠度岁华”。余太常，初字君房，晚年改字僧杲，学者称“汉臣先生”，喜欢读先秦书籍。明万历八年进士，官至工部主事，有廉名。民国《鄞县通志》载：“开明街，旧角三角地、三法卿、冲虚观、开明坊、开明桥直街”。

飞盖园。明相余有丁公子筑园于府前，命名为“飞盖园”。左濒仓基漕，右濒藕尾港，池亭花木，极一时之盛。

畅园和陈园。均是沈一贯之园，“沈相国有‘畅园’在南城，全翁有《沈相公畅园诗》，又有‘陈园’在北城，见屠辰州本畯《空言》注”。沈相国，既明沈一贯，字肩吾，号蛟门。

寒崖草堂，明末骆国挺之园，在车轿李氏之后。全祖望有《访寒崖草堂记》：“寒崖草堂在鄞南湖上，所谓小江里者，故职方骆先生精舍也。其地盖已累易主。乾隆辛未（1751 年），诸生卢镐，假馆授徒于其地。予叹曰：‘三十年以来，……里中之知职方者希矣！今过其草堂，其安可默然而已？

况其石栏、花畴，风流宛在，是固东篱之遗也。’乃为之记”。骆国挺，字天植，学者称其为“寒崖先生”，明末爱国义士。车轿，相传此街为三藩停放车轿之处。

斗光阁。明末李仪部桐书斋，李氏旧居在砌街。《四明谈助》卷一四《北城诸迹》（四下）：“韦庵先生读书处。戊午岁（1618 年），从宅后穿汲，掘地深二丈馀，得赤石一枚，上镌‘光连北斗，气壮南宫’之句。旋构数楹，以‘斗光’颜其阁。忠毅公有记”。另外韦庵先生有别业名笑读居，江夏贺逢圣题匾，八分书，字可径尺，迄今岿然尚存。全祖望有五古一首，记其事。

天一阁。藏书家范钦之藏书楼，今存。全祖望《天一阁碑目记》：“阁之初建也，凿一池于其下，环植竹木”，范钦曾孙范光文在天一池边上堆假山，成“九狮一象”。范钦，字尧卿，号东明，嘉靖十一年进士，历任随州知州、工部员外郎、袁州知州等职。著有《天一阁集》。

楝园。李文约之园，李字原博。明亡后，“渐灭名念，年逾艾，息迹墙东，于宅右更辟余地，结庐旁水，通径置桥，满园楝树蓊然，追先世楝塘余韵。陈书发箧，专以经学训子孙，著有《楝园唱和集》，楝园通宅右，隔林家桥河，再东即小江桥”。民国《鄞县通志》载：“东渡路，旧名天后宫前，天后宫后街、小江桥”。

陆氏拗花园。在竹屿西南，濒湖，面桃花堤。其初为孙秀才之业，称“拗花处”，后归于孝廉陆起元。陆武城起元，字元兆。万历戊午（1618 年）举人，由括苍教谕，迁知武城县。南都立，改官新安。武城家素封，居湖上，其未仕时，园亭之乐，甲于双湖。陈都司（民俊）诗所云“陆浑山庄似辋川”者也。乱后居新安，不肯归。而拗花园者，遂为夫己氏（谢三宾）所并，亦不恤也。久之，迁于会稽，憔悴以卒。著有《拗花园集》、《括苍诗草》（《续耆旧传》）。

张氏萧园。在南湖滨，张东沙尚书所构，子邦伊辟之。原其初为孙秀才之业，后归于张，而分其左为“拗花处”，后归谢太仆谢三宾。而“拗花处”则为一乡科陆氏所有（高隐学《敬止录》）。

天赐园。“太仆有园在湖滨，不与居第相连。其初为张东沙萧园，隔湖即全氏桃花堤，晨夕游览，无异己物。陆武城既居新安不归，遂并拗花园而有之，号曰‘天赐’。”太仆即谢三宾。

翛园。太学杨伯翼构翛园于舍外，有阁曰：“西清”。登眺水光野色（《闻志》）。其与人书云：“家有遗业一区，柽枫柏栗，隐映若碧城；风涛生几席间。菱菰荷芰、蹲鸱薯蓣之属，至死不饥。伏腊之暇，想足老矣！”其高致若此（《耆旧传》）。今宅后有红木犀花，大合抱。桥西路旁，有小石坊，上刊“日涉所”三字。桥北临河，有杨家花园庙，尚是当时遗迹。屠凫园云：翛园在老龙湾西，有长春圃、泛爽亭诸胜。

云在楼。原址在竹湖，竹湖在蒋家巷之腰带湖，旧有竹湖坊，在南湖深处。今迁入天一阁博物馆内，为明陈朝辅父子藏书之所。当时藏书仅亚于天一阁。陈朝辅，字平若，一字苇庵，万历四十四年（1616 年）进士，有云在楼、四香居、含青、挂松轩、带水池、山厅、息庐、云石等景，极尽林泉之胜。

四 清代

亦园。《四明谈助》卷六《北城诸迹》(一上):"园在都宪桥西,观音寺前城下。旧传永昌太守山云公别业。询之后人,知是永昌从弟蛟云先生所筑。乾隆戊子、己丑(1708 ~ 1709 年)间,曾数游其处,见菜圃中犹存古松五六株,大可合抱。碧沼一方,础石花栏,零星历乱。后数年,地已易主,松亦推(摧)为薪矣。石坊上'亦园'二字,尚是乐窝先生手迹。此园恐亦系故家旧物。不然,园之兴废相距不过五十年,何以有合抱之松?询之董氏后人,亦不知也。""亦园主人董允雷,号蛟云,景高先生之子。景高先生构别业曰'可亭',时与名士赋诗宴会。蛟云善继父志,亦构别业于都宪桥西,称曰'亦园'。日涉成趣,聊以自适。今'可亭'花石无恙,而'亦园'已久废矣。"乐窝先生即董钝轩先生,《续耆旧传》:"先生能擘窠书,兼习绘事"。光绪《鄞县志》、雍正《宁波府志》称西河街为西河营巷,旧时其地有西河营,街之南侧濒临西河,即观音寺前河,因以得名。

可亭。《四明谈助》:"董上舍德高,字景高。……尝构别业于园中,会邻家亦营新宇,乃限于地,无可通明。恻然念之,命匠氏缩己屋之半为彼通明,其设心如此(《闻志》)。先生别业曰'可亭',在中宪第西偏。匾额为胡京兆(鹿亭)所书,旁有小记。全太史(谢山)有《可亭赏菊诗》,见集中。"民国《鄞县通志》载:"中宪巷,旧名中宪第衕。""巷口有董氏中宪大夫第,故名。"

槔园。在东林庵侧,东林庵在白衣寺后。白衣寺,今在海曙区孝闻街,1992 年 9 月公布为宁波市第一批文保点。园为编修杨德政建。"公字叔向,号楚亭,文懿公之后。由进士官翰林院编修,以见忤于时,补外,历官福建按察使。所著《梦鹿轩稿》"(《耆旧传》)。杨德政有自咏园诗一首:"解组归来几岁华,小楼新筑占高沙。山当睥睨飞空翠,水接沧浪散绮霞。老去不嫌饶白发,秋来随意问黄花。远公旧有东林社,一笑溪头理钓车"。

来谁园。李御史遒之园,李遒,字于鸿。万历己未年(1619 年)进士。《四明谈助》卷六《北城诸迹》(一上):"李御史遒所居。后坐北城,前临八图浦庙大街。""其园在居第之东,仅隔一河。"李杲堂《耆旧传》曰:"公性高爽脱俗。解绶后,放情觞咏。尝于城北起园亭,位置泉石,有若自然。时,鄞令王公章、慈溪令汪公伟,皆循吏,与公交欢。每与相期,过公园,闭门酣饮,时彻旦;或天暑共浴池中,一时传为佳事。公尝出登临归,入城乘游山小轿，数童子提杖□随，余犹及见其风流也。初，公所辟园本杨氏旧址，有作绝句曰：‘杨花落尽李花开，李花开后复谁来？’公闻之欣然，即名曰‘来谁园’。其达怀若此。及公没后十余年，王、汪二公皆殉国难，公园亦尽废，衰草弥望，至今尚无来者。俯仰盛衰，为太息久之。”

徐兆昺又作如下考证。高隐学《敬止录》云：来谁园旧名“福园”，本杨氏业。崇祯间（1628～1644年）御史李遵得之闻氏，盖数转业也。屠田叔《空言注》内有云：“沈方伯有园名‘福园’，在城北。”据此，则高指为杨业者恐非。

悠园。水宪副佳允，即杨氏棕园旧址重建。中有“空水楼”，犹杨氏宿构，水亦不久荒废。“空水”之谶称奇矣（《闻志》）。水公佳允，字启明。父卿谟，万历十四年（1586年）进士，终丹阳令。启明登天启二年（1622年）进士，仕至湖广提学副使。水佳允《供石亭自记（略）》：“予购得两石：一产太湖，长六尺余，嵌空而奇如玉玲珑；一产海山，长倍太湖者二，而肤理逊之，然矻矻一砥柱也。因相厥攸居，各置焉。海山者置一轩，然轩已定名‘冠松’，即以石增奇。太湖者置一亭前，亭尚未定名，终当以此石胜。雕栏护之，古树荫之，名卉异草环之，约略点缀，殆举全园之胜而尽注之者。凡若兹，皆以供石，非石供也。无失石情，即无失我情。因记之。”《四明谈助》卷六《北城诸迹》（一中）：“城中旧园不一，如‘倪园’、‘蒋园’无论已，即屠氏之‘凫园’、杨氏之‘翛园’、陆氏之‘拗花园’，皆不及见，及见者仅‘亦园’与‘悠园’耳。而悠园并两家之结构归于一家，故规模独大。计园之地可数十亩，北为荷池、菱池、茭白池，南作假山，山下有洞，池上有桥。游时可驾小舟从山洞绕转水洞之旁，兼有旱洞可坐五六人。山上下有古木两株，茶树、腊梅数株，及见者惟此。至于亭、堂、楼、榭，其位置随础石所在，亦可彷佛。数十年之间树已无存，石亦渐失。《供石亭记》所称之石，其一为偷儿倒断，卧于草间，余可知矣。宪副裔孙明经云，字时叔，恂恂孝友，举业长于经学。近日于池上构屋数间，将欲渐复故业。一旦以小愤自经，是可怪也。”

礼在园。胡文学、胡德迈父子之园，在青石桥鹾使内。全翁云：“鹿亭（胡德迈号）京兆家居园亭，花鸟之盛，甲于甬上”。《四明谈助》卷八《北城诸迹》（一下）：太仆（胡文学）有小筑在所居之西，曰“适可轩”，曰“岸上船”，曰“隐心书屋”，公（胡德迈）于其中更增廓之，曰“宝墨斋”，曰“野意亭”，曰“涉趋园”，曰“延月廊”，曰“含绿丛”，曰“书画船”，曰“悠然阁”，曰“天香径”。其岩岫曰“云壑”，曰“双虬峡”，曰“飞鹫”，曰“青芙蓉”，日与宾从唱酬其中，湖曲风流，于斯为盛。《句余土音》收载《野意亭双桐》、《含绿丛天竺》、《宝墨斋红杏》、《涉趣廊木瓜》、《云壑蜜萱》、《书画船岩桂》、《寅清轩老梅》、《朝爽阁玉兰》等诗均为礼在园中景物所赋，可以景物之美与文人雅聚之盛。民国《鄞县通志》载：“青石街，旧名西南城侧、青石桥”。旧时，跨月湖支河有青石桥，以桥得名。鹾使即清代盐运使的别称。

双湖西园。清张烜之园，在范宅的左面，

张家从宋南渡后迁居此处，张烜号双湖，能诗善画，新辟西园，中有木兰一株，数百年物。一次文士雅集，黄定文有诗："宝珠茶树曼陀罗，华大如盘映红日。岩谷烂熳不知名，乡绣裹苍山几千尺，年来悬车忽赋归，归来抱膝甘岑寂。不须天女散天花，枯禅独坐维摩室"。

松梧阁。李杲堂先生儿子李暾东门先生别业，在廿九营巷北。有闲闲阁、蜗庐、面墙书屋、奇松怪石，极平泉之胜。其次李世法继承后，改名"仍园"，曾有许多文人雅集于此。樗庵存稿有《松梧阁叹》："世间万事一仰俯，舞榭歌台久尘土。故家文物重可思，砌里今比城南杜。东洲老人有遗筑，子弟风流门巷古。别添小阁贮图书，特爱清阴敞廊庑。行人隔水指歆盖，坐客凭栏听疏雨。百年小劫太匆匆，社燕归来寻故主……"感慨良多。李暾，曾协助其父搜访《甬上耆旧诗》素材，并参与校勘及最后完成此书前三十卷的刻印任务。

范氏西园。在司马第之西，背城面河。其河本自马牙漕来，北通菱池，达社坛桥大河。自嘉靖间闻主事塞河后，遂为断港。今如大池，横于西园门前，池上有洲，叠假山，古柏阴森，颇有幽趣。园内前建佛堂，后列书屋。饶竹木，蔬笋。康熙间，范德化（正辂）为母奉释所建。至今，范氏奉释者每于此习静（《四明谈助》卷一五《南城诸迹》（一上））。

闻园。在马衙漕底，为闻文学义（字孔彰）之园。湖上名士，多于此会文。园中竹木萧森，绿阴蔽户，在城兰蕙称第一。书厅不甚高，而曲折幽邃，绕廊多植棕榈、芭蕉，最宜雨声。今归于陈太学汉玉建宗祠，中藏木主，外匝高墙，以防暴客，无复旧观。汉玉之先，自慈邑来，父敬书，饶于资，好行善事。嘉庆甲戌（1694年）议赈，汉玉遵父遗命，慨然以三千金首输。己卯岁（1699年）浚河，捐银逾于众绅，其善行有足称者（《四明谈助》卷一七《南城诸迹》（二上））。《鄞县通志》："马衙街，旧名马眼漕"。

金紫园。"林可成，字宏志，号竟宇。万历八年（1580年）进士。林御史宅基，至本朝（清）雍正间（1723～1735年）售于洪氏。今宅内井栏石刻，尚有'御史井'字样。洪氏饶于资，世有善行，可称'富而无骄'。乾隆丁丑间（1757年）大修天封塔，重上塔顶，以捐资不足，未能落成。太学朝枚出数千金完其事。今一孙桂芬，号佩弦，入庠，贡成均。曾孙八人，得人庠者五，食报未有艾也"。佩弦有别业在宅之西，因园右即金紫巷，遂以巷名名其园。有"古香楼"、"一隅亭"、"三友亭"、"漱石轩"、"寄庐"、"响石亭"之胜。一树一石，位置晶题，居然故家风味。

天柱山房。博士嵩华公别业，假山乔木，方池曲磴，颇极幽致。常延名士与叔辈读书其中。园在石柱桥东，藩幕新宅之后。方池古柏，银杏树尚在。今归于董奉直元中为别业。董奉直元中，名枢。福明桥，俗称石柱桥，郡庙街东。

息圃。“扬州司马黄东井将告归，其子于宅后学士桥预构林亭，为父退休之所，颜曰“息圃”。圃中修竹千竿，山梅数十株，杂植松梧桃柳。有“今是楼”、“归泊舫”、“松影坪”、“竹坡”、“众绿亭”、“梅径”、“鱼乐崖”、“仍旧馆”。”黄东井，名定文，字仲友，东井其号，晚又称“息圃退叟”。

逸云书舍。孙守荃明经（蔚）于宅后辟一小园，杂植花木，护以竹栏，颜曰“逸云书舍”，作诗会于其中。孙守荃，乾隆己酉拔贡，著有《逸云书舍诗编》等著作。

三桂厅。在君子营北街，西畔卢明经耐轩先生之别业，明经名登瀛，字有光，号耐轩。和易近人，教子最严。设经蒙二馆，馆在宅南，地仅一方，而为楼、为厅、为回廊、为层岩、为碧沼；其植木，为桂，为梧桐。结构周密，点缀错落，楼下正室曰“耐轩”，厅曰“三桂厅”。有柱联一对曰“对酒云数片，卷帘花万重”，为云在楼旧物。一曰“读书三径竹，沽酒一篱花”，又曰“听鸟当歌新子夜，移云作岫小飞来”，皆旧家名笔。回廊东入为小亭，颜曰“半露”。杂植葵花，红蓼、芙蓉、海棠、种种秋色，亭南修竹千竿，腰以花墙，下植牡丹，掩映增色，墙左辟门通竹径。绕出三桂厅，厅左循廊北上，通别室，曰“木侍居”、“芭蕉听雨”、“杨柳迎风”。有紫藤架一座，花时甚盛。凡疏密远近，布置有方，不染富家习气。

抱经楼。在君子营北街中段，卢青崖中书藏书之所。青崖名址，字丹陛。卢址别有所好，唯好藏书与饮酒。

澹吾庐。即现在的浙江省级文保单位宁波林宅，建于清嘉庆后期，位于宁波市海曙区紫金巷30号，宅之西南隅有幽雅小园，并藏有明代著名书画家董其昌摹、陈继儒题跋《兰亭序》帖石，假山、水池依然在目，假山堆成狮象图，宅内精雕细琢，尤以砖雕、木雕、石雕三雕甲于甬上。

从现在还存的一些宁波园林来看，如天一阁、近性楼、澹吾庐等，宁波的园林面积均不是特别的大，有点类似庭园，即在住宅空处，堆山挖池，并以小品建筑点缀。

参考文献

[一]［明］计成：《园冶图说》，赵农注释，山东画报出版社。

[二]［清］徐兆昺：《四明谈助》，宁波出版社。

[三]童寯：《园论》，百花文艺出版社。

[四]陈从周：《看园林的眼》，湖南文艺出版社。

[五]张薇：《〈园冶〉文化论》，人民出版社。

[六]曹林娣：《中国园林文化》，中国建筑工业出版社。

[七]民国：《鄞县通志》，影印本。

【汉晋时期浙东的建筑技术】

林士民·宁波市文物考古研究所

浙东地区从东汉、吴到西晋，这一时期中的建筑技术水平面貌如何？目前既没有文献资料，又缺少地面建筑遗存，因此要研究这时期建筑，我们只能运用考古资料，通过研究才能显露当时的建筑历史与技艺。根据浙东地区发掘古墓资料，仅宁波南门一地发掘古墓127座[一]，鄞州区三个大墓群就发掘有百余座，北仑陈华东汉墓一次就发掘18座，余姚牟山湖一次发掘汉至南朝墓52座……在这几百座古墓中有许多遗存与文物，不但反映了中国建筑技术的信息，而且对研究社会生产、生活等历史也是重要的第一手资料。从发掘的地下文物资料表明，随着生产力的发展，经济水平的提高，促使上层建筑不断得到改善与创新，建筑的规模越发庞大，建筑式样日趋多样，且在技术工艺上也有不断创新与突破。现在从浙东地区出土文物、遗迹中选择典型的加以研究探索，以供学者参考。

[一] 林士民：《宁波考古述略》，《浙东文化》，1994年1、2期合刊。

一　砖木建筑与“抱攀”

砖木廓构筑，是指用一定规格、一定规律砖砌筑，形成坚固的周壁；砖室顶部则用硕大的木板枋构成顶。这种建筑在东汉初的相当长的历史时期中延续。在构筑这类壁中，为了加强“壁”的牢度，祖先们在实践中首创了“抱攀”的做法，使建筑的“壁”与生土“墙”加强了互拉的牢固程度，以防止砌叠的壁过高而倒坍。

（一）砖木建筑的发展

从大量汉墓发掘资料表明，在浙东地区西汉时期埋葬均为土坑墓[二]，到了东汉初期在土坑墓的底部，开始出现底铺设地坪砖，一般为二横一竖和二横二竖交替有规律铺设。到东汉中期由土坑开始，出现方形砖室（有的有门），顶为木板枋，构成空间。以鄞M32为例，方形周壁有的用二砖横竖和二砖错缝砌叠，地坪“人字形”铺设（图1）。因方形空间大很容易倒塌，由方形发展成长方形，后来演变成刀字形。以鄞M22为例，即廓一侧设通道，

[二] 林士民：《再现昔日的文明——东方大港宁波考古研究》，上海三联书店出版社，2005年11月版。

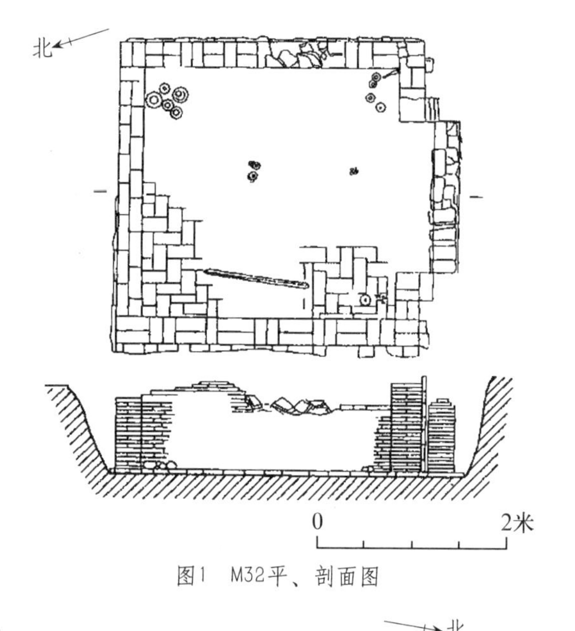

图1　M32平、剖面图

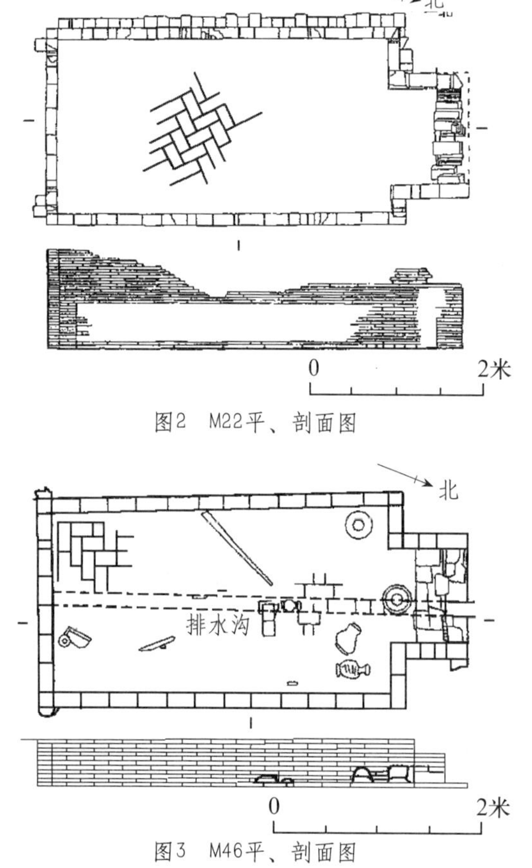

图2　M22平、剖面图

图3　M46平、剖面图

形似刀形，这一建筑出现，又多了一个活动的通道建筑（图 2），通道建筑从一侧移到中间部位。以鄞 M46 为例，从刀字形建筑发展到凸字形，砌筑墙的要求都比侧面通道要求高，转角多要使墙面稳定牢固，砖的砌法是有很大的讲究（图 3），上述室顶部构筑全是木板枋，其变化的虽是廓的壁、室、甬道演变，这在构筑技术上已经十分进步了[一]。

（二）首创加固的“抱攀”

现今保存的木结构建筑靠山墙梁柱构架，还能看到用木头，有的地方也有用铁木结合的“抱攀”，目的是加强梁架与山墙的牢固性。在东汉时代古墓砌筑的周壁中，有的砖厚，砌的壁厚而坚实；有的砖薄，砌的壁就显单薄而不坚固。祖先们为了加固“壁”，使用了砖质的“抱攀”，一边直接砌筑在壁面中，一头直接深入到生土或夯土的“墙”，直接起到了现代梁架与山墙加固的作用，这类“抱攀”的首创，是建筑加固技术的一项突破，使用这类“抱攀”砖室不但使壁牢固，而且倒塌的现象大为减少。

现以鄞州 M34 为例，该砖室长 2.8、宽 1.6、高 0.88 米。门南壁正中，用直砖垒砌。墓室周壁皆用单砖错缝砌筑，其中竖砌大体等距离间隔分布，皆突出砖壁外，深入墓坑生土或填土夯实的“墙”，使墓壁更加坚固，从遗存情况看，周壁每叠砌 7 ～ 8 层砖，就设一组这种外联的竖砌砖[二]（图 4）。又例如鄞 M24 为凸字形砖室券顶墓，该墓室长 4.43、宽 3.28、高 2.44 米，甬道长 1.1、宽 1.36、残高 0.64 米。墓室采用平砌错缝法，间或有一砖作横向平砌，一端伸出墓外，起“咬土”作用的“抱攀”砖。自底向上 0.96 米开始起拱。券顶用刀形砖，规格为 37.5×13.5～3×4 厘米。砖面拍印叶脉纹、对角菱线纹、羽毛纹、米字填线纹等[三]（图 5）。

“抱攀”是中国木结构建筑的传统做法。发现的东汉砖木结构墓室和砖室中，较多的出现了类似“抱攀”的结构，可以推测这种建筑加固方法在东汉中期即已出现。

二　浙东地区“拱”的出现

砖木结构与砖室建筑根本不同的是前者顶部用木板枋作盖，构成一个廓的空间，存放死者的遗体与随葬品等。后者的廓顶部以特有的“拱”的技术构筑，取代木板枋作盖。这是建筑史上的一大飞跃，因为木头作盖不但容易腐朽，年代不会太久，而且承受的重量有限，容易倒塌。而“拱”的工艺技术出现，使用的砖头，称“砖拱”，用石头作拱，称为“石拱”。“拱”的建筑工艺技术创造与运用，可以说是中国建筑技术史上的伟大创举，它不但使用范围较大，能承受的力远超任何其他材料，而且牢固程度远比古代木头牢得多。中国搞建筑的学者一般都说中国“拱”出现于汉代，中国建筑史也只提了一句“在洛阳等地还发现用条砖与楔形砖砌拱作墓室”[四]，究竟是何朝都未说清楚，从大量东汉券顶墓清理表明，浙东地区“拱”的出现与运用，根据出土纪年文物至少在东汉中期，即东汉永元朝左右已经出现[五]。

（一）“拱”形成与发展

在浙东地区发掘的许多东汉古墓中，以往对于没有使用刀形、楔形、梯形砖等做法的古墓清理中，大多是不够注意的，因此发现不了初期的“拱”。

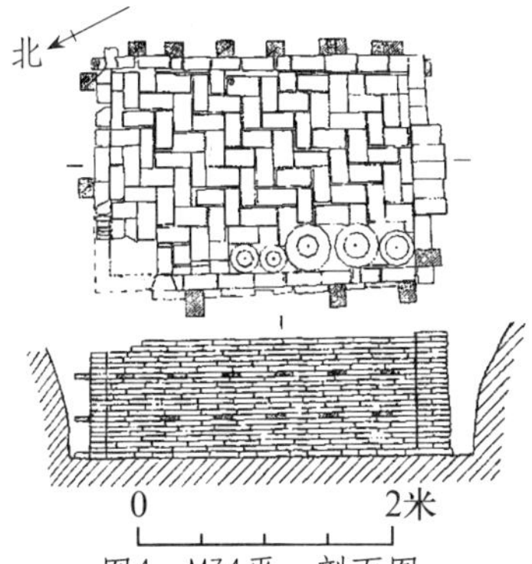

图4　M34平、剖面图

图5　M24形制图

[一] 林士民等：《浙江宁波市马岭山古代墓葬与窑址的发掘》，《考古》，2008年第3期。

[二] 林士民等：《浙江宁波市马岭山古代墓葬与窑址的发掘》，《考古》，2008年第3期。

[三] 浙江省文物考古研究所等：《鄞县高钱古墓发掘简报》，《宁波海上丝绸之路考古资料汇编》，2006年第一辑。

[四] 中国建筑史编写组：《中国建筑史》，中国建筑工业出版社，1982年7月版。

[五] 林士民：《浙江宁波北仑汉墓发掘报告》，《再现昔日的文明——东方大港宁波考古研究》，上海三联书店出版社，2005年11月版。

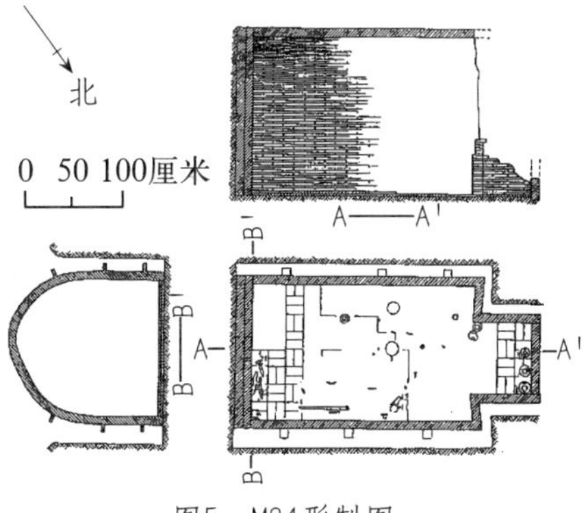

我们在清理一批又一批东汉早期的砖室建筑中，十分关心与注意创新技术的出现，所以把“拱”的形成与发展，通过清理把它的发展脉络搞清楚。

“拱”的初级阶段。现以北仑 M2 为例，该墓呈长方形，是拱初级阶段的典型。墓长 2.85 米、宽 2.28 米、高 1.7 米。周壁采用横竖交错平砌法。左右两壁砌至 0.8 米时，开始起拱。砌拱券的构筑工艺以单砖逐渐向内收叠涩，并用泥浆粘合，使砖之间发生一个向内收的角度。此墓倒塌了一部分，顶部中间没有发现楔形、梯形等拱的专用砖，实际使用的砖与周壁（墓门）、地砖一个规格（图 6）。此墓形制结构完全与上虞凤凰山 M229 一致，出土物中有永元十五年（103 年）的纪年砖[一]，其中罐、罍与上虞县篙坝永初三年（109 年）出土物完全相同，因此墓年代为东汉永元十五年（103 年）前到永初三年

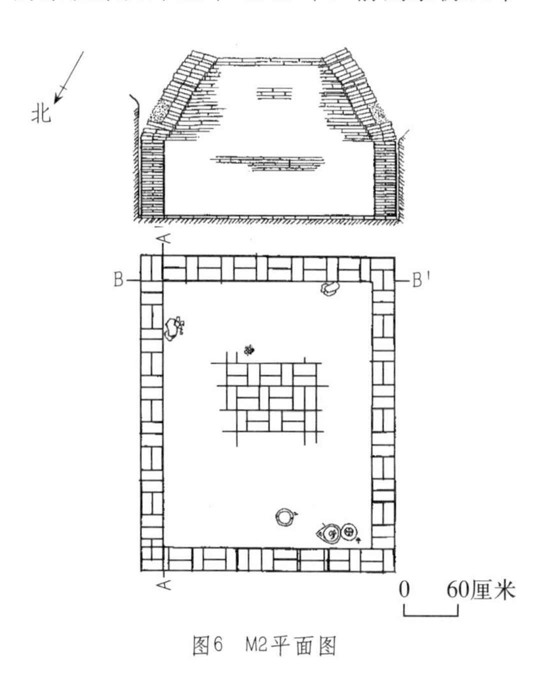

图6　M2平面图

（109 年）东汉中期。也就是说初期“拱”形成时代在东汉 103 ～ 109 年前后[二]。初创时期的砖砌拱顶，取代了木板枋为顶的时代。由于初创期其负重能力和牢固程度比板枋牢固，在建筑学上是一个突破。

“拱”的发展阶段。拱的初级阶段，是以叠涩来构筑空间，免不了有一定的缺陷，祖先们在实践中不断改进，终于改变了叠涩做法。以鄞 M23 为例，该墓长 3.2 米、宽 1.9 米、高 0.82 米。构筑时在生土中挖出墓坑并夯实，然后砌筑墓壁基础，砖均向外伸出墓室范围，显然为了加固基础。其上四壁皆用单砖错缝平砌，所用砖一般长 28.6、宽 14.5、厚 2.7 厘米，双面印有菱形回纹．后壁的形制较特殊，至起拱高度后仍然向上叠砌，直至高出拱顶。此种类型构筑的墓未见楔形砖和刀形砖，从保存的拱断面迹象表明，两侧壁在高 70 厘米处向上起拱时，每块砖的尾部均用红陶片、灰陶片等碎砖作为砖缝间的填充，自然形成并起到楔形砖的作用，并且用并列砌法。这种拱构筑的优点，比起初创期时拱的承重力要大得多，其牢固程度无疑比叠涩拱坚固（图 7）。根据出土文物罐、壶（钟）、罍和原始瓷器，其年代应为东汉中期偏晚[三]。

“拱”的成熟时期。从浙东的北仑、鄞州、余姚（牟山湖）三地几十座东汉中晚期砖拱顶的墓室看，拱的技术发展，是随着墙面砌作水平的提高，特别是采用砖头尾部填高形成的楔形，对拱的券形成有着十分重要的关键，因此，祖先们在制砖中以楔形、梯形、刀形的各种形式制成砖头，这些特殊形制材料的生产，不但是建筑材料的一大进步，

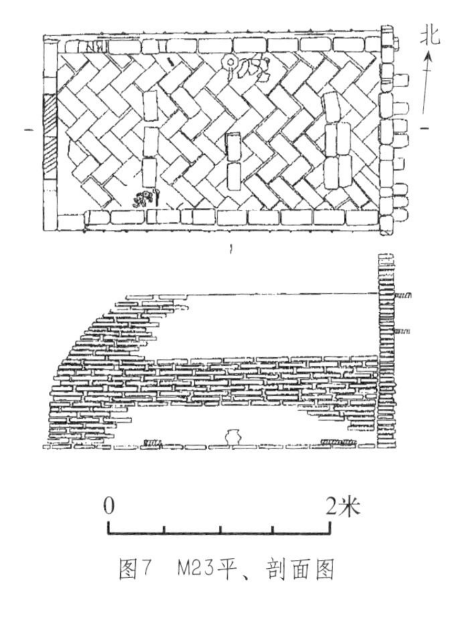

图7　M23平、剖面图

而且为中国建筑上大量使用拱的新技术、新工艺提供了条件。北仑设有甬道的拱顶墓已相当成熟，该墓与上虞凤凰山古墓葬群发掘报告中第四期凸字形砖室券顶墓一致，其时代为东汉中期前后[四]，再从北仑这类拱顶墓出土的原始瓷罐、罍造型，均与安徽省亳县曹操宗族墓葬中出土有“建宁三年（170年）”纪年砖拱券顶墓出土的罐、罍相同[五]，因此其时代应为建宁三年（170年）之前。这类券顶的凸字形砖室墓，在浙东的宁波、绍兴以及台州等地屡见不鲜，所出的随葬品组合艺术一致，这说明东南沿海的浙东地区在东汉建宁朝前后，这类建筑相当兴盛。

砖拱成熟时期，具有一定典型性的建筑是奉化白杜奉M3熹平四年（175年）墓，该墓由前、中、后三室组成，前室设有甬道连接，后室又分为东、西两室。墓全长13.80米，全部用砖砌成。砖面印钱纹和羽毛纹组合的花纹，边亦模印钱纹。起拱与拱顶均用斧形或楔形砖。在砌筑技术上已相当进步，是按照墓主人生前不同的要求，建成各种规模的空间。如存放随葬品的前室，象征为主人活动、饮食起居之地，构筑得相当宽敞；中室是安放棺柩的主室，特别大；后室是埋葬妻子的地方。从建筑结构上看，采用了大小不同跨度拱及双层铺砖等建筑手法。可以说结构复杂，砌法先进。显示了当时的建筑技艺[六]（图8）。宁波南门祖关山1956年发掘的M1号，是东汉时受过统治者追封的董黯之墓，全长8米，连水沟达15米以上，它的形制、结构、建筑技术之先进都与奉化M3同，这说明到东汉熹平初时，浙东地区拱的构筑运用已相当的广泛与讲究。奉化熹平四年墓可以说是拱成熟时期的代表作。从拱的形

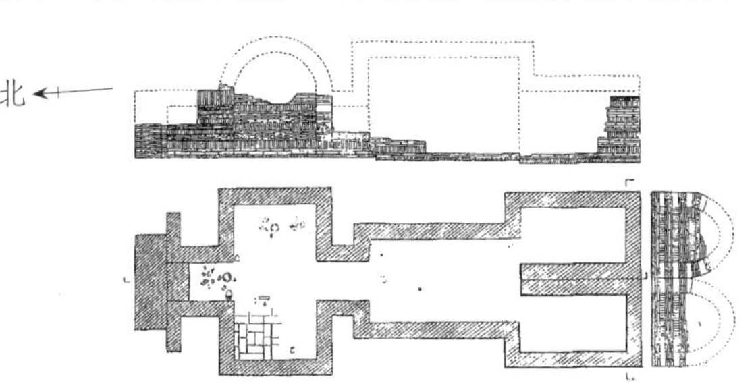

图8　奉化白杜汉熹平四年墓平、剖面图

[一] 浙江省文物考古研究所等：《浙江上虞凤凰山古墓葬发掘报告》，《浙江省文物考古研究所学刊》，1993年。

[二] 林士民：《浙江宁波北仑古墓发掘报告》，《再现昔日的文明——东方大港宁波考古研究》，上海三联书店出版社，2005年11月版。

[三] 林士民等：《浙江宁波市马岭山古代墓葬与窑址的发掘》，《考古》，2008年第3期。

[四] 浙江省文物考古研究所等：《浙江上虞凤凰山古墓葬发掘报告》，《浙江省文物考古研究所学刊》，1993年。

[五] 安徽亳县博物馆：《亳县曹操宗族墓葬》，《文物》，1978年第8期。

[六] 王利华、林士民：《奉化白杜汉熹平四年墓清理简报》，《浙江省文物考古研究所学刊》，文物出版社，1981年创刊号。

成到出现先后经过半个多世纪的发展，拱的构筑技术终于成为中国建筑史上的一大发明，而且在建筑上大重量承受的建筑上需要拱的地方，都得到了广泛的应用。

（二）拱顶砖室的演变

拱在公元103年出现时，它就取代了建筑上以木板枋子为墓顶的结构。从此在浙东大地上随着拱顶应用，从中可以看出拱在古墓中运用发展的脉络和建筑工艺的进步。

演变规律：长方形砖拱廓室→刀字形砖拱廓室（包括主室和一侧甬道）→凸字形砖拱廓室（包括主室和中央甬道）→多室大型廓室（包括多室和多个甬道连接的大型建筑。

建筑工艺：叠涩型（指砖叠涩型成的拱）→填充型（指砖叠砌中横断面从头开始随着弧度要求填充材料面积由小增大）→砖砌型（指所砌砖头按照起拱的弧度、部位要求，制成统一规格的楔形砖、刀形砖、斧形砖和梯形砖。根据建筑部位需要采用）。

发展到砖砌型时，应当说在拱运用上已相当成熟。根据建筑承载重量的大小与空间需要来确定砖或石的规格大小，也就是拱的跨度大小与高低的要求来设计一个构筑物。

在拱的运用上原理是一致的，不同建筑上的使用部位不同，出现了许多不同的名称。例如门上作拱，称拱门，室顶部作拱称为“券顶”；有的建筑墙壁中挖龛，顶部作拱称为“壶门”；以后石桥中用拱称拱桥等……。

（三）拱在龙窑中运用

中国是世界上最早烧造瓷器的国家，因此对于烧瓷的窑炉构筑十分讲究。从发掘的东汉时长条形龙窑[一]，以上虞东汉、东吴龙窑为例，汉窑窑墙残高32～42厘米，用黏土做成，“窑顶原为黏土块砌筑的弧形拱顶……至窑底，垂直高度在1.10米左右”。到了东吴时，发掘的窑全长13.32米，宽2.1米～2.4米，“窑炉墙用黏土筑成，残高30厘米～37厘米，窑顶为半圆形拱顶，用黏土砖坯砌成，向窑内一面有厚厚的一层窑汗”。从上述考古资料和我们调查情况说明：

第一，在东汉时期烧窑构筑的窑炉十分矮，所用的材料均为黏土做成砖坯，凉干后即构筑，因此在我们发掘和遗存勘探中往往残留了未烧筑的土坯砖。

第二，遗存在窑炉内壁一块一块砖还是分得清，有的错缝砌叠的，有的直叠，烧后粘成一大块，十分牢固。

第三，在汉、东吴窑的顶部确实是拱券顶构筑，从遗留烧过券顶看，当时叠拱时，由于砖坯可塑性大，可随便削成各种形状，再加上窑顶，一般不加重量，从遗存表明最多抹上一层泥浆，因此不像其他建筑用砖拱承重，情况就不一样。

总之，说明在东汉龙窑中已使用未烧过的砖坯来砌筑窑炉的历史事实，并且亦运用了拱的砌法。

三　汉晋时期浙东的建筑

汉晋时期浙东地区严氏大族等的历史，在文献上虽有记载，但是遗留下来建筑遗址也很难找，唯独通过出土文物来了解浙东地区当时建筑面貌与建筑史的片断。

（一）东汉时期的建筑

1．民居建筑。民居建筑以北仑陈华东汉 M16 出土物为例。该墓共出土两座釉陶屋。从型式上可以分二式。一式，屋正中开门，有门框，门槛较高，门外有窄小平台，屋面为人字坡悬山式，台基下为四柱（实际是抬高台基），应为干栏式建筑。高 18.4、面宽 14、进深 11 厘米（图 9），通体施青薄釉，陶质，露胎处呈粉红色。二式，面宽方向正面，开有两个方形门，门槛较高。其台基下置四个方形柱，屋面为硬山造，应为干栏式建筑。屋高 12.3、面宽 12.8、进深 7.6 厘米（图 10），屋面施青薄釉，其余为陶质，呈粉红色。

这类建筑可以说是一般民居的建筑。从建筑结构特点说明：

第一，浙东地区地处海滨，气候潮湿，雨量充沛，因此建筑仍沿用了古老的干栏式建筑式样。干栏式建筑的特点是人类活动地坪与建筑地面有一定的距离，以防止雨水与潮湿直接影响人类活动的居住面。

第二，这类东汉民居所使用的大多是人字坡屋面的悬山或硬山造为多，而且门槛都特别高，这与当时的地理环境、人们生活习俗有关。

第三，从开设门道表明，悬山造是作为第一个单元，硬山造则可以作为第二个单元。

2．饲养动物的建筑

在东汉中晚期出土了不少釉陶制作的饲养动物的建筑，例如最为典型的鸡舍，从鄞县出土物证明，大多呈长半圆形，用拱券建成，开有三个门，在整个建筑上一块块砖头还刻划得逼真，鸡窝门口蹲着三只安然无恙的鸡，造型别致，形象生动，反映了农村生气勃勃的景象（图11）。

图9

图10

[一] 中国硅酸盐学会：《中国陶瓷史》，文物出版社，1982年9月版。

图11

图12

图13

图14

图15

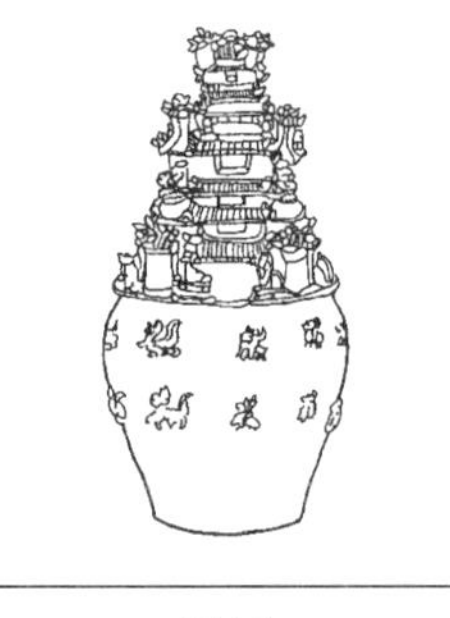

图16

3. 炊事建筑的出现

在东汉时代，经常构筑炊事用的灶，这种灶在文献中有记载。绍兴县红山出土的陶灶，灶面刻有隶书“鬼灶”二字，所以定名为鬼灶，此类明器灶事实上是活人在世时炊事的灶。鄞县出土灶，该灶构筑成船形，因此人们称它们为船形灶，有灶面，灶面上构筑有存放锅的灶洞，在烧火处构筑有半圆形的火膛，在灶的头部设有烟孔，以利出烟。有的灶面还刻划有鱼、肉等图案，说明年年有余的意思。灶施青釉，胎呈粉红，底部无釉（图12）。奉化东汉熹平四年（175年）墓葬中出土灶造型完全一样，所不同的是在构筑灶头头部时略鼓。灶上往往还留有釜、罐等用具，该灶长30.2、高11厘米。

（二）门阙与楼出现

在东吴时期浙江、江苏、南京等地区出土的几十件人物建筑堆塑罐，这些制品从大量的古窑址调查发掘，已证明这类建筑物生产于浙江上虞、慈溪和鄞州区。在这些堆塑罐上，都生动地反映了这一时期浙东各类建筑，有的是非常典型。这里重点谈一下阙与楼的出现。在全国来说阙最早出现于东汉的四川雅安高颐墓阙，楼在东汉晚期出现。在浙江萧山出土的东吴永安三年（260年）、绍兴出土的永安三年（260年），江苏江宁出土的赵士冈吴凤凰二年（273年）、江苏江宁上坊出土的吴天册元年（275年）和江苏金坛白塔出土的吴天玺元年（276年）等十几个堆塑罐都有三层楼建筑，两边进门建有阙，这说明了公元260年前浙东地区已相当盛行大户人家都建有楼与门阙[一]。绍兴出土的堆塑罐上的一座三层屋檐楼的建筑前左右各置阙，阙上部为一四脊顶，正脊两头微翘，檐下与柱交接。柱为方形，下有基础（图13）。江苏镇江市出土的器物[二]，上为一座三层屋檐的楼屋建筑，每层有硕大的柱，中门为门道，在门前有展翅的鸟，在底层门道前有爬行龟，左右有熊守卫，顶层正脊为鸟与熊护守。在楼建筑的左右各置门阙，阙的上部为一四脊顶，正脊两头微微翘起，脊上分别停有展翅的鸟，阙檐下建筑与柱头交接。柱为硕大四角方柱，整座建筑不但庄重雄伟，而且显示大户人家的气魄（图 14）。浙江嵊县文管会收藏的永安三年（260 年）铭建筑堆塑罐（局部）[三]，上面堆塑了四层楼建筑，在顶层正面尚有门与栅，在建筑一侧可见门阙（图 15）。

关于门阙的演变：公元 258 年为阙建筑开创期，单层的门阙结构线条比较简单朴素。260 ～ 273 年为发展期，出现五脊庑殿顶，门阙已形成一种统一规格。275 年～ 280 年持续发展期，门阙总体表现为简朴趋于定型。291 ～ 313 年为蓬勃发展到衰落时期。具体即 291 ～ 299 年，这一时期门阙造型多样，顶部起翘变化多。294 ～ 302 年阙屋面部分仍为四脊顶，栋端瓦片夸张。阙的规格与规模，正处于停滞阶段中的一种模式。294 年～ 313 年所堆的门阙处于衰退，造型单调、简化，表现寂寞与冷落的态势[四]。

（三）高层群楼与庄园建筑

根据考古发掘资料，浙东地区高层、群楼与庄园建筑出现在吴末晋初[五]。

1．高层建筑的出现

高层建筑从目前发表资料看，山东高唐汉墓、河北望都汉墓出土明器望楼一个三层，一个四层。在江苏江宁上坊吴天册元年（275 年）的建筑堆塑罐上出现了六个屋面的建筑，这在古代也应当称它为高层建筑了（图 16）。

2．群楼建筑的出现

群楼建筑从目前考古资料看，典型的是上海博物馆收藏的西晋元康三年（293 年）与江苏吴县狮子山三号、一号墓出土的建筑堆塑罐，纪年均为西晋元康（291 ～ 295 年），群楼建筑特点是分别以东、西各三楼，中间后幢在三楼之上还有一大房子，这组群楼屋面为五脊顶，从群楼组合看来也是相当的规整（图 17）。

3．庄园建筑的出现

从建筑堆塑罐纪年物来看，属于地主庄园建筑，首先出现在吴天册元年（275 年），到了西晋元康年间已相当的兴盛。地主庄园建筑的特点：

[一] 林士民：《青瓷与越窑》，上海古籍出版社，1999 年 2 月版。

[二] 中国陶瓷编辑委员会：《中国陶瓷·越窑》，上海人民美术出版社，1983 年 9 月版。

[三] 中国陶瓷编辑委员会：《中国陶瓷·越窑》，上海人民美术出版社，1983 年 9 月版。

[四] 林士民：《青瓷与越窑》，上海古籍出版社。1999 年 2 月版。

[五] 林士民：《青瓷与越窑》，上海古籍出版社，1999 年 2 月版。

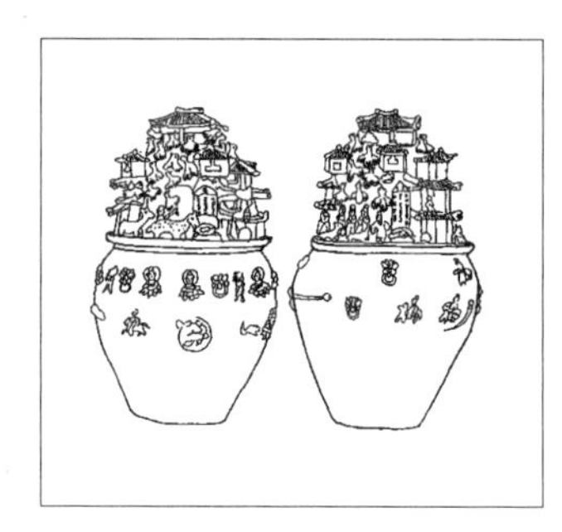

图17

图18

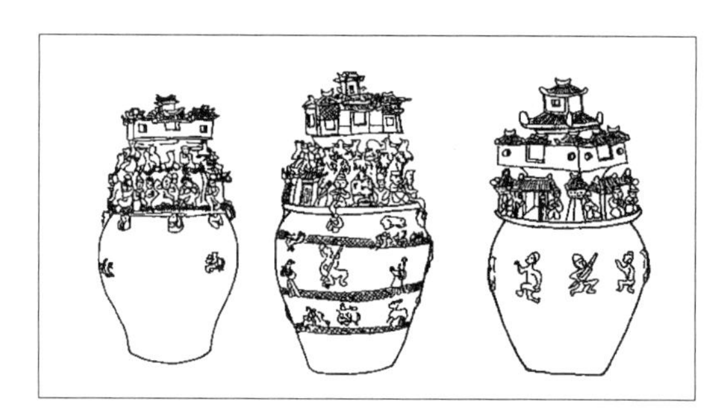

图19

第一，建筑显目。在建筑堆塑中，地主庄园建筑作为主体建筑，都放在罐最高处。

第二，平面布局。地主庄园建筑一般都有一个主体建筑，放在庄园正中位置，建筑规格也特别高，都是重檐歇山顶建筑，正面有门窗。以中心建筑为主体，四周构筑成方形，群体建筑相连，四周为歇山顶建筑，并且在四周的房子正中，开有歇山顶建筑的大门（图18、图 19）。

第三，在南京高家山、上虞龙山出土的建筑堆塑中，以楼阁为中心，在阁的四周布以人物活动场面，有的正在吹奏，有的在弹奏，并有飞鸟等动物陪伴。场面气氛十分活跃，反映了地主庄园生活场景。

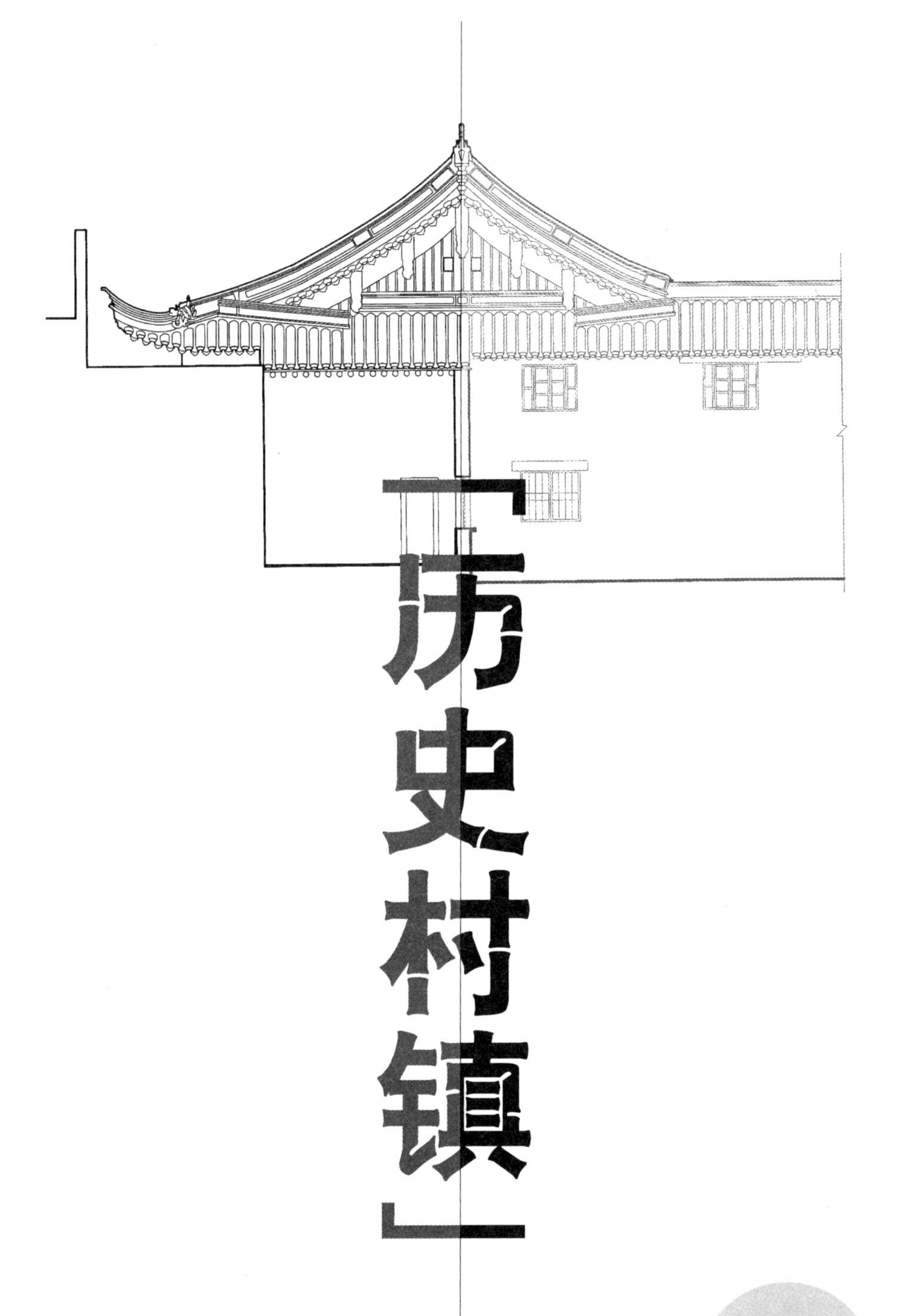

「历史村镇」

伍

【走近珠街阁】

——朱家角古镇的文化遗产及空间环境探析

雷冬霞 · 上海建科结构新技术工程有限公司

李湞 · 同济大学建筑与城市规划学院

2007年，上海市青浦区朱家角古镇被列为第四批国家级历史文化名镇。作为一个宋代初成集市、明清快速发展而至民国鼎盛一方的江南重镇，朱家角走过了九百多年的发展历程。至近世，这里人文荟萃，行业齐全，货源充沛，并以“布行”、“米市”作为主要特色。发展至今天，其人文历史、自然景观和文化景观等，均有自身的一些特点，并共同构成了朱家角文化遗产的有机组成部分。

一　人文历史与文化活动调查

（一）人与建筑

1. 仕人与建筑

（1）席永培和席氏厅堂

明嘉靖礼部尚书席永培，原籍洞庭东山，告老回乡后，因避乱迁来珠里，爱其土俗淳厚，遂建宅定居，后子孙繁衍，成为镇上望族。席氏厅堂，建于明代嘉靖年间，位于东湖街席家弄内，是镇上现存较为典型的明代宅第建筑（图1)。现存的三厅位于祥凝浜路北侧。坐南朝北，正墙门面对瑚蜜港，向后一直延伸至祥凝浜前后共五埭厅堂，沿河有石驳、河埠、水墙门。席氏厅堂，集江南豪门大富人家建筑之大成，特别是“砖雕门楼”，图案优美，雕花之精细，技法之高超，叹为观止。

图1　席氏厅堂

（2）王昶和三泖渔庄、王氏宗祠、王氏义塾

清代著名学者、刑部右侍郎王昶，不但善属文、嗜金石、工书法，并与同时代齐名的钱大昕、刘墉等同属于“乾嘉学派”的学术流派。著有《金石萃编》、

图2 圆津禅院

《春融堂集》等，主修了《太仓志》、《青浦县志》,晚年上书辞官回籍后即在雪葭浜修建“三泖渔庄”以度晚年。庄内建有经训堂、春融堂、郑学斋、履二斋、蒲褐山房等多处建筑、并在“三泖渔庄”旁边，建有王氏宗祠和王氏义塾。

（3）马文卿和课植园

清末道台马文卿，祖上原籍江西，后迁至昆山朝阳门，归田后于朱家角井亭巷挥地百亩，建课植园，寓“课读之余，不忘耕植”之意。这是镇上最大的庄园式园林建筑，也是区级文物保护单位。园中亭台楼阁，廊坊桥树，厅堂房轩，一应俱全，各种建筑及生活用房二百余间，布局错落有致，疏密得体，构思精巧，在私人园林建筑中实为罕见。

2. 商人与建筑

（1）蔡承烈和蔡氏厅堂

蔡承烈，号称“蔡百万”，时其宅第占地广大，规模宏大。今财苑宾馆、义仁泰食品厂等地均属其宅第范围。现仅存的一组宅院（为食品厂仓库),宅内尚存砖雕仪门一栋，建筑内部结构基本保存完好。

（2）王氏与王家别墅

王氏原是朱家角富有的资本家，于上世纪30年代后期在胜利街出巨资建造了当时极富洋气的豪华别墅。别墅临河，正门有西洋花饰，不同于周围传统民居的水泥仿石外墙面带有明显的老上海石库门别墅风情。别墅刚造好一周，日军进驻朱家角，主人只得携家眷离家出逃。此后，王家别墅分别作过日军司令部、国民党高级将领的住宅、新四军总部、红卫兵办事处，“文化大革命”结束后又成为医院住院部（当地称为隔离病房),现在作仓库用。可以说王家别墅见证着朱家角抗战爆发后的全部历史变迁。别墅中间是个庭院，庭院内有一棵白玉兰栽于建房时期，两侧的廊道用马赛克铺地。别墅有一大一小两个后花园，花园围墙很高，内有水井一口，园内遍植水杉等植物。

3. 僧人与建筑

（1）真禅法师与报国寺

真禅法师，上海玉佛寺方丈、上海市佛教协会副会长。发愿将镇周的关王庙加以修缮扩建，作为上海玉佛寺下院，名为报国寺，取佛教四众弟子报恩于国之意。赵朴初为观音殿亲题“净土人间”匾额，真禅法师题“观音殿”匾额。寺内缅甸白玉雕成的释迦牟尼玉佛、新加坡赠送的第一尊白玉观音及千年古银杏，称为报国寺“三宝”。

（2）通证和尚与圆津禅院

圆津禅院建于元代至正年间，坐落于漕港河边，为本镇著名古刹。主持通证和尚（又名语石），精通书画与珍藏，于清顺治十五年（1658 年）对寺院进行大规模扩葺，修建了亦峰居、漕溪草堂、墨华禅、息躬室、清华阁、舫斋等建筑，其中以“清华阁”最负盛名。登上清华阁远眺近望，珠溪十二景尽收眼底（图 2）。

4. 诗人与建筑

（1）柳亚子与“福履绥址”

上世纪 20 年代南社在朱家角相当活跃，柳亚子先生也经常来镇上活动。为便于社员交流，柳亚子先生在镇南圣堂浜建造了一座别墅，名为“福履绥址”。别墅坐东朝西，围墙高筑，呈凹字型，占地四百平方米，两边为南北厢房，中间为三开间客厅，一式花格落地长窗。朝东有墙门装饰，飞檐翘角，精工砖雕，大门朝西面对圣堂浜，中间饰有尖顶，雕“福履绥址”四字，两旁砌有方形柱子，整幢建筑布局精巧，环境幽静。

5. 军人与建筑

大新街口有平安桥（旧时称平安里），此桥系明代抗倭名将戚继光行军路过所造，就地取材，为砖木石混合结构，桥身及桥基为花岗石条，两旁扶手用青砖砌就，中间扶手栏杆是两根原木，不加任何修饰，自然朴素。现桥仍坚固耐用，保存完好。人们为了纪念戚家军为民造桥和抗倭功绩，此桥亦称戚家桥。

6. 百姓与建筑

（1）百姓与城隍庙

城隍庙位于镇中心祥凝浜，是朱家角百姓赶集赴会的热闹场所，道教文化活动的中心。庙坐东朝西，正门面对市河，两侧为辕门，内庭戏台前条石广场正对大殿，两侧为廊庑。庙内斗拱戏台、木刻横梁及中堂画轴，被称为城隍“三宝”。整座城隍庙青瓦黄墙，飞龙翘角，呈现香烟袅绕、肃穆壮丽的景象（图3）。

（2）市民与珠溪园

珠溪园原为镇上富户蔡氏的园林及墓地，占地70多亩，内有池塘、小河，并且花卉簇拥，绿树成荫。新中国成立后经政府整修正式对市民开放，成为一座小巧别致、景色宜人的现代园林。园内建有清华亭、石桥和石亭等建筑；还有一棵枝繁叶茂的百年香樟。现珠溪园已成为镇上市民的生活后花园，不仅为本镇市民练拳舞剑、溜鸟休闲的去处，也为外来游客观光提供了一处清新幽静、远离市嚣的世外桃源。

（二）船与百姓

1. 珠里兴市

图4　珠里快船

图3　城隍庙

农历七月二十六，是旧时镇上独有的民间节日，称“泥河滩香讯”，也称“珠里兴市”。这个日子是镇上一年一度的摇快船比赛。几百条船汇集淀山湖口，煞是壮观。节日前，各地商贾都赶来镇上，设立临时店铺，有拉洋车的、卖膏药的、玩猴戏及各种杂耍等等，生意兴隆，盛况空前。到农历七月二十六日晚上，达到高潮，街上行人如潮涌，各商铺店面灯火通明，顾客盈门；镇上庙宇大门敞开，香烟缭绕，整个朱家角一片歌舞升平景象。

2. 摇快船

清顺治年间，定七月十七为神诞节，泖南乡民均信焚香，先两天经朱家角，停泊舟楫相接迤逦里许，待香市散，回珠里有彩船数十，金鼓沸腾，拨桨如飞，名“摇快船”。后成习俗，每年举行一次。快船都搭起花棚，披红挂彩，装饰华丽。众多快船云集漕港，场面极为壮观（图4）。

3. 拳船

拳船前置大圆桶，插入刀、枪、戈、戟，

表 1　　朱家角知名历史人物调查表

朝代	职　位	姓　名	相关信息
明代	尚书	陆树声	字与吉，别号平泉，著有《平泉题跋》、《觯耄杂识》、《长水日记》、《陆文定书》等。“朝廷行相平泉矣”这是明朝一代名相张居正对尚书陆树声的赞叹，用现在的话说是“朝廷有德行的宰相要数陆平泉。”
	给事中	陆树德	字与成，隆庆四年（1570 年）任礼部给事中。执掌侍从规谏、纠察六部之弊误。敢于直言上谏。
	画僧	语　石	姓罗，法名通证，字超澄，号语石。朱家角圆津禅院第三代住持。
清代	乾隆学者	王　昶	字德甫，号述庵，又号共泉。清乾隆大理寺卿，督察院右副督御史。著有《铜政全书》。
	秀才	周郁滨	字仁望，又字泉南，自号为“十柳山人”，朱家角镇的第一部“镇志”——《珠里小志》的作者。著有《十柳山人诗集》、《宾州钱词》、《六朝事迹增补》、《历代官制沿革考》及《十柳田家诗话》等多种。
	光绪御医	陈莲航	名秉钧，字莲航，著有《风痨臌胀四大证论》、《庸庵课徒草》、《赐锦堂日记》等数卷，此外还有门人所辑《陈氏医案》。
	实业家	蔡承烈	字一隅，著名实业家。投资兴建一隅小学，后改为石街小学。
	报业资本家	席裕福	席裕福，字子佩，清末买办。经营的《申报》成为上海最有影响的一张大报。
	光绪名医 小说家	陆士谔	名守先，又字云翔，笔名云间龙。一生创作的通俗小说多达五六十部，一是社会谴责小说，如《新孽海花》、《孽海花续编》、《官场怪现状》、《风流道台》《新上海秘史》等；二是历史小说，如《清官演义》、《清朝开国演义》、《顺治太妃外纪》、《女皇秘史》等；三是武侠小说，如《三剑客》、《血滴子》、《江湖剑侠》、《江湖义侠奇观》、《雍正游侠》等；四是文言笔记小说，如《蕉窗丽话》、《江树山庄笔记》、《尘余觚剩》、《冯婉贞》等；五是幻想小说，如《新中国》。

清末民国	南社女诗人	陆灵素	名守民，字恢权，号灵素，别号繁霜、华径乡姑、黄叶遗蛹，朱家角人，陆士谔之胞妹。柳亚子诗赠陆灵素："交谊生平难尽说，人才眼底敢轻量？刘三不作繁霜老，影事当年忆皖江。"诗文辑入《南社丛刻》。
	篆刻家	吴元亭	名士毅，又字涤凡，号延陵仲子，晚年署耕玉老人。生于清光绪十四年（1888 年），自学成才的金石篆刻家。元亭擅长诗文书法，尤精金石篆刻，民国十八年（1929 年）吴昌硕会同海上名家李平韦、俞粟庐、冯超然联名为吴元亭治印制订润例（价格），广为推介。
	植物分类学家	吴韫珍	号振声，民国十六年美国康乃尔博士，其研究成果，有完全图解附笔记的植物一千余种，有图解而记载不全的有二千余种。已整理出版的除《华北蒿类》、《华北胡枝子》外．还有（中国植物名录）《植物名实图考学名考证》等。
	昆曲艺术家	夏焕新	字介民，曾在台湾师范大学创办昆曲研究社，出任台湾中华昆曲研究所所长，指导中外硕士、博士研究生，撰写《中国昆曲之研究》、《中国音韵与乐律之研究》、《元剧所反映之元代社会》等论文多篇。获台湾"民族艺术薪传奖"。遗著有《昆曲导源》、《旧曲新谱》等。

后舱搭彩棚，船梢搭梢棚与舱棚相连，亦是双橹出跳。船上配拳师，外饰彩衣。每逢节日于锣鼓声中在船头竞相献技，表演拳艺。

4．划龙船

每年端午举行划龙舟活动。舟分乌、黄、白、青几种，船舱装龙身，船头装龙头，船梢装龙尾翘高丈许。龙身披衣或漆成龙彩。舱内备江浦丝竹演奏，动听悦耳。

5．灯游船

每逢节日于晚风徐来云高气爽之夜，月色澄明之时，于水中散放油灯，使波光流翠、橹声咿哑使人恍觉进入瑶池，飘飘如仙，观灯者也为之陶醉。若在井市港河中荡漾，岸上观众亦走亦趋，赢得一片欢呼，真是"优者水也、游者船也、幽者影也、丽者人也。"

6．丝竹船

所谓丝竹，是指二胡、琵琶、三弦、笛、萧、笙等丝弦管竹乐器。丝竹船于清代中叶盛行古镇，每逢喜庆节日、迎神赛会均应邀演奏，具有音色清丽柔美、音响细腻典雅之特点。平时为嫁娶喜庆之助兴，吹吹唱唱，气氛热闹非凡，具有浓郁的民族特色。

（三）饮食与服饰

1．鱼米肉茶

鱼——淀山湖鲈鱼、甲鱼、银鱼、河虾、“水中人参”鳗鲡、清水大闸蟹、塘鳢鱼；

米——米寂极品、熏青豆，豆中之“王”——牛踏扁青豆；

肉——扎肉蹄香（图5）；

茶——早茶；

酒——“蜜清醇”。

图5 北大街小吃——扎肉蹄香

2．华衣素服

古镇传统服饰，按经济状况，有高下之分。上者绸缎绵衣，下者布衣素服，均各有特点。

（四）技艺与藏书

1．雕刻、草编、丝竹

朱家角雕刻与草编（图6）在繁华的北大街上就有现场的表演与出售，创意新颖，技艺纯熟。

图6 草竹编艺术

2．劈竹扎鹞——风筝

清明时镇上头面人家专门请了竹匠劈竹扎鹞，制成硕大的百脚鹞、蜈蚣鹞、蝴蝶鹞。放飞那天，主人选择在日落西下的傍晚，先用好酒好菜请客，尔后烧香点烛三叩跪，祈求上天保佑平安，十分虔诚。最后，主人点亮密密的鹞灯，慢慢将风筝放上天，让左邻右舍共同赏玩。现为镇上民间娱乐活动的重要内容。

3．民间藏书

朱家角历史悠久，是典型的藏书文化古镇。1991年初，首届“民间藏书开发利用研讨会”在古镇召开，其民间藏书的开发利用已收入联合国教科文组织汇编之列。朱家角民间藏书的特点是：数量多，种类齐全，普及率和利用率高。

二 古镇空间结构形态分析

（一）街道、河道、建筑

图7 街道空间

图8 巷弄空间

古镇区内部由于道路条件的限制，以步行、自行车、三轮车及助动车为主，主要交通道路有西井街、北大街、新风街、美周弄、东湖街、西湖街、东市街、胜利街等。外部交通则以公交、小汽车及助动车为主，主要交通道路有祥凝浜路、漕平路、318国道。贯穿古镇的祥凝浜路是古镇最重要的公交路线。

在古镇区的入口处，已建成大面积的停车场，停车场旁即是对外交通的集散中心。

黄金水道漕港河是古镇最繁忙的河运通道，河道两岸形成众多仓库和工厂。由于经济及道路交通条件的限制，朱家角镇郊农村农民运粮、卖粮的唯一方式是河运，因此朱家角粮仓就位于漕港河北岸。其他河运支道的交通作用基本已经消失，镇内河道及井亭港现是旅游船只的主要路线。

朱家角古镇内的街道、河道、建筑的分布与相互关系，与其特有的街道空间（图7）、巷弄空间（图8）、河道空间（图9）构成了中国江南水乡古镇特有的空间尺度和空间形态。

1．街道空间

北大街是上海市郊保存得最完整的明清建筑一条街，东起放生桥，西至美周弄全长三百多米，传统民宅鳞次节比，粉墙灰瓦错落有致，窄窄街道曲径通幽，石板条路逶迤不断，老店商号两旁林立，展现了一幅古意盎然的江南水乡风情画卷。

历史、位置与现状——北大街背靠漕港河，旁临放生桥，早在古镇形成初期，就以水陆两运称便，遂商贾云集、贸易甲于他镇。茶楼酒肆、南北杂货、米行肉铺，百业俱全，成为百年来兴盛不衰最古老的商业中心，时有“长街三里、店铺千家”之美称，今街上还保存有百年老店“涵大隆酱园”，石库门墙，古风犹存；百年饭店“茂林馆”，鱼虾蟹鳗、时鲜佳肴，一应俱全；有沪郊最大的“古镇老茶馆”，还有一些传统手工作坊店，竹篮栲栳、藤椅、木桶等竹木器具，可一睹其“原汁原味”制作全过程；古董、陶瓷，花鸟、书画、土特产、工艺品，特色小吃等店招迎风招展，真可谓“一步一店铺”。北大街宽约三四米，最窄处只二米，对街居民可推窗攀谈，握手道喜，互递物品，犹如一家人，构成“一线街”的特色景观。

朱家角与北大街相似的街道还有西井街、东井街、胜利街、东湖街、大新街、漕河街等等，每街历史上的商业经营特色亦有不同。

“三阳湾”和“轿子湾”，以高耸民居切割而成的九十度转弯，给人以疑是到了尽头处，拐弯却是另有天地。“三阳湾”一户民居是此街唯一老式三层楼结构。“弥陀湾”为朱家角水路汇合处的三角地带，与陆路联系四通八达，具有地标性的汇聚点。

图9　西井街河道空间

2. 巷弄空间

朱家角的古弄深巷，具有多、奇、深、古的特色。有司弄、杀牛弄、一人弄、财神弄、磨坊弄、美周弄、陆家弄、席家弄、陈家弄等等。古弄构筑独特，大多呈棋盘布局，四通八达，以弄通街，街接弄，形成街弄相通，弄弄相连的格局。东湖街的财神弄里，两边风火墙高耸，头顶仅留青天一线，弄内青砖斑驳，脚下青苔条石，幽静深远。西湖街的“一人弄”，两人入弄，需侧身而过。西井街的陈家弄为全镇最古老的弄堂，弄内墙壁凿有两个凸形壁孔，为古代放置油盏蜡烛，供行人照明之用，等等。

表2　　朱家角古镇著名里、弄、街、浜、港、滩调查表

地 名	位　置	历史沿革	现状说明
美周弄	北大，大新二街分界处	曾称“满洲弄”“馒头弄”，弄口平安里北称“满洲城”.	全长约百米，弄内有园林风格的围墙和两棵古银杏。
泗泾园弄	居于北大街中段	弄原紧靠慈门寺新殿，从前有四大金刚，善男信女进出烧香，随口称之为“四金刚弄”，久而久之，民间又简称为“四金弄”。 民国三十六年（1947年）弄内有民乐书场，经常聘请上海评弹名家献艺，颇具声名。	今已拓成水泥路，沿街商店满布。
司　弄	东市街市梢	清代“淀山巡检司”衙门所在地，时官员出入频繁。出弄向左过桥，市石牌楼，故又称为牌楼头。	
杀牛弄	东井亭街	有人曾在此开设杀牛作坊，故杀牛弄因而得名，在抗日战争胜利后一度改名为中山弄。	弄势狭窄，远离古镇中心。
陆家弄	胜利街篮坊场	系清乾隆进士陆伯焜宅旁，陆氏后辈亦多士绅，迄于民国不衰，因之得名陆家弄。	长百余米。
人和里	东湖街后面，从中和桥堍的教化弄内开始，绕至财神弄。	人和里当时居住三五十家居民，宅前屋后都种植蔬菜瓜果，还有荷花池，生活和睦平安，故称人和里。昔日长生庵在此。周郁滨“过人和里”诗云：“一水绕珠里，春深碧芜新，此地号人和，半属羲皇民，不识催租吏，不羡仕宦人。各有半亩地，宁须远负薪，兼有三亩沼，菱藕堪娱宾，女子不外嫁。男儿就地姻，菜地互相馈，酒杯恒邀邻，昔者当湖公，取义固有因。”	

石　街	放生桥南 堍经石街中学	石街建于明代，“慈门寺附近数百步，天雨泥泞，行者没踝，寺僧心然和尚，长期艰苦化募，斥其资，聚其石，积石为岸，为街，载土实之成长衢。”石街中学故名此。	
雪葭浜	镇之东市	原是一片芦苇丛生的淡水滩。每当秋冬之交。满眼芦花，洁白如雪，故名雪葭浜。	今大部为朱家角第二中心小学，浜口有两座桥。名恒春桥、文昌桥。两桥一高一低，人称“高低桥”。
祥凝浜	大新和东市 二条街的分界线	过去曾是一条小河，相传三国时东吴大将甘宁，墓葬于此，因而又名“象宁浜”。又因此处有鲁班殿，为平时泥工木匠聚会之处，故又名“匠人浜”。	现已填平。
圣堂浜	雪葭浜以东	浜底有一座“关帝庙”,庙旁有一座“关帝桥”；浜口还有一座“真武庙”，俗称圣堂庙，以庙应名。柳亚子建“福履绥祉”房屋于此。	现已填平。改名为“胜利浜”。
漕港滩	南漕港滩，东起娘娘庙（圆津禅院），西至今自来水厂。	民国初年江苏籍客户迁来居住者与日俱增，日久自成村落，称为“新庄”，滩边有一座天主教堂，教徒大多是渔民，也是渔民船舶停泊的集散地。	
	北漕港滩，自朱家角家具厂起，至水仙庙止。	北漕港滩多为居民住宅，也有一些商业网点，旧时两岸中段，设有渡船。	
井亭港	漕港北岸	井亭港原来也是集镇，与朱家角镇隔河相望，商业也甚繁荣，有家具农具橹行方作、圆作及造船厂等，其有特色的有爆仗作、皮毛作、雕花作、拷栳店。另有官盐栈（俗称盐公堂），是私人经营的独家经营商号。资本雄厚的蔡氏元号、全号油坊和米行均在此。	井亭港南濒淀浦河，东傍三汾荡，北靠大淀湖，水上交通极为便利。

弥陀湾	位于胜利街和东湖街相接处	因此处原有一弥陀殿，供一尊笑口常开的弥陀菩萨，因而得名。	湾成S形。
轿子湾	北大街中段	此处原有龚润昌烟纸店和同和福腊烛坊相对，两店柜前各有一根廊柱，每逢节日调龙灯时，必在两柱间穿行跳舞，城隍的轿子到此亦一定停住观看，因而得名。	
三阳湾	在北大街近放生桥处	取三阳开泰之意；遂名。	

3．河道空间

老镇区内除淀浦河以外，主要河道呈“人”字型，主要是生活性河道，平均宽度10米左右。河道蜿蜒曲折，构成了众多湾道，其中三阳湾、轿子湾、弥陀湾较为有名。古镇风貌较好的建筑多沿河而造，两岸宜人的建筑尺度创造出独特的河道空间，也是古镇一道很好的旅游风景线。

4．廊道空间

古镇北面的西井街，曾有两道“过街廊棚”，既是供路人休息的空间又为过往行人遮风挡雨，有“雨天过街不湿衣”的说法。可惜廊道已毁，只留下残断的木构件，可以追溯当年的景象。如今，在放生桥南岸新建的廊棚为游人提供了驻足观赏的地方。

（二）桥梁、河埠、缆石

1．桥梁

2．河埠

河埠，当地人称之为“河滩头”、“滩渡”，是水乡居民淘米、洗菜、挑水、汏衣物，或是来往船只停船上下人或买卖东西的地方。家家临水，户户通舟，古镇河埠、缆石也就不计其数，几乎临水人家，家家都有，五步一个，十步一双。它的规模造型又和住户人家等第、贫富息息相关，巨富、官宦人家或神庙前的河埠，条石整齐，加工精细，宽敞舒适、上有雕龙刻凤，造型大多为两边均可洗濯的桥式河埠，其缆石也特别镂刻精细，图案复杂，有似兽非兽的动物脸谱、置有古代弓箭的宝瓶兵袋等如马氏花园、席氏厅堂，新、老城隍庙前均属此类。相传，清刑部右侍郎王昶告老回乡时的官船和淀山巡检司的官船，曾停泊于此，故这里的河埠缆石制作格外考究，以显示其身价非同一般。

一般的河埠系单层楼梯式，直通河中，简洁明快而实用。纵观镇上大小河埠，位置、造型各有巧妙。有的夹在两户老宅中间长长狭狭，如一部高层楼梯；有的裸露在场外．还有的位于屋后，上面特制廊棚遮挡；有的则横伸于市河当中。

东湖街168号一户民居的河埠更为奇特，“人从前门进，滩渡屋中出”，屋内下有石级，

表 3

朱家角古镇古桥一览表

桥名	别名	位置	始建年代	始建桥型	现在桥型	尺寸（米）	典故与题刻	备注
放生桥	无	跨镇东首漕港河上	明隆庆五年（1571 年）	五孔石拱桥	五孔石拱桥	长 70.5 宽 7.4 高 5.8	桥壁拄石上刻有清晰的楹联“帆影逐归鸿锁住玉山云一片，潮声喧走马平溪珠浦浪千重。”有诗云：“长桥驾彩虹，往来便是井。日中交易过，斜阳乱人影”，“井市长虹”为朱家角十景之一。	上世纪 80 年代修建加固，90 年代重建放生池和放生亭，为上海地区最大，最长，最高的五孔石拱桥。有“沪上第一桥”的美称（图 10）。
泰安桥	何家桥	位于圆津禅园门前	明万历十二年（1584 年）	单孔石拱桥	单孔石拱桥	长 15.7 宽 4.3 高 2.8	有诗云：“日落炎威返，池塘淡月中；踏歌闻市上，渔笛在溪东，扇轻摇暑，蕉衫短受风；晚凉闲独步，古寺一桥通”。“古寺”即圆津禅院	为全镇最陡的石拱桥。桥两旁青石扶手上的“飞云石”浮雕，古朴淳厚。
平安桥	戚家桥	位于大新街口	明	砖木石混合板桥	砖木石混合板桥	长 11.2 宽 2.6 高 2.5	旧时这里称平安里，故名平安桥。此桥系明代抗倭名将戚继光行军路过所造，人们为了纪念戚家军为民造桥和抗倭功绩，故平安桥亦称戚家桥。	桥身及桥基为花岗石条，两旁扶手用青砖砌就，中间扶手栏杆是二根原木，不加任何修饰。自然朴素。

福星桥	西栅桥	位于镇的西市梢	清雍正二年（1774年）	单孔石拱桥	单孔石拱桥	长12.3 宽3.4 高2.7	两边桥橙柱上镌刻着“潮涌越水飞龙卧，云接吴山挂月钩；一水锁住佳气绕，千年还见彩虹垂。”	桥基石缝中伸出几株小树，桥下绿藤低垂。
永丰桥	永风桥	连接东西湖街	明天启七年（1627年）	砖石混合板桥	石台水泥板桥	长12.5 宽2.9 高2.4	把历史的真实留在被炸断的断石块上，当时把断石凿字为碑，竖埋在桥头。	民国二十六年十一月八日，日本飞机自抗战爆发后第三次轰炸古镇，震断了一条石板。
廊桥	惠民桥	位于北大街桥折弯处	无考	单孔木构桥	单孔水泥结构包木桥	长5.3 宽2.6 高1.7	旧时为古镇唯一的木结构小桥。因桥面建有木板栅，上盖砖瓦、翘角，故也称廊桥。使行人既可避风雨，又可遮烈日。既为民通行方便，又为民歇脚避雨，故称惠民桥。	连接漕河街和北大街。新中国建立初期被拆，1996年复建。

上有小楼，滩渡缩在房中，河水进人家内，外面只见凹水一方，是全镇唯一的“隐身河埠”。

西井街中段有一桥形河埠，也颇有趣味，两边石驳中开挖上两个凹形方稽，两边对称专为市民洗濯时放置盆、篮、碗等器具，这一独具匠心的设计在江南水乡也是难得一见的。

3．缆石

河埠往往和船家停泊系缆绳所用的系船石，紧紧连在一起。这些缆船石点缀在古镇的石驳上、窗榻下、河埠边，造型各异、出神人化。有如意、古瓶、葫芦、蕉叶、宝剑、牛角、怪兽等等，线条简洁流畅，造型古朴生动，体现出江南水乡古镇特有的艺术文化。

三　自然景观与人文景观探讨

（一）自然地理环境

1．淀山湖：位于古镇西北部，面积62平方公里。据《青浦县志》记载，淀山湖在上古时为九州的古扬州之域，西周时属吴地，战国周敬王六年（公元前514年），诸侯争霸，越兼并吴国，湖境属越。周元王三年置长水县，淀山湖属之。随着朝代更迭，淀山湖的隶属亦随之变更，直至明嘉靖青浦立县时，湖的隶属才稳定下来，一直属于青浦、昆山两县所辖，直至今日。

2．大淀河：紧邻古镇北侧，是古镇渔民的主要活动区域。

3．古树名木：现有100年树龄之古树名木共9棵。

图10　漕港河放生桥（明）

表4　　朱家角古树名木分布一览表

地　点	树　名	棵　数	高　度	历　史
美周弄	银杏树	2	18	400—500
上自十一厂内	银杏树	1	17	>100
城隍庙后门空地	银杏树	1	21	400—500
城隍庙后门空地	瓜子黄杨树	1	9．5	200—300
迴珠坊三五纸厂空地	桂花树	1	5．5	150
油脂厂内过桥车浜东	广玉兰	2	10	150
珠溪公园内	香樟树	1	15	150

（二）自然景观与人工景观

1．珠里八景

现存的遗产资源作为城市历史中的“文化资本”，它积淀了时间的审美价值。对历史建筑的更新与复建，不仅仅是物质性保护，更为重要的是文化上的保护，即保护其所代表的文化情境和生活方式。根据古镇现有的人文和历史环境，大致可提炼出如下自然景观[一]：古桥斜阳（图 11）、西井柳浪、漕河烟香、老街商行（图 12）、湖街轩堂、人和菜香（图 13）、东市艺坊、雪葭渔庄。

2．清华阁十二景

按《珠里记志》，清华阁有十二景，即鼓角鸣钟、漕溪落雁、帆收远浦、细集澄潭、淀峰西蔼、秧渚北浮、木末清波（图 14）、柳荫画舫、井市长虹、慈门杰阁、人烟绕翠、竹木连云。此十二景多为自然景观，时至今日，除慈门杰阁已不见踪迹以外，其他仍在，或在特

图11　古桥斜阳

图12　老街商行

图13　东湖街民风—人和菜香

定的时段和地点仍可观赏，在规划建设和旅游开发时，注意对景观的保护与强化，其是朱家角无形的文化资源。

由于朱家角古镇中历史文化遗产类型丰富，并且均以整体的环境风貌体现着它的历史、科学、艺术等价值，反映着城镇历史发展的脉络，因此，试将古镇历史文化遗产构成要素条分缕析，有助于建立其遗产资源保护系统的结构框架：

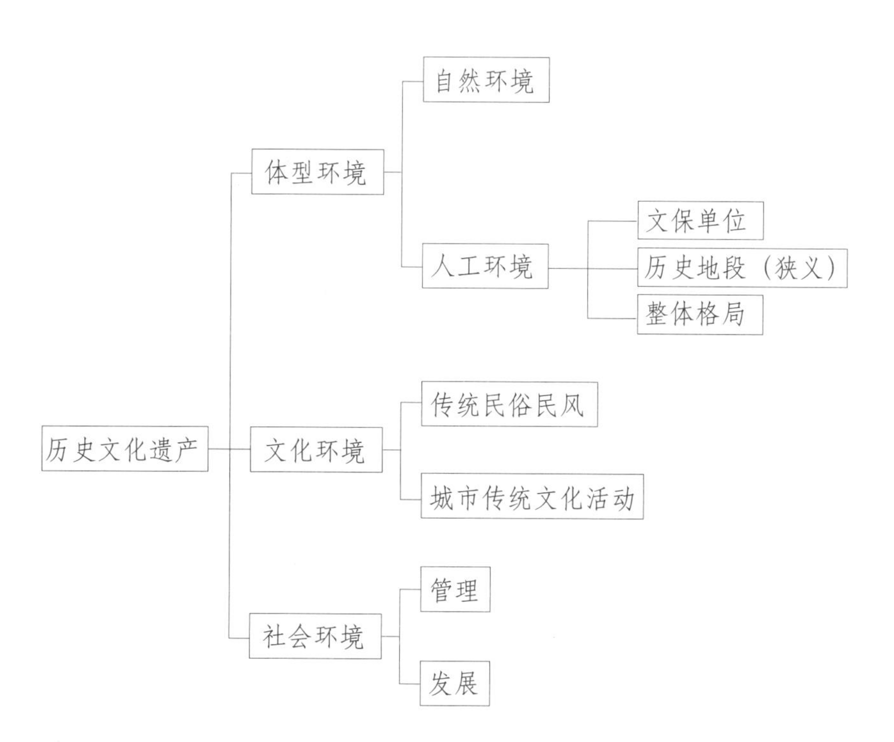

［一］李浈、雷冬霞、瞿洁莹：《历史情境的传承与再现——朱家角古镇保护探讨》，《规划师》，2007年第3期，第54～58页。

为便于使有形和无形的遗产相互关联，再根据保护世界文化遗产的国际文献，对遗产框架及其具体内容归纳如下：

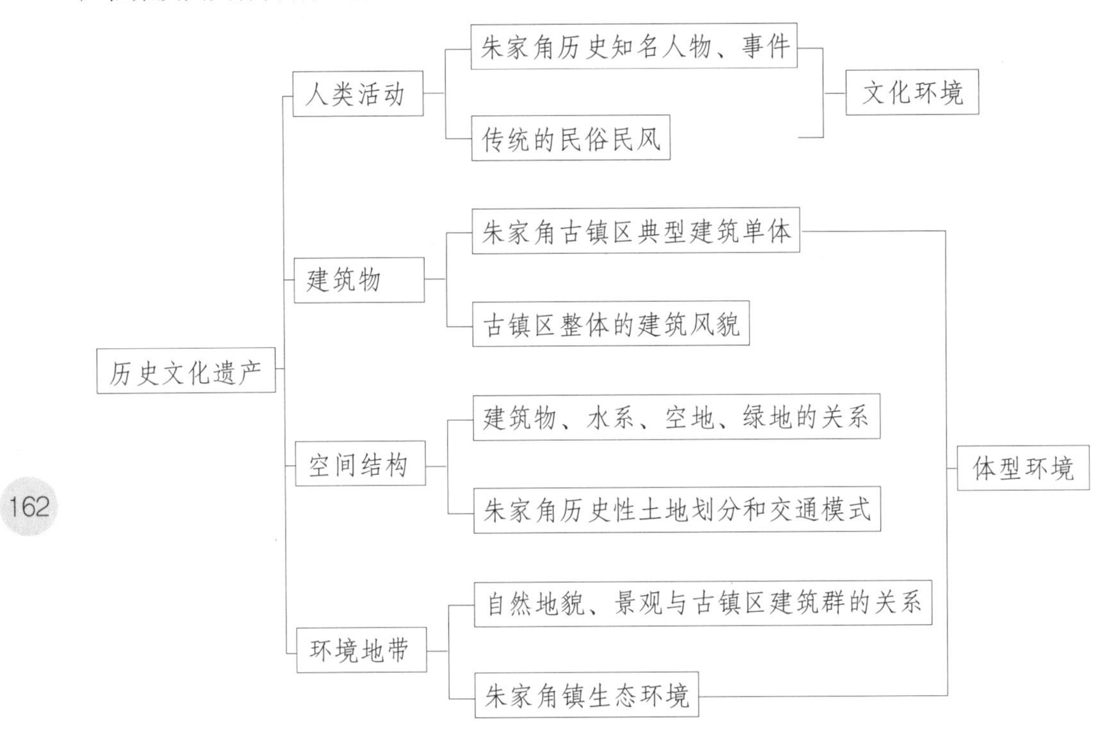

图14　木末清波

参考文献

[一] 朱华生主编：《朱家角镇志》（内部资料），1991年，1～27。

[二] 青浦县供销合作联合社：《青浦县供销合作商业志》（内部资料）．1990年，7～22。

[三] 雷冬霞：《我国历史地段的评估》，东南大学硕士学位论文，1999年。

[四] 阮仪三:《江南古镇》,上海出版社,1998年版。

[五] 阮仪三、邵甬、林林:《江南水乡城镇的特色、价值及保护》，《城市规划汇刊》，2002（1），1～3

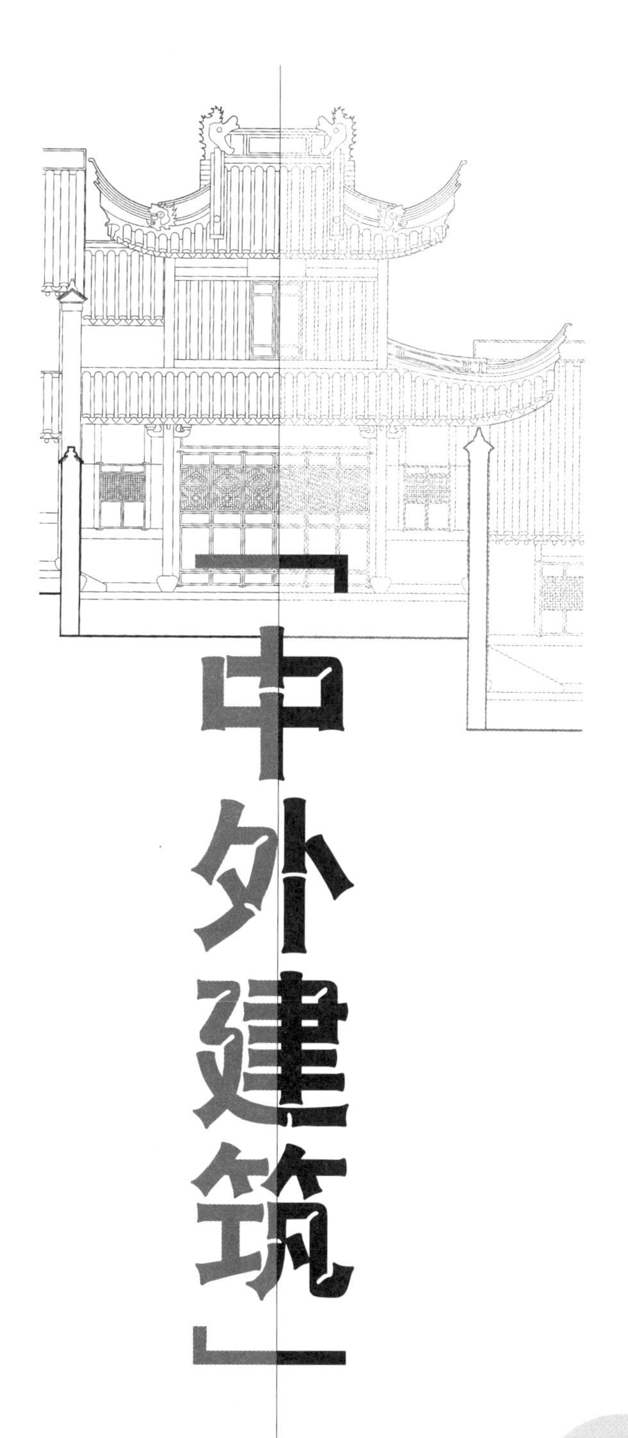

「中外建筑」

陆

【东大寺重建与宋人石工】

[日本]山川 均·日本奈良县大和郡山市教育委员会

引言

八百多年前，众多技术出众的石工们从中国启程来到日本。后来，他们与他们的子孙在日本建造了很多石构建筑，并形成了日本石造文化的基础。

本文的写作目的是探讨宋人石工们东渡日本的背景和石工们的籍贯。这是与宁波的历史文化研究有很大关系的课题。

一　石工渡来的背景

12世纪末，平清盛打败了源义朝，他的权势比京都的朝廷更大了。平清盛的顶峰期是以他积极进行的日宋贸易中的盈利作为经济背景的。

平清盛与东大寺、兴福寺等奈良的大寺院不和，因为他们与京都的朝廷保持一定的距离，而且一直保持着强大的势力。他们是以“庄园”作为庞大的领地和经济背景的，还拥有自己的武力——“僧兵”。

平清盛在公元1180年令他的五子平重衡进攻奈良。他当时年仅23岁，在攻克奈良后同时烧掉了奈良的传统大寺院，繁荣了五百余年并成为无数人们精神支柱的东大寺大伽蓝和大佛也就此化为了灰烬。由于这些愚昧行为，人们不支持平氏，导致了平氏的灭亡。

在一片废墟的东大寺重建之际，60岁的老僧“俊乘房重源”被委任为大劝进职。他是曾在京都醍醐寺修行过的僧侣，之前并不出名，他掌握相关建筑和土木工程的知识，也擅长相关的筹备工作。从战火废墟中重建东大寺是极其困难的，这一重任没有委托给东大寺的学僧，而是委托给了知识及实践经验均很丰富的劝进圣“重源”。

被任命重建东大寺的重源认为:“既然要重建,那就要建跟从前不同的”。因此他大量地采用了中国的样式和技术，这就是后来称作“大佛样”的建筑样式（图 1)，它的结构虽然比较单纯，但因多用“贯 (Nuki)”等横材而具有结构强度的优越性，并且具有豪华的建筑样式。这决不是宋代建筑的主要样式，而是在浙江福建两省流行的地域样式。唐宋的寺院建筑保存到现在中国的并不多，如宁波保国寺大殿却有类似“大佛样”的结构。而重源则把这一地域的建筑样式采用到了东大寺。

我们认为：东大寺的大佛样木构建筑是由指导了大佛铸造的宋人陈和卿来指导的，但实际上是由物部为里和桜岛国宗等日本木匠们来实施。他们把重源的设想通过日本的技术而具体化。

重建东大寺的同时，为了提高大佛的庄严性，还打造了两座石狮、四座四天王石像以及两座大佛胁侍石像。它们都是由从中国东渡的“六郎”等四名宋人石工们建造的（史料 1)，那是公元 1196 年的事。当时所使用的石材是花费了巨大的劳力和财力从大陆专门进口的（史料 1)，由此我们可以感觉到重源要建好这些石像的决心。当时造的石像中只有一对石狮保存了下来（图 2、图 3)。

图1

图2

图3

二　石工的故乡

这些宋人石工们的故乡到底在中国的什么地方？从事东大寺重建的宋人石工之中，有一位名叫“伊行末”，他的作品有数例还保存着。其中，公元1240年所建的大藏寺层塔（图4）刻有铭文：“大唐铭州伊行末”（史料2）。“铭州”就是“明州”，即现在的宁波。可知他籍贯在宁波（图5）。

南无釈迦牟尼仏
南无当来導師弥勒仏
（以下七行判読困難）
道俗三千余人
延応弐年庚子二
月四日造□了
大工
大唐銘州伊行末

图5

图6

图4

后来伊行末一次也没回过中国，在公元1260年以约80多岁的高龄去世。在他的周年忌时，他的儿子伊行吉建造了般若寺笠塔婆（图6），其铭文中也提到伊行末是“明州住人”（史料3）。重建东大寺的时候东渡的宋人石工共有四位，很难想象他们从各个不同的地方来，估计他们的出身地都在宁波。

图7

三　宁波与重源

重建东大寺时，他们在木构建筑方面采用了称做“大佛样”的浙江、福建一带流行的地方样式，而且石工们大概都是出生于宁波。这说明重建东大寺大量地采用了宁波周边的技术和人才。那么，指挥了重建工作的重源与宁波之间，到底有何种关系？

重源亲口说在他的前半生曾经三次到过中国（图7、史料1）。可是史料上能确认并且能判明他的具体行动的只有在公元1176年与日本临济宗的祖师荣西渡航而已[一]。那时他们一起去了阿育王山、天台山一带，很可能他们没去当时的南宋首都临安[二]。重源痛惜阿育王山的荒芜，为了修复阿育王寺，他从日本进口了所需的木材。由此可见，宁波与重源的关系特别浓厚（史料1）。他在中国渡航时有可能以宁波为据点，而且滞留在阿育王山。

[一] 横内裕人：《日宋外交与重源》，（第5届GBS资料），2006年版。

[二] 横内前揭资料。

图8

图12

图10

图13

图14

图15

图11

图16

图17

图18

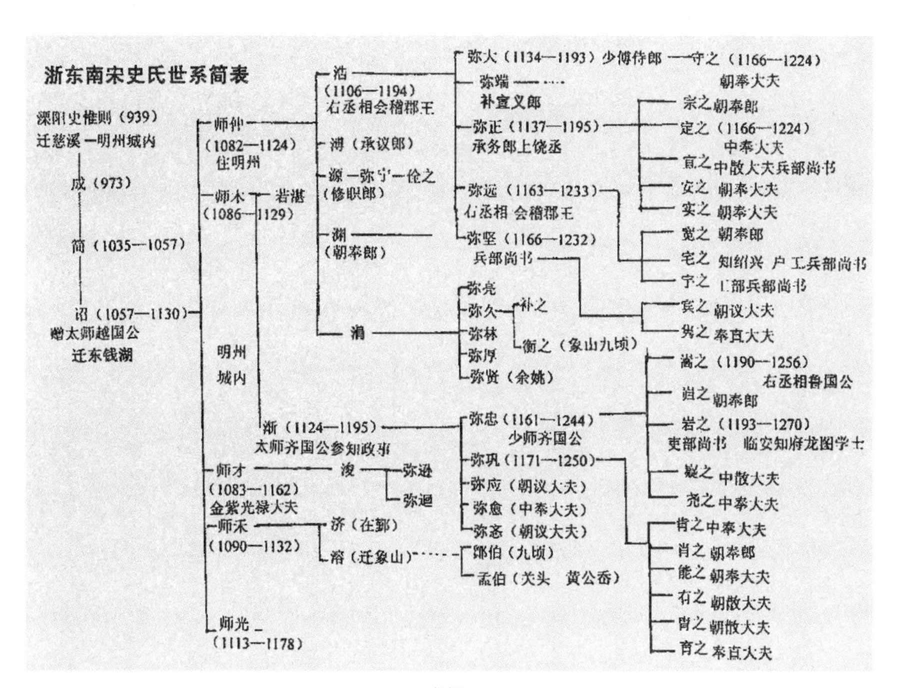

图9

四　东钱湖石像群与重源

重源入宋当时，南宋的宰相是史浩[一]（图8）。史氏原来是以宁波周边为据点的势力强大的豪族，南宋朝廷首都南迁杭州，史氏世袭宰相，而其一族也均在朝廷任重职（图9）。史氏的坟墓在宁波近郊的东钱湖周边，因此在那里形成了以史氏一族为中心的墓区。

[一] 杨古城、龙国荣：《南宋石雕》，宁波出版社，2006年版。有关东钱湖石造群的意见出自该书。

目前我们无法考证重源和荣西在渡宋时是否谒见了史浩，但很可能他们二人参拜了史浩祖父史诏（图10）、曾祖母叶氏（图11）以及父亲史师仲的坟墓。因为这些坟墓的所在地东钱湖周边与阿育王寺相距仅有十公里左右。他们墓前还有许多很精美的石像（图12、图13）。

现在史氏墓前的石像群都收藏在东钱湖石刻公园里，我们可以参观它们的雄姿。武将高有三米以上，体形雄伟，工艺尤其精湛感人。日本的木造雕刻一般用彩色表现服装，在这里都是通过雕刻表现出来。它们的表情简直是像活人一样生动（图14、图15）。石狮（图16）、石羊（图17）、石虎（图18）、石马等动物也都极其优美而逼真。我觉得它们是与兵马俑相比都毫不逊色的顶级艺术品，而且这么优秀的石造雕刻技术对重源也有很大的影响。

我们还需要注意的是在这里使用的石材。造立东大寺石像群的时候，宋人石工们把石材专门从中国运来（史料1）。原因在于在日本没有找到合适的石材，如果要刻很细微的雕刻，当时在日本一般使用的凝灰岩和后来经常使用的花岗岩确实不合适。就是说：当时造立的石像群中唯一现存的东大寺石狮的石材很可能是产出于宁波东钱湖周边。关于这点问题，我们现在正进行石材分析的准备工作，很快可以将结果公之于众。

五　东大寺石狮的诞生

重源由于上述的理由而担当了重建东大寺的第一线指挥，他积极地采用了中国的样式。在担当东大寺重建工作时，他的脑海里有了几年前在宁波东钱湖史氏墓前所看到的石像群，这并不是不可能的假设吧。

重源在重建东大寺时想到东钱湖史氏墓前摆的精彩的石像，于是他利用重建阿育王山时的联系，终于成功地把东钱湖周边的石工们请到日本来。他们就是“六郎”等四人。其中有很年轻的伊行末。宋人石工们答应了重源的要求，并从中国专门进口石材。东大寺石狮就是佐证。

由于重源招聘了中国工匠，所以很积极地采用了当地石像的样式，但是墓前石像的布置以及相关思想等却几乎没有采纳。如东大寺石狮与东钱湖石狮（图 16）不同，加上了装饰（图 2、图 3）。这些石狮的造型有如河南省巩义县的北宋皇陵等，其等级较高。墓前石造群的武将像和文臣像都没有在作为国家镇护寺院的东大寺建造，反而造了四天王像和大佛胁侍像（虚空菩萨、观音菩萨）。同样，东钱湖墓前石像群的石羊、石马、石虎也都没在东大寺出现。

由此可见，重源很重视宋人石工拥有的高超技术和他们所制作的富有吸引力与动感的作品。而从木雕的新兴势力“庆派”受到重用、建筑风格采用了“大佛样”等方面考虑，重源很可能喜欢比较有动感的风格。

六　宋人石工的技术

接下来，我们看一下所设想的重源花了一大笔费用而招来的宋人石工的技术。东大寺的宋人石工作品只有石狮一对，我们在这里还列出史浩妃周惠墓前和从弟史渐墓前的武将（图 14、图 15），以此与日本鹿儿岛县的隼人冢四天王石像进行比较（图 19、图 20）。从旁边的层塔的形状来看，东大寺石狮

图19

图20

和周惠墓前石像等都属于比较接近的时期。

隼人冢四天王石像也具有比较豪壮的造型，还有一些味道，可是从“技术”的角度来看，还存在儿童和成人间的差别，这是一目了然的。这就是日本传统的石工和东钱湖周边的宋人石工的技术的差别。从这点也可见，重源的眼界是完美的。去年为重源的八百周年忌辰，召开了许多有关重源的纪念活动，也经常有人提到重源对建筑和雕刻确确实实有出众的眼光。

图21

七　总结——伊行末的愿望

伊行末在他晚年的公元1254年，给东大寺法华堂前捐建了一座石灯笼（图21）。这座石灯笼看起来采用了很传统的日本样式，实际上造型十分新颖。后来这个造型成为日本石灯笼的基本形之一。老年的伊行末获得了儿子行吉的援助，终于使最后的大作出世了。

这座灯笼的灯竿上有如下的铭文（史料4），算是他的遗言吧：

奉施入石灯炉一基
右志者为果宿愿所
奉施入之状如件
建长六年甲寅十月十二日
伊权守行末

伊行末为了重建东大寺而东渡已有接近60年的时间了，招聘他的重源去世已经过了半世纪。从宁波一起东渡的朋友们也可能都去世了。

这时候的伊行末的“愿望”到底是什么？这里没有提到，如果是：“子子孙孙，代造精品，永为留存”，他的愿望应该已经算有实现了吧？在日本至今留传下来的中世的石造物中，很多是由伊行末的子孙——宋人石工们的后裔——所建造的[一]（图22～图28）。这就是宁波与我国友好的象征。

[一]　山川均：《从石造物来看中世的职能集团》，日本史Libretto29，山川出版社，2006年版。

图22　西大寺奥院五轮塔

图23　丹福寺宝箧印塔

图24　凤阁寺宝塔

【史料出典】

史料1　《群书类从》24释家部。

史料2～4　土井实《奈良县史16 金石文（上）》名著出版，1985。

图25　当尾阿弥陀三尊磨崖仙

图26　石仙寺阿弥陀石仙

图27　额安寺宝箧印塔

图28　极乐寺五轮塔

【浅议浙海关旧址的保护与利用】

符映红 · 保国寺古建筑博物馆

宁波地处东海之滨，三面临海，南通福建、广东，东接日本，北与朝鲜半岛相望，自古有“海道辐凑之地”之称。且境内河道纵横，土地肥沃，物产丰富。自唐以来成为我国对外、特别是对朝鲜半岛诸国和日本进行经济、文化交流的主要港口城市之一。

鸦片战争后，宁波被辟为“五口通商”口岸之一，成了半殖民地化的港口，多个帝国主义国家相继入侵，江北岸被指定为商埠区和外国人通商居留地，集聚了大量的西方文化，包括大量涌现的西方建筑文化，如相继建造起来的各国领事馆或署领馆、海关、天主教堂、巡捕房、邮政局、轮船公司、保险公司、夜总会、戏院、夜总会、弹子房、菜馆、各种洋行等。无论是在建筑功能、建筑艺术形式，还是在建筑设计，各个不同时期流行的各种建筑思潮，理所当然地反映到这些建筑中，形成别具特色和风貌的江北外滩，是宁波近代历史的见证、标志性地段。

一　浙海关旧址的概况

浙海关（浙海新关办公楼），位于宁波市江北区中马路198号（宁波江北外滩建筑群的北侧——19世纪60年代以后这一带为浙海关的总关办公楼、公馆、住宅、俱乐部、验货房等建筑）。东邻甬江约20米，与宁波市海通疏浚公司办公楼（原为浙海关验货房旧址，原建筑已毁）接邻。南与基督教江北堂相距约4米，再往南约200米现尚存有原浙海关高级帮办的住宅砖砌二层洋房。西临中马路，距城市主干道人民路约50米。北为宁波市海通疏浚公司进出主通道，并与宁波海运大楼（原为浙海关总关办公楼、税务司公馆等旧址，原建筑已毁）相距约6米。

现存的浙海关旧址是原浙海关税务司（又称浙海新关）办公、管理用房之一。建筑朝东偏南，三层加阁楼砖木混合结构，平面呈长方形，两面外廊布置形式，建筑面积1067.8平方米。通面阔15.10米，通进深18.44米，地面至屋面高16.05米。一层用房平面布置成L形，东面柱廊后设正房三间，曾作为浙海关新关验货员办事处、港务课、检查课办公室；南侧朝东为楼梯间，木盘楼梯，系二层以上的主要出入通道；西南侧一大间为栈房，西北侧为其它管理房。二层、三层曾为浙海关检察长住宅，房间分割与一层基本相同，只是西侧分割成若干小房间。四层为阁楼，设简易房八间。

外墙为清水砖墙面、一层顺一层丁砌筑法、水泥嵌缝。坡屋顶硬山式盖方瓦，前坡长后坡短，前坡屋面设天窗二樘，前后屋面各有两个高耸的西方式壁炉烟囱。东立面为柱廊，南立面一半为柱廊与东立面角柱相接、一半为墙面设窗，东立面每层设列柱六根，南立面三根，为砖砌方形抹角柱子，柱头为科林斯式，显得简单刚劲，二、三层的列柱间用栏杆连接成外廊，栏杆宝瓶式木装修，造型轻巧，轻松爽朗，列柱断面从一层至三层逐渐缩小，突出了建筑的虚实对比，使立面具有层次感和节奏感；背立面外设混凝土楼梯，与二、三层后门相接，可作为楼房的应急出入通道，铸铁直棂形栏杆扶手，背立面一楼靠西侧设边门。

外墙四周各楼层建腰线砌红砖二层作装饰，门眉、窗眉均用红砖拱卷点缀，在柱子三分之二处砌红砖二层，柱头也用红砖装饰，体现了该时期建筑已经开始注重色彩与材料的肌理效果，在大面积的青砖墙面上局部用红砖点缀，形成色彩对比，给人以强烈的视觉效果和美感。

建筑功能强调实用性，楼内部装饰考究精致，简洁明快。每层搁栅设楼板，木地板均为3厘米厚洋松，起槽错缝拼接。非承重墙和顶棚用编条夹泥，石膏装饰，基本形式为房间四周顶墙之间镶多层线脚，屋顶正中施几圈圆形纹饰。门、窗有立体门套、窗套，门形为五抹头上下对分十格实木弹子锁门，柱廊内设通排四扇五抹头上下对分十格玻璃门、外设可活动木装修百叶门，长方形双扇摇窗内为四格玻璃门、外设百页窗，形成一道既遮阳防风又美观独特的装饰。每间房厅均设壁炉和壁柜。室内楼梯间设木盘楼梯，扶手下用圆形宝瓶式分栏，造型精细灵巧。

浙海关位于当时江北岸的外滩商埠区，建于清咸丰十一年（1861年），其建筑从整体风格和建造样式来分析，是明显受到了英国乔治时代摄政时期（Regency，1811～1820）建筑样式的影响，属英国人自西向东扩张过程带来的殖民地式建筑（Colonial Architecture），其风格特征主要表现为建筑立面整齐的柱式外廊构图，简单而有秩序，很少装饰，窗户多为长方形，整座建筑造型厚重坚稳，刚劲雄健，立面严谨简洁，端庄朴素，装修考究精致，明快大方，反映了中国各通商口岸开埠初期中国工匠对西式建筑形式、结构的初步理解，是宁波至今保存完好的典型近代建筑，是宁波外滩近代建筑群中的最早实例和重要组成部分。

浙海关是我国最早的初具现代海关职能的机构，是鸦片战争后中国丧权辱国的历史见证。目前，整体建筑框架基本完好，建筑风貌依旧。建筑本身具有较高的历史、艺术和科学价值。1983年9月被宁波市江北区人民政府公布为区级文物保护单位。 2005年与第三批省保单位宁波天主教堂合并成为浙江省省级文物保护单位。

二　浙海关旧址的保护情况

2002年3月，宁波市人民政府对江北岸外滩一带文化保护区实施保护，动迁了浙海关建筑内的单位和住户，并由宁波市文化局接管，其后，前后由宁波博物馆筹建办公室、宁波市文物保护管理所、宁波市保国寺古建筑博物馆管理；在此之前原浙海关建筑一楼作为浙江江海疏浚公司办公室，二楼、三楼及阁楼为居民住宅，由浙江江海工程总公司负责管理。

浙海关自建造以来，整体建筑框架基本完好，建筑风貌依旧，但由于经历了一百四十多年的风、雨、日照侵蚀和工作人员、住户的使用、日常起居生活，加上年久失修，其外墙面风化严重，内部结构、房间分隔都受到不同程度的改建和破坏，部分木构件装修霉烂、槽朽、脱落，周围环境基本上已遭到改变破坏。

前天井被宁波海通疏浚工程公司搭建二层办公楼并与南侧三列柱相接，严重破坏了浙海关的整体格局和环境风貌；一层列柱的柱础和柱头腐蚀，南面个别列柱的柱身风化严重，二层个别列柱出现裂缝，一、二、三层柱廊都已被砖墙分隔，改建成各种房间；外墙面局部风化腐蚀，南面一层的青水外墙砖已大面积风化，其中窗眉拱券、腰线等部位的红砖风化腐蚀尤为严重；屋顶覆面瓦片破损约40%，望板局部糟朽；木屋架、椽子糟朽受损，天窗被改造；一层地坪原为搁栅木地板，1997年8月受台风、大水侵蚀后，木地板严重霉烂，遂用水泥砖地坪，木盘梯进出口处最下面的几阶踏跺也改为水泥仿制，二层西北角的小房间因窗户毁坏，雨水进入，木地板受潮起隆，现已严重霉烂，整幢建筑木地板糟朽腐烂达30%以上；木盘梯整体倾斜下沉，部分腐烂损坏；门窗改造、破坏严重，百页门窗大多已毁坏，门、窗套局部损坏；室内顶棚石膏装饰破损和脱落，隔墙编条夹泥、石膏装修、壁炉遭到破坏和改建，部分房间已被任意分隔；背立面混凝土楼梯破损严重，铸铁直棂形栏杆、扶手锈蚀脱落等。

浙海关旧址自保国寺古建筑博物馆负责日常管理和维修以后，保国寺古建筑博物馆按照文物维修的要求按程序报批，2006～2007年对浙海关旧址进行维修，浙海关维修工程基本达到了整修残损屋面及外墙面、修补损伤构件、去除后期添加的无保留价值内部装修及隔断，恢复浙海关历史风貌和格局等维修目的，为进一步利用打下坚实的基础。

三　浙海关旧址的利用

为更好的体现浙海关旧址的三大价值，有效保护和合理利用文物资源，将浙海关旧址改建成浙海关旧址博物馆，初步设想一楼以宁波海关发展史为基本陈列，突出近现代部分。二楼作为“旧海关”现场专题陈列，三楼设办公室。陈列内容初步设想如下：

浙海关“宁波海关”发展史陈列，以宁波海关的发展历史为脉络，重点介绍近现代宁波海关发展情况，同时介绍海关的功能与作用。展览总面积约为160平方米，分为序厅、第一展厅“近代浙海关税务司和浙海关监督署”、第二展厅“浙海关职能”、第三展厅“宁波海关”。

“浙海关”现场陈列，按原始面貌进行恢复，根据“浙海关”当时的实际职能分割成大公事房、税务司办公室等几个主要海关办公区域，并按照这幢房子本身的性质，辟为大公事房、税务司办公室、起居室和书房（学习）四个展厅，从一楼沿楼梯往专题展厅的墙上悬挂《宁波口引水分章》、巡船龙旗和浙海关税种（进口税、出口税、复进口税……）等内容介绍，作为过渡，在客厅里散落放几把椅子，既可以让游客休息，又可以增加继续参观的乐趣。

陈列内容可根据实际略做调整，同时在陈列设计时建筑本身的风格、特色和细节有所体现，使陈列与建筑相得益彰。

三楼设办公室，既可以作为保国寺古建筑博物馆的延伸，又能成为建筑文化对外交流的窗口。

参考文献

[一]《宁波海关志》，浙江科学技术出版社，2000年版。

[二]《中国旧海关与近代社会图史》，中国海关出版社，2006年版。

【中世纪伊斯兰教寺院建筑及其对中国清真寺建筑的影响】

杨新平·浙江省文物局

世界三大宗教之一的伊斯兰教，创始于公元7世纪的阿拉伯半岛。伊斯兰教国家的人民在吸收其他文化的同时，创造了自己独特的建筑体系——伊斯兰建筑体系，并达到了很高的水平，随着伊斯兰教的广泛传播，其建筑影响，东到太平洋的西岸，西抵大西洋的东岸，北达西伯利亚的内地，南至非洲北部，整个东半球几乎都有它的踪迹，是世界建筑史中一朵绚丽夺目的奇葩。

一

伊斯兰教兴起之后，在各地广泛建造礼拜寺。阿拉伯本是游牧民族，没有自己的建筑传统，在向外扩张时占领了叙利亚，第一王朝便建都于大马士革，穆斯林们利用当地巴西利卡基督教堂做礼拜，由于基督教的圣坛在东端，而伊斯兰教仪式要求礼拜时面向位于南方的圣地麦加，因此，现成的巴西利卡就被横向使用，以致后来新建的礼拜寺都采用横向的巴西利卡的形制。尽管各地的结构方式不同，平面也有变化，但大殿的进深小而面阔大，则是基本一致的。

礼拜殿的平面通常是由一个宽阔的院子和三面围廊一面大殿组合而成，大殿和廊都向院子敞开，殿后中央为圣龛所在，院子中部是洗礼用的水池（图1）。建于公元876～879年的埃及开罗伊本·土伦礼拜殿是较早的典型实例。

大殿中的柱列东西向用发券连接，南北向跨着屋顶，8世纪以后，也有架筒形拱顶。

图1　沙特阿拉伯麦加大寺

图3 礼拜寺中的尖塔

图2 以色列耶路撒冷奥拜殿

礼拜殿大多是穹顶覆盖的集中式建筑。叙利亚很早就有集中式的穹顶建筑，拜占庭帝国时期有所发展。阿拉伯人在相传为穆罕穆德“登霄”前于耶路撒冷停留的岩山上建造了奥马尔礼拜寺（688～692年），该寺部局属集中式，平面八角型，中央有一夹层的穹窿，直径20.6米，周围环有二层回廊（图2）。其格局反映出早期的伊斯兰教建筑主要是受拜占庭与叙利亚建筑的影响。

礼拜寺中的尖塔（图3），是为阿訇们授时并传呼教徒礼拜用的，发源于叙利亚，伊斯兰倭马亚王朝（661～750年）中期以后逐渐盛行。初期的尖塔多建在大殿前院落的一侧，方形，高耸，为寺院外部构图的重点，甚至是一个居民点垂直构图的中心。因此，尖塔的形式受到重视，并逐渐高大。8世纪中叶以后，在两河流域建的一些礼拜寺尖塔，继承了古代山岳台的做法，有螺旋式的，如伊拉克萨马拉大礼拜寺的塔，圆形平面，盘旋五圈，高达50米。它的形体单纯而有变化，稳重而有向上的动势，十分雄浑有力。开罗的伊本·土伦清真寺也有螺旋式方形尖塔。中世纪的伊斯兰寺院建筑使用了尖券、马蹄形券、三叶形券、复叶形券、弓形券等多种形式的拱券结构，它们具有很强的装饰效果。穹顶结构初期为叠涩砌法，呈椭圆形，轮廓不精确，从8世纪起，渐渐有了两个圆心的尖拱和尖的穹顶，形式简洁明晰。11世纪之后，完全替代了椭圆的，当轮廓逐渐精致后，更加力求高耸起来，在穹顶之卜实用了高高的鼓座。又出现了由一个个层叠的小型半穹窿组成的钟乳拱，它在结构上起出跳作用，在造型上起装饰作用。

此外，建筑的图案装饰是伊斯兰教寺院的重要特点，最初的礼拜寺装饰还比较朴素，内部墙面按照拜占庭的传统，贴大理石板，在局部抹灰面上作彩画或者薄薄的灰塑，偶尔也有彩色玻璃马赛克。装饰题材比较自由，有动、植物的写实形象。后来，动物形象最先被禁止，植物也渐渐图案化了。8世纪中叶以后，两河流域地区的礼拜寺装饰，几何纹样基本排斥了写实的形象，阿拉伯文古兰经文被编进了图案，只有少量的植物形象点缀着，这种装饰被称之为阿拉伯图案。最常见的装饰是在抹灰面上作粉画，以后琉璃面砖、雕花木板合大理石板也广泛使用，有时作透雕，用在门窗上。中亚等地的装饰，从大面积的墙面着手，初期主要用花饰，后又用石膏浮雕作为室内外的装饰。14世纪时重新采用古代波斯曾使用过的琉璃面砖，陆续出现了平浮雕或彩绘的琉璃砖，还出现了用不同形状的琉璃块作镶嵌的工艺。穹顶鼓座、塔身、墙面等等内外面满覆琉璃砖，璀璨闪耀，流光溢彩，门窗扇和栏杆都是重点的装饰部位。

二

伊斯兰教传入中国大约是在唐永徽二年（651年）以后，根据史料记载，伊斯兰教传播我国的途径有水、陆两路。其中，水路由海上直接传入我国的广州、泉州、扬州等东南沿海地区；陆路由阿拉伯向东，经波斯、中亚，到达我国的新疆、宁夏等地。从时间上看水路较陆路要早得多，广州怀圣寺、泉州圣友寺、扬州仙鹤寺、杭州凤凰寺等这些伊斯兰教古寺都见于东南沿海便是重要的佐证，而我国内地和新疆的清真寺一般建的都比较晚。新疆地区的清真寺更多地吸收西亚、中亚伊斯兰建筑的传统，如矩形平面，穹窿顶，大面积镶嵌白、紫、蓝色琉璃砖，以及尖塔的形制等；东南沿海和内地则较多地接受了汉族建筑的传统。

总体平面布局　我国清真寺的总体布局基本有两种类型，一是以汉族传统建筑布局为主，有一条明确的中轴线，主要建筑都排列在轴线上，两侧布置厢房等次要建筑，如我国清真寺建筑中最宏伟的寺院西安化觉巷清真寺，即是一座中国传统形式的清真寺，该寺座西朝东，沿着东西向的轴线有照壁、木牌楼、大门、石牌楼、二门、省心楼、三门、真亭、大殿，轴线两侧设有水房、讲堂等建筑（图4）。与中国传统的宫殿、寺庙建筑格局相同，杭州凤凰寺、成都鼓楼南街清真寺、北京牛街清真寺（图5）以及宁夏同韦州清真寺等都是如此；另一类是以泉州圣友寺为代表的布局较为自由的清真寺，该寺大门朝南，位于寺院的东南面，礼拜殿则在西南方，东西向布置，明善堂等其他建筑均在北部（图6）。此类型无明确轴线，各

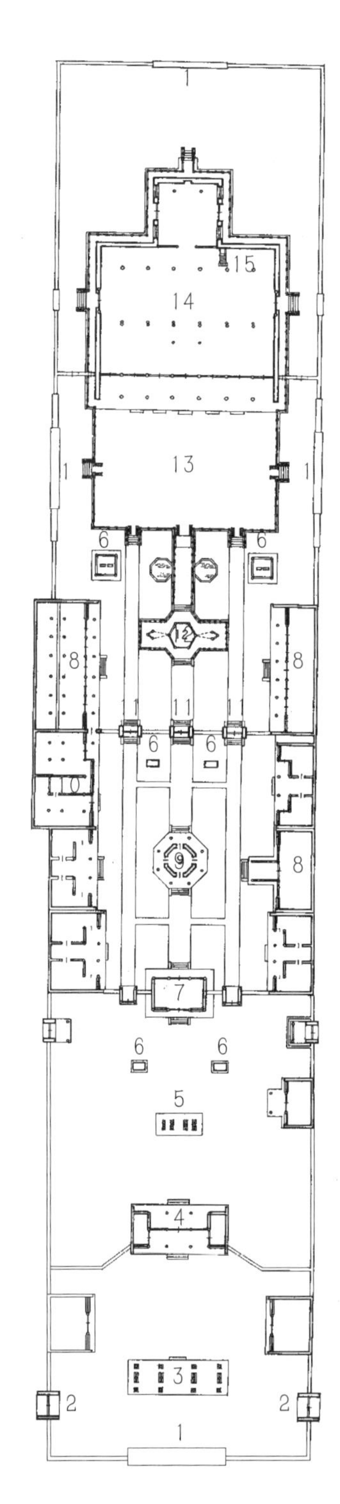

图4 西安化觉巷清真大寺平面图

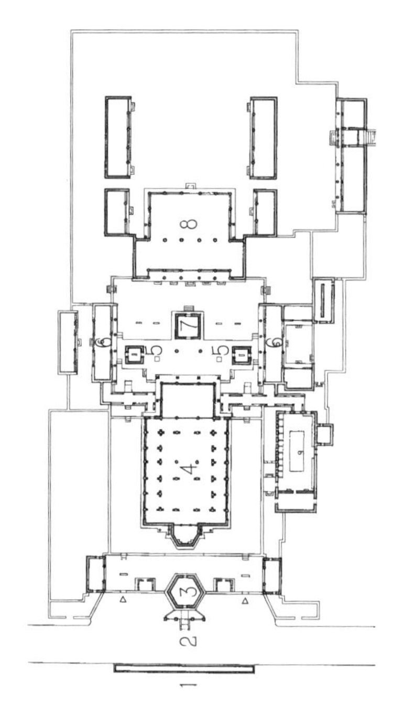

图5 北京牛街清真寺平面图

单体建筑布局较为灵活，扬州仙鹤寺、嘉兴清真寺等皆属这一类。它们的总体布局与阿拉伯国家礼拜寺常见的“一座长方形的建筑，里面四周是有拱顶的长廊，中间是一个大院”迥然不同。

礼拜殿平面　礼拜殿的单体平面，有一个发展演进的过程。宋元时期的礼拜殿是面阔大于进深的长方形平面，与西亚礼拜寺采用的横向巴西利卡的形制基本是一致的，实例有泉州圣友寺大殿和杭州凤凰寺大殿。到了明清时期，清真寺礼拜殿的平面演变为进深大于面阔的格局，较著名的有扬州仙鹤寺、北京牛街清真寺、成都鼓楼南街清真寺、宁夏同心县清真大寺和太原大南门街清真寺等。

无论是早期还是晚期，我国清真寺的礼拜殿朝向都是座西向东的，并在主墙面即西

图6　泉州清静寺

墙正中辟有圣龛，即米哈拉布，或设后殿（又称窑殿）（图7），严格遵守着伊斯兰世界礼拜寺建筑的规制。伊斯兰教规定，穆斯林做礼拜时必须面向伊斯兰教的圣地沙特阿拉伯麦加的“克尔白”，因此礼拜寺正殿都是背向着麦加，而在后墙设置圣龛，礼拜时正好面向圣城。我国位于麦加的东面，所以礼拜殿是座西朝东的格局。

构造形式　清真寺的构造形式，早期较多地受中亚的影响，采用穹顶构造的集中式形制，普遍使用拱券结构，保留了不少阿拉伯建筑风格。以杭州凤凰寺为例，该寺礼拜殿通宽28米余，分作三间，各间上部覆一穹窿顶，其中明间的穹顶直径达8.81米，左右两个分别为7.30米和6.85米，券脚用砖叠涩构造，使方形内室逐渐转换成圆形穹顶。中间的大穹顶通过两边穹顶抵消一部分侧推力，并传递到厚实的承重墙分解推力。这是中亚11世纪以前常见的穹窿顶砌筑技术，是平衡中央大穹顶的主要方法之一。泉州的圣友寺寺门上覆以三座连续的穹顶，以及弓形拱券的大门等等，显然都是中亚伊斯兰教寺院建筑留下的烙印。

然而，我国晚期的伊斯兰教清真寺，在构造上更多地采用中国传统的木构技术和抬梁结构，使得我国清真寺建筑在构造上渐渐摆脱了外来的影响并逐步走上了华化的道路，形成了中国式伊斯兰寺院建筑的体系。以成都鼓楼南街清真寺和北京牛街清真寺最具代表，两寺建筑均为木结构，柱、梁、枋、斗拱以及门窗装修等都采用了中国传统建筑形式。

图7　杭州凤凰寺 圣龛、经函

图9　杭州凤凰寺彩绘鸟图案

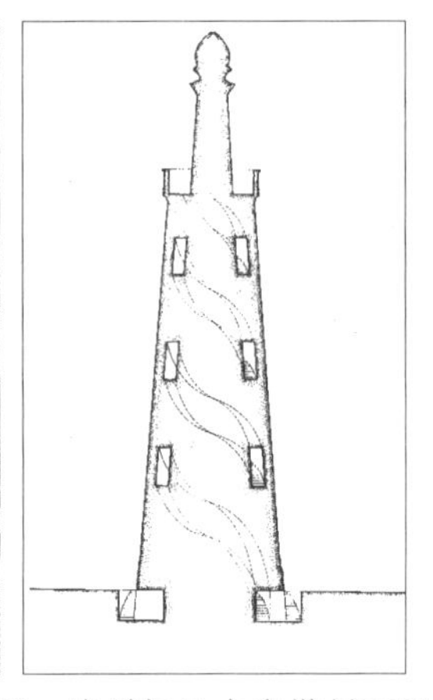

图8　广州怀圣寺光塔剖面图

尖塔、望月楼　尖塔制度来自西亚的伊斯兰教建筑，在早期的清真寺内，都有尖塔建筑，最著名的是广州怀圣寺光塔（图 8），它的平面为圆形，高 35 米余，壁间设阶梯，盘旋可至塔顶，外表无纹饰。泉州圣友寺和杭州凤凰寺在历史上都曾有过尖塔。明清时期，尖塔演变成为如同中国传统楼阁的二、三层楼阁，成都鼓楼南街清真寺的邦克楼就是一座重檐六边形的楼阁建筑。

图案装饰　在伊斯兰世界的礼拜寺中，禁止绘制人物和动物等写实形象，不设任何偶像，穆罕默德厌恶任何形式的偶像崇拜。寺院内绘制的是植物图案和阿拉伯文构成的图案。我国的绝大多数清真寺都严格此规定，但在少数晚近的寺院或彩画中，也出现有动物的形象，如西安化觉巷清真寺和杭州凤凰寺（图 9）。

三

伊斯兰教的兴起和发展，创造了丰富多彩的文化，在建筑上融汇了古西亚和拜占庭建筑风格，取得了辉煌的成就，形成了自己独特的建筑体系，诸如覆盖的穹隆殿顶、形式多样的拱券、彩色琉璃砖镶嵌以及高耸的尖塔等等，在世界建筑史上写下了绮丽的篇章。

伊斯兰建筑风格，对中国的清真寺建筑产生过重大影响，虽然随着历史的进程中国的伊斯兰建筑逐步华化，但却在礼拜殿的布局、圣龛朝向、宣谕台、无偶像崇拜、邦克楼、沐浴室、禁用动物形象等主要方面保留了伊斯兰风格，恪守着伊斯兰教教规，并与中国传统建筑有机地结合，产生出中国式的伊斯兰建筑风格。

参考文献

[一] [美]约翰·D·霍格著、杨昌鸣等译：《伊斯兰建筑》，中国建筑工业出版社，1999 年版。

[二] 刘致平：《中国伊斯兰教建筑》，新疆人民出版社出版，1985 年 8 月版。

[三] 邱玉兰：《中国古建筑大系—伊斯兰教建筑》，中国建筑工业出版社，1993 年版。

[四] 陈志华：《外国建筑史》，中国建筑工业出版社。

[五] 罗小未、蔡婉英：《外国建筑史图集》，同济大学出版社。

[六] 孙宗文：《我国伊斯兰教寺院建筑艺术源流初探》，见《古建园林技术》。

[七] 叶苍译：《早期伊斯兰》。

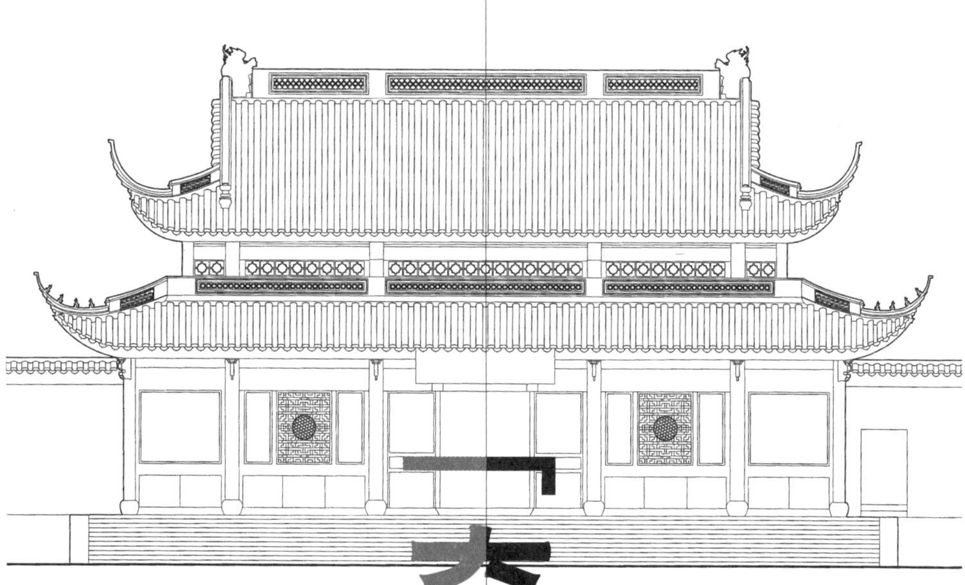

「奇构巧筑」

【宁海古戏台的建筑风格和工艺特色】

徐培良 · 浙江省宁海县文物办

浙江宁海，地处东海之滨，地形属沿海丘陵平原区，建县始于晋武帝太康元年，取“海静境宁”之意，故名。迄今已一千七百余年历史，现隶属宁波市，现辖有18个乡镇，面积为1879平方公里。

2006年5月宁海古戏台被国务院公布为第六批全国重点文物保护单位，这是我省历史上第一个国家重点保护的戏台，也是我国第一批以“戏台”名群体保护的国家级重点文物保护单位。

宁海城隍庙古戏台

几百年来遍布在宁海城乡境内多姿多彩的古戏台，至今还有一百二十多座保存完好。它们像一本本立体的图书，记载了宁海独特的乡风民俗，展现了宁海工匠们精湛的建筑工艺。宁海古戏台的三连贯藻井、二连贯藻井，其构造之华美，刻作之细腻，彩绘之绚丽为国内罕见，是宁海古戏台中的杰出代表，整体建筑具有鲜明的地方民族特色和很高的艺术价值。

一 因地制宜、就地取材，是宁海古戏台建筑建筑的一大特色

宁海古戏台，始于何时，已难考证，明清以降，祠堂、庙宇中的戏台相当普遍。宁海古戏台大致分为庙台、祠台和街台三种，其中最多见的是祠台。宁海古戏台在鼎盛时有六百余座，现存古戏台约一百二十余座，其中街台一处，位于茶院乡柘浦村，戏台建在柘浦街正中；庙台有城隍庙、

宁海深甽镇龙宫陈氏宗祠外景

西店镇崇兴庙、南保庙、皇封庙等15处，其余一百余座都是各村各姓宗祠内的祠台，存量之多，也是浙东地区少见，为宁海一绝。少数村有三座戏台，如深甽镇马岙村、清潭村、柘坑村各有三处，同时可以组织三个戏班唱对台戏。

考察现存的古戏台，可以明显看到，由于地域特点、匠作传承等因素的不同，建筑在细节上稍有变异，但风格基本统一，规制基本相同。

宁海古戏台时代特征清晰，地域特色鲜明，是研究浙东公共建筑和民间戏曲艺术发展的重要例证。古戏台所处的宗祠或庙宇建筑选址讲究、布局合理，强调主从关系和左右对称，进一步烘托了古戏台的独特地位。宁海古代村落虽没有《周礼·考工记》那样的营造城市的经典，但也有着较多的规划秩序。古代村落遵循所谓“君子营建宫室，宗庙为先”、“水口之山、欲高而大”等，是一种有目的、有规范的规划思想。一个村落从选址、布局及发展均体

宁海茶院乡柘浦村街边戏台

宁海强蛟镇下浦魏氏宗祠古戏台

现了一种理性秩序的意象。宁海先民对村落环境，尤其宗庙都依据风水的“理形”以及择居的思想与周围环境取得协调，巧妙布局，宗祠一般选择在民居前面的村口，既有维护全村的意思，也有显示出突出位置的意思。宁海襟山面海，各村所处的地理位置不同，村民们因而因地制宜，就地取材因势而建，成为宁海古戏台修造中的一大特色。建戏台所用的木材多为当地生长的树种，主要有樟、木荷、柏、杉、麻栗、榛、银杏、黄杨木、黄栀、松等，宁海在这方面的资源比较丰富，也能够根据自身的财力、物力选择树种，至今有的宗庙选用榛木为柱的，优势很明显，历经数百年而不变质。石材用料，多取入当地青石、红沙石，石料色泽纹理丰富，由于储备量十分丰富，选材十分方便。宁海沿海村落地势较低，每逢台风大潮时，海水会涌进祠堂；而地处山区的宗祠，依山坡而建，大厅后墙基本上用人工切出崖壁。宗祠附属的戏台，却给予面积的保证，更多地考虑了演出时对于观众的安置，并利用闭合空间来造成更好的聚音和回音效果，使宗庙的剧场性大大加强。

宁海强蛟镇下浦魏氏宗祠古戏台角科

宁海古戏台具有一些显著的特点，从空间看，是通透、开放的。各类戏台从主台建筑的三面开敞到观众席的流动性、通透性，以及台上台下皆透明的演剧和观剧形式，反映出戏台不论是建筑还是演剧形式均是开放式的。从布局看，是前置、独立的。绝大多数的戏台是在庙宇、宗祠建筑中的，这种戏台虽然具有依附性质，但从其建筑布局上看，在建筑群中占据着重要的位置，并相对独立，村民们在宗祠里所进行的主要活动就是演戏，宗庙建筑除了正殿以外，也大多是为演出而设，有时正殿的构造和规模反而不如戏台复杂宏大。戏台一般坐南朝北，位于宗祠

古戏台牛腿

的中轴线上，紧接宗祠的门厅或与门厅连为一体，与正厅相对。戏台向院子内凸出，戏台的三面完全向观众敞开。戏台大多用歇山顶，檐角高挑，舒展欢快，成为宗祠内部建筑的艺术重心，在正厅和廊庑的檐口水平线衬托下，非常抢眼。从装饰看，是精致、华丽的。宁海的戏台常常是建筑群中装修最华丽的建筑，外观飞檐翘角，歇山重（单）檐，内顶穹窿藻井，匠心独运，或遍施彩绘，或精雕细刻。

戏台局部雕刻

藻井局部

乡村古戏台彩绘

二　结构精巧、装饰华丽是宁海古戏台建筑的又一特色

宁海古戏台建筑造型优美大方，建筑装饰富丽堂皇，精美的藻井辅以彩画和雕刻具有很强的艺术效果，使舞台艺术更趋完美。宁海古戏台在修建之初，各村的村族人数有多有少，有的二三十户的小村，同样把戏台修得小巧玲珑，精美秀丽，如潘家岙潘氏宗

宁海梅林街道岙胡村胡氏宗祠三连贯藻井古戏台

祠古戏台，戏台面积仅 20 平方米，整个宗祠建筑也只 400 平方米。但戏台修得十分精美，还修建了勾连廊藻井，额枋上的彩绘人物生动，台上有“半入云”金字匾。而被公布为全国重点文物保护单位的岙胡胡氏宗祠古戏台及附属建筑的建造，一共用了 7 年时间才全面竣工，可见建造时的精工细作。

宁海古戏台在布局、建筑的设计、装饰上虽多依据江南传统的营造格式，但戏台建筑融合了木雕、砖雕、石雕、贴金、拷作等民间工艺于一体，具有与众不同的宁海地方风格。不管是哪种戏台，他们都具有相同的格局：均为传统的砖木结构；屋脊的两端分别饰有造型优美的鳌鱼，正面上方都有极挺拔的飞檐翘角，檐下悬挂着风铃铁马；游梁、随枋、三架梁、抢头梁、穿插枋上及牌楼各层之间，则雕刻了戏目剧情故事及琼花瑶草，祥禽瑞兽，具有宁海地方特色的山海珍品，松、竹、葡萄、鱼、虾、蟹等作为表现图案，与戏台的欣赏功能遥相呼应，采用的手艺则根据匠作本身的技艺和主人承受的经济能力，其中有高浮雕、浅浮雕、镂空雕、圆雕相结合的各种雕功。而面积较大的额枋以彩绘作为平面装饰，如“岳母刺字”、“二十四孝”、“杨家将”、“三国演义”等，深甽镇清潭村飞凤祠古戏台的额枋上“苏武牧羊”

宁海深甽镇岭徐村徐氏宗祠古戏台藻井

宁海梅林街道岙胡村胡氏宗祠戏台藻井

宁海梅林街道岙胡村胡氏宗祠三连贯藻井古戏台

的彩绘仍清晰可见。本地传统的朱金木雕工艺也在古戏台的制作中得到充分展示。各种工艺技巧，通过匠作的巧妙布局，使古戏台文化内涵充分体现，使装饰与教育功能有机统一，显得古戏台更为富丽堂皇，对建筑起到了升华作用。而丰富的寓意，通过夸张、形象的表现手法，植根于村民的情感和祈求，使之具备了长久不衰的艺术生命力。

三　高超的藻井制作工艺

藻井是中国特有的建筑结构和装饰手法。中国古代建筑对天花板的装饰很注意，常在天花板中最显眼的位置作一个或多角形或圆形或方形的凹陷部分，然后装修斗拱、描绘图案或雕刻花纹，产生精美华丽的视觉效果。藻井是中国传统建筑中室内顶棚的独特装饰部分，一般做成向上隆起的井状，有方形、多边形或圆形凹面，周围饰以各种花纹、雕刻和彩绘。宁海古戏台的戏台顶棚多设有藻井，是宁海古戏台的主要特征。藻井结构紧凑、华丽，形如古时的天井而得此名，宁海俗称“鸡笼顶”，是宁海古戏台建筑精华之所在。据东汉时应劭《风俗通义》载：“井者，东井之象也；藻，水中之物，皆取以压火灾也。”最初的藻井，有镇火之意，后人又发现藻井有吸音和共鸣的物理特性，这种发现，自然而然地被运用到戏台当中，宁海古戏台上的藻井装饰多为金龙飞凤雕刻造型。四周由曲木拱搭成架，叫做“阳马”，既是支承，又是一种独特的装饰。从底到顶嵌拼如小斗拱状，成环状旋榫，堆迭向上，从上到下，犹如编织“鸡笼”一般，故而得名。这种高超的构筑手法，不仅体现出外观上的壮美，而且显示了科学地运用声学原理，使演唱时声腔产生共鸣，可以得到“绕梁三日”的音响效果。

宋《营造法式》中把门、窗、隔扇、藻井、天花及屏风、楼梯栏杆等列入“小木作”范围中，对雕工技艺作了具体规范。将“雕作”按雕刻形式分为四条，即混作、雕插写生华、起突卷叶华、剔地洼叶华。按雕刻技术分析，可分为混雕、线雕、隐雕、剔雕、透雕五种基本形式。宁海拥有一批“小木作”，俗称“细木”，这是一种传统称谓，它的规范叫法应是“工艺木雕”，单从字面意义上讲，就是有木刻的木雕制品。从行业技术角度讲，木代表工序，雕代表着雕刻工；是木工离不开雕刻，雕工需要木工取木活和组装完善的制作工艺，是木工与雕刻工相互配合的，有欣赏价值的实用工艺美术木制品，藻井正是他们的代表作，整个构筑不施一枚钉，全用精巧木构件紧密有序地榫接而成，其建筑工艺成为宁海古戏台中建造的一绝。据不完全统计，宁海尚有“鸡笼顶”古戏台八十余座，其中三连贯藻井戏台3处（图8），二连贯藻井戏台10处，有的藻井为九宫图、棋盘格、八斗覆顶等多种规制，如深甽镇岭徐村徐氏宗祠、柘坑村永丰庙等处。一些祠庙还保存了明代建筑的流风遗韵，古戏台成为研究宁海宗教、戏曲、城乡结构、建筑等的重要实体。

三连贯藻井戏台中，一个为戏台演出使用外，另外两个属台下“雅座”藻井，“雅座”不仅能看得真，听得清，又能遮雨蔽阳。这也是一个独特的创意。

四、独特的“劈作做”习俗

历史是根，文化是魂。宗祠象征着宗族的经济、社会和政治地位，关系着宗族的荣誉，正因为如此，所以各姓宗祠一般是全村最佳建筑，规模恢宏。越有权势和财势的宗族，他们的祠堂往往越讲究，高大的厅堂，精致的雕饰，上等的用材，并在建筑施工时，引入竞争机制，特地邀请两位“把作老师”担纲，组成两组工匠，沿中轴线分头施工，当地称作“劈作做”，也是十分罕见的施工方法，建立起公平合理的竞争激励与淘汰机制，以“斗巧”来保证工程的圆满。正因为有着这种

宁海强蛟镇下浦魏氏宗祠古戏台北厢房栏杆

宁海强蛟镇下浦魏氏宗祠古戏台南厢房栏杆

宁海梅林街道五松村朱氏宗祠古戏台藻井为“劈作做”

“适者生存”的优胜劣汰机制，激发了他们的上进心，同时也激发了他们的创造性思维。工匠们不得不使出浑身解数，在技艺上争奇斗艳，精益求精。如果在完工时一比较，技术上稍逊一筹的话，今后可能门前冷落车马稀了。由此可见，竞争激励工作是件相当复杂的事，充满着科学性和艺术性。

在实际效果来看，确实采用“劈作做”的施工方式完成的宗祠，往往构思巧妙、风格各异、质量上乘，所以筹划建造宗祠时，采用“劈作做”的手法，成为当地的一种习俗。戏台作为宗祠的一部分，自然而然也建造得更有气派。许多宗祠主要特点也表现在戏台的藻井上，在艺术上虽说可以大胆发挥，但在技术上却容不得半点含糊，“劈作做”的戏台往往在技艺上更胜一筹，斗拱斜出，层层叠叠，宛转如流云，而且彩饰鲜艳，精工镂绘，显得华丽精美。现存马岙俞氏宗祠、峡山尤氏宗祠、樟树孙氏宗祠、下蒲魏氏宗祠、文岙潘氏宗祠、岙胡胡氏宗祠、一市叶氏宗祠等各姓宗祠，都是这方面杰出的代表。细细品味，一座建筑中可看到两种风格、两种不同思路的创作者的作品，说明历史上宁海古戏台建造者对工艺技术的严格要求。在十处国家重点保护的宁海古戏台中，“劈作做”的有四处，可见有一定典型性。

宁海古戏台按现存的数量和质量来看，主要分布在西店镇、深甽镇，其次为强蛟镇、桥头胡街道、一市镇、长街镇、茶院乡等镇乡（街道），当然，历史上城区原来的古戏台最多，而随着岁月的流逝，许多古戏台已成为历史。有的镇乡虽留有古戏台，但建筑都比较简易，有的经过重大修建，增添了不少现代的元素，已失去了本来的面目，有的仅仅是在村民的回忆之中。随着保护意识的提高，宁海古戏台的保护传承工作得到了政府的高度重视和群众的大力支持。修复保护古戏台，也成了农村的一件大事。在加强保护的基础上进而深入研究古戏台的建筑风格和工艺特色，使具有宁海特色的古戏台建筑与装饰工艺得到传承和提升，将是今后一个时期我们的工作重点。

古戏台演出传统剧目

【《营造法式》小木作制度研究】

潘谷西 · 东南大学建筑学院

和唐代相比，宋代建筑的一大进步是木装修水平的提高及其在室内外的广泛应用。从文献资料和壁画中可以知道，唐以前室内空间的划分与围合主要依靠帷幕、帐幔等织物来完成，而门窗则用板门与直棂窗。给人总的印象是木装修还不发达，小木作技术水平较低。到了宋代，情况有了很大变化，室内的木质隔截物、格子门窗以及其他室内外木装修都迅速发展起来。传统的织物分隔室内空间的现象虽然没有完全退出历史舞台，但相比之下，新兴的木装修显然具有节省开支、经久耐用、易于清洗等优点，特别对气候温润潮湿的地区来说，木质隔截物更为适用，因而最后终于取代帷幕、帐幔而成为室内装修的主流。在《营造法式》诸作制度中，小木作的篇幅将近总量的一半，可见其内容的丰富以及所占地位的重要，同时也映衬出宋代官式建筑中木装修的发达与繁荣。在《梦粱录》中，甚至还记录有南宋大内勤政殿有木制的"木帷寝殿"。

在小木作中最具有代表性的格子门在唐代建筑上尚未出现。而近年在杭州西郊"灵峰探梅"风景点出土的五代吴越时期的一座五层方形塔上，每层四面都刻有球纹格子门四扇，这是已知最早建筑物上的格子门实例，说明江南一带开创了使用格子门的先河。这就不免再次使人想到喻皓其人、其书《木经》以及江南建筑技术水平的领先地位，因而率先创造并使用适用、美观的格子门。

客观的需要是促进建筑发展的动因，而建筑业本身的内在因素则是保证这种发展的重要条件。从《营造法式》制度、功限、料例三部分来看，当时建筑业的管理达到了相当高的水平，单就木工来说，宋代就分为五个工种，即锯作、大木作、小木作、雕作、旋作。锯作负责分解割截原木，使之成为枋料、板料，为其他四种木作提供坯材，是木料加工的第一环节；大木作是整个建筑的骨干和灵魂，技术要求高，难度大；小木作负责木装修制作，名目繁杂，较为费工；雕作要求娴熟的技艺，能精巧地表现各种纹样图案；旋作就是车木工，专门从事圆形构件和装饰件的加工。对这五个工种中的大木作、小木作、雕作《法式》都有详细的式样、尺寸以及用料用工的参照标准，显示宋代建筑业已达到很高的专业化程度。这种根据工种的不同特点进行分工并提出严格指标要求的管理方式，无疑会大大提高工作效率，节约材料与人工，促进技术的发展。这应是宋代小木作及其他一些工种取得长足进步的根本原因之一。

这里还有一个饶有趣味的问题——宋代出现的大量技艺高超、加工细致、品种繁多的木装修，是否说明当时已使用了刨子这一木材表面细加工的工具？从现存木构建筑看，唐代尚未使用刨子，表面加工是用“斤”（即锛）与刀（削刀）及铲等来完成的，因此许多建筑的木构件上留有明显的锛痕[一]。唐柳宗元《梓人传》中也只提到了锯、斧、刀三种工具。南宋文献中已有平推刨的记载[二]。有一种看法认为：用凿子靠在尺上同样也可以加工出精致的小木作和家具的线脚来，因为至今此法仍在北方一些地区的木工中使用。因此《营造法式》中所开列的六种格子门边框线脚是用凿子而不用刨子来加工的[三]。总之，这个问题虽然和小木作与家具的发展有着重大关系，但要得出确切而全面的结论尚须进一步研究。

《法式》所载木装修共有42项，在全书各类工种里，篇幅最浩繁，但却远不如大木作那样留有较多宋代实物可资对照研究。因此今天我们对宋代小木作的了解还存在不足，特别对有些项目如佛道帐、转轮藏等的做法与名称，还不能完全解释清楚。好在每个小木作作品都有较强的独立性，不像大木作那样，作为一个完整的框架体系，它的各个局部的形制、尺寸都有相互制约关系。因而对小木作的每种木装修可以分别进行研究，也不致于因某一部分的不易深入而影响其他部分。不过，正由于这种特点，《法式》罗列的42种木装修也容易使人产生零散而缺乏系统性的感觉。为此，这里按其功能特点归纳为七类加以阐述：

一 门窗类

（一）门

《法式》所列门有外门与内门之分：外门含乌头门、板门、软门三种；内门则仅有格子门一种。

1．乌头门

又称棂星门[四]，位于住宅、祠庙正门之前，是一种独立的建筑物。唐、宋时六品以上官员住宅前可设置这种仪门[五]。宋代也用于祠宇、坛庙前，例如《宋史》卷九九：“南郊坛制……仁宗天圣六年，始筑外壝，周以短垣，置灵星门。”《宋史》卷一二三：“濮安懿王园，庙三间，二厦、神门屋二，坐斋院，神厨，灵星门”。金代所刻“宋后土祠图碑”所表示的祠庙布局，前面也设有棂星门。门的形式简单，仅用两根木柱栽入地中夹持中间的门扇，木柱顶上套瓦筒用以防雨水腐蚀，用墨染黑，故称“乌头”[六]。门扇上部用透空棂格，由门外可望及门内。门上有额枋联系二柱，门限（地栿板）为活动式，必要时可抽去，以通车马。地栿板由立柣与卧柣夹持定位。这样的乌头门也称为

"乌头绰楔门"。

关于乌头绰楔门,《法式》未作专题叙述,仅在卷二五《彩画作功限》中有:"乌头绰楔(牙头护缝、难子压染青绿,棂子抹绿)一百尺(若高广一丈以上,即减数四分之一。如若土朱刷间黄丹者,加数二分之一)……一功"。

这种乌头绰楔,应是乌头门的一种特殊做法,其特殊之处在于"绰楔"。

何谓绰楔?绰,宽也;楔是门两旁木。《尔雅•释宫》:"枨谓之楔",注:"门两旁木也"。《说文系传》:"即今府署大门脱限者,两旁斜柱两木于橛之端是也"(转引自《辞海》1947年版)。据此,则绰楔门是官府大门门限可抽去以通车马者,和断砌门相似而又有区别:一是阶基不断开;二是门限(地栿板)两旁立柣有斜势,有利于上下装卸门限。在江南明清祠庙、衙署官宅遗存中尚可看到这种门制。在苏州这种大门称"将军门"(见《营造法原》第42页)。

因此,《法式》所称"乌头绰楔门"可能就是采用了这种绰楔的乌头门。卷三二《小木作制度图样》中的乌头门,应即是乌头绰楔门。列于其后图中的牙头护缝软门和合板软门二式,其门两旁立柣均高而作倾斜状,应亦属"绰楔门"一类。

《新五代史》卷三四《李自伦传》:"天福四年正月,尚书户部奏,深州司功参军李自伦,六世同居,奉敕准格按孝义旌表……敕曰:高其外门,门安绰楔……。"可知绰楔是外门所附的一种装置,而非独立的门式。

2. 板门

这是一种用木板实拼而成的门,用作宫殿、庙宇的外门,有对外防范的要求,所以门板厚达1.4～4.8寸(视门高而定),极为坚固,也很笨重。门扇不用边框,全部用厚板拼成,拼合接缝有牙缝造与直缝造两种(有企口与无企口)。各板之间需用硬木"透栓"若干条贯串起来,以保证门扇联成一个整体,这是板门拼合构造中的一种重要措施。直至明清,城门仍用此法。《法式》还指出:在透栓之外,须用"劄"作为门板合缝的固持件,其作用较透栓稍逊。此外板背还须用5～13条楅(清式称穿带)联结,楅则固定在两侧的肘木上,肘木比身口板稍厚,上下各伸出一个圆柱形转轴一鑻,上鑻套于鸡栖木(清式称连楹)的孔中,下鑻入于门砧(清式称门枕)的孔中。门低小时,门砧用木制;门高大时,门砧用石制,且须用铁件加强上下转轴及轴承。

城门防御要求更高,其板门尺度更大,用料也更厚重。

[一] 据山西省古建筑保护技术研究所柴泽俊先生来信称:"唐代建筑梁架加工多是不用刨子,佛光、南禅皆如此,辽代应县木塔、金建佛光寺文殊殿等皆很明显,全用锛子加工而成。"

[二] 南宋戴侗《六书故》所记刨为:"皮教切。治木器,构之以木而推之,捷于铲"。转引东南大学李浈博士论文《中国传统建筑木作工具》。

[三] 河北省古建筑保护技术研究所孟繁兴先生所言。

[四]《法式》卷二五《诸作功限彩画作》有"乌头绰楔门"一项。说明乌头与绰楔同在一门上。

[五]《宋史》卷一五四,臣庶室屋制度:"六品以上宅舍,许作乌头门。"

[六]《册府元龟》卷六一《帝王部·立制度二》及卷一四〇《帝王部·旌表四》:"……王仲昭,六世同居,其旌表有:厅事步栏,前列屏树,乌头正门阀阅一丈二尺,二柱相去一丈,柱端安瓦筒,墨染,号为乌头。"

为通车马而将当心间阶基断开的门称为断砌门。断砌门需启闭，因此必须做一种活动的地栿板（门限），通车时将板抽去，关门时将板插上。板的两端则靠带凹槽的立柣来夹持。门的构造做法与上述板门相同。

门板用铁钉钉于楅上，板上用木材车成馒头状的“浮沤”（清式称门钉）予以装饰。这种木浮沤是沿用唐代殿门的旧法[一]。

料较板门薄而小。门内也只用手栓、伏兔或承拐楅等防御能力较低的锁门构件。其所以称“软”可能是和外门的“硬”相对应而言的。门的形式有两种：一种就称为“软门”，其构造方法和格子门相似，即用周边的桯和身内的横条——腰串构成框架，再在框架内镶以木板而不用格子；另一种称“合板软门”，其构造方法和板门相似，也是一种实拼门，即

表 1　　板门高度与部件的关系

<table>
<tr><th>门高（尺）</th><th>肘板、副肘板断面（宽 × 厚）（寸）</th><th>身口板厚（寸）</th><th>（条）</th><th>上下门轴</th><th>上下轴承</th></tr>
<tr><td>≤7</td><td>≤7×2.1</td><td>≤1.4</td><td>5</td><td>肘板上留出木镶</td><td>只用上下伏兔，不用鸡栖木与门砧</td></tr>
<tr><td>8～11</td><td>8×2.4</td><td rowspan="2">1.6～2.6</td><td rowspan="2">7</td><td>同上</td><td>上用鸡栖木，下用木门砧</td></tr>
<tr><td>12～13</td><td>13×3.9</td><td rowspan="2">同上</td><td rowspan="2">上用鸡栖木，下用铁桶子、鹅石、石门砧</td></tr>
<tr><td>14～19</td><td>14×4.2～15×5.7</td><td>2.8～3.8</td><td>9</td></tr>
<tr><td>20～22</td><td>15×6～15×6.6</td><td>4～4.4</td><td>11</td><td rowspan="2">上镶安铁锏，下镶安铁桶子、铁靴臼</td><td rowspan="2">上用鸡栖木，孔内加铁锏；下用石门砧、石地 ，铁鹅台</td></tr>
<tr><td>23～24</td><td>15×6.9～17×7.5</td><td>4.6～4.8</td><td>13</td></tr>
</table>

3．软门

这也是一种板门，从其构造方法来推测，似是分隔内院的门，因防御要求较低，故用

门板周边也不用框架，而由肘板与楅联结木板，与板门不同之处在于门高最大限于 13 尺，身口板厚度比板门减四分之一，肘板与楅的

用料也略小，这是一种防御性能逊于板门而强于软门的门。

《法式》卷三二《小木作制度图样》中的“牙头护缝软门”与“合板软门”，所绘均属绰楔门，其木门砧作悬空状，明显不合构造原理，将无法承受门扇的重量。究其原因，当是工种之间的界限所致，即小木作工匠只画小木作做法，而未表示石作门砧，以致出现图中不合理的现象。

4. 格子门

因门的上部有供采光的格子（方格、球纹格）而得名。自五代至清末将近千年中，中国建筑都采用这种方式解决室内的采光问题，直到玻璃普及后，这种以木格子为骨架、以纸（或绢、蛎壳等）为被覆物的门窗才退出历史舞台。

格子门以周边的桯及身内横向的腰串构成框架。每扇除去上下桯、腰串及腰华板后所剩的长度分为三份，腰下一份嵌障水板，腰上二份装格眼。格眼周边另有子桯为框，可整体安装于门桯形成的框上。

格子门的边框——桯的线脚有六种，从繁到简，供不同等级的建筑物使用。构成格眼的“条桱”（即棂子）也有繁简不同的式样共12种。格眼则列出了四斜球纹格、四直球纹格和四直方格三种。桯、子桯、条桱的宽面（即“广”、“厚”中的广）都是朝外的，和明清时期窄面朝外的做法正好相反。《法式》所列其他小木作项目凡用桯与条桱，都作如此处理，说明小木作工匠还未能充分把握木材的最佳受力状态而加以合理利用。

从《法式》所列各种桯与条桱的复杂线脚来看，如果没有一套行之有效的工具和加工方法，那是难以完成这项高水平工程的。我们推测当时虽然没有线脚刨（线脚刨是刨子发展后期产物），但必须有大小不同的圆凿和扁凿。凿在中国古代有着久远的历史，至宋代已臻于成熟。但从《法式》卷二一所规定的格子门用工数来看，一间四扇格子门（高1丈、总宽1.2丈），最高用工达60工，最简单的方格眼格子门，也要15工，说明由于工具限制，工效仍较低。

“两明格子”有里外双重格眼、腰花板和障水板，并用双层纸被覆，桯和腰串的厚度则增加至足以容纳双层结构。这种门的防寒性能较好，适宜于冬天保暖要求高的房屋。

格子门的重量较轻，其门另设“搏肘”附于边桯上作为转轴。门各部分用料也较小。关门后不用横向的卧关（即门闩）而用拨木忝 或立木忝。门上、下轴承也不用鸡栖木与门砧，而用小构件伏兔，均表示门的防御要

[一] 唐段成式《酉阳杂俎》卷一五诺皋记下：“京宣平坊，有官人夜归入曲(曲即坊内小巷。——笔者注)，有卖油者张帽驱驴驮桶，不避，导者搏之，头随而落，乃巨白菌如殿门浮沤钉。”“浮沤”即水面气泡。

求较低。

门的启闭方式，从卷三二《格子门额限》图来看，四扇门中，两旁二扇是固定的，但必要时可以卸去，中间两扇则可启闭。为了满足门在关闭时能紧扣于门额与门限上，《法式》卷七规定："桯四角外上下各出卯长一寸五分，并为定法"。这些出卯，对门框的榫卯结合也有一定好处。门关闭时的锁定方式有两种："丽卯插栓"与"直卯拨木叅 "。

（二）窗

宋代仍大量使用传统的、不可启闭的直棂窗，但也出现了可启闭的窗——阑槛钩窗。

1．直棂窗（睒电窗）

直棂窗有三种：一种是"破子棂窗"，即将方木条依断面斜角一剖为二成两根三角木条做窗棂，三角形底边一面向内，可供糊纸；另一种是"板棂窗"，即用板条做棂子，内外两侧均为平面；还有一种是将棂条做成曲线形或水平向波浪形，称为"睒电窗"，施于殿堂后壁之上或佛殿壁山高处，也可以装在平常高度上作看窗。

2．阑槛钩窗

这是一种有靠背栏杆和坐槛的窗子，主要用于楼阁上，可以临窗倚坐，浏览窗外风光。《法式》规定此窗"每间分作三扇"，与格子门每间分作六扇、四扇、二扇的双数门扇不同。窗幅较宽，所用条桱也比格子门粗。这种窗在宋画《雪霁江行图》、《清明上河图》中所画的江船上可以看到，但在宋代建筑中尚未发现实物遗存。明清江南园林及民居中的"美人靠"、"飞来椅"则是这种窗的承传。"钩窗"之名，或因窗外设有勾阑而得之。《清明上河图》中城门内外两处酒楼有人倚窗而坐，窗外勾阑为卧棂造，用蜀柱斗子，是类似阑槛钩窗的一种做法，所缺的只是一条可供坐憩的槛面板而已。而图中所表示的江船上，则有完全意义的"阑槛钩窗"。这种窗的出现，打破了采光、通风、观赏都不佳的直棂窗的一统天下，开创了中国古代窗子发展的新纪元，从此，直棂窗逐步被可启闭式窗所替代。不过，《法式》所述钩窗每间分作三扇，中设心柱两根，窗扇偏大，使用上也不够理想，似乎还没有和格子门的理念完全合拍。实际上，如果每间也分作四扇，则可取消心柱，窗幅也可适当减窄，使用上、构造上都更合宜。也许这正好反映出初期使用格子窗的一种不成熟状态？

此窗构造分为上部的窗与下部的坐槛两部分：窗扇四边无桯（边框），仅有子桯与条桱；坐槛设槛面板，板外侧是鹅项柱、云拱（或蜀柱斗子、蜻蜓头等）和寻杖；板下设心柱、槫柱、托柱及障水板。

此窗为何每间分为三扇？为何称为"钩窗"？窗幅较宽而又不用边桯，搏肘（窗轴）如何能坚实地固定于窗扇上？这些都是需要进一步推敲的问题。

有一种说法认为："钩窗"是"钓窗"之误（见《中国大百科全书·建筑 园林 城市规划》卷第474页"靠背栏杆"条），不知何据。

二 室内隔截类

用作室内空间分隔的木装修品种较多，

主要有以下几种：

（一）截间板帐

此处沿用了唐以前传统的“帐”的概念，实际上是立于前后柱之间的一种板壁，用以分隔左右两室的空间，说明宋代虽已事实上用木材替代布帛分隔室内空间，但观念上仍未摆脱旧时帷帐习俗的影响。板帐的高度6～10尺，上下分别用额枋与地栿固定于柱子上，再以槫柱、槏柱、腰串分割后填以0.6寸厚的木板。木板则依靠压条——“难子”固定于框架上，而非边框上开出嵌槽。为防止木板收缩后出现裂缝，两面都用护缝条压缝，护缝条上下两端可用三瓣的或如意头状的牙头板作为装饰。板帐以上空缺部分如何处理，《法式》未作说明。但从使用角度考虑，可能还需用“横钤立旌”之类加以分隔，再以编竹造填之。如此则下部板壁犹如今天的护墙板，而上部则为抹灰墙面，可以充分收到分隔空间的效果。

（二）截间格子

即仿照格子门的样式，将分间的隔截做得富有装饰效果：下部安板，上部用球纹格眼。其中又分为殿内截间格子和堂阁内截间格子两种：前者高大，用料厚重；后者低矮，用料也较轻巧。上述两种做法都是固定式的，即不可移动的。但殿内截间格子可在障水板部分设一扇小门，由于此门尺寸过于低矮，似非正常出入之用。另有一种“开门格子”的做法，即在截间格子上再开两扇可开启的格子门，便于相邻二室之间人员的往来。

（三）板壁

做法和格子门相同，只是把上部的格眼换成0.6寸厚的木板，再用若干扇这种有框的构件拼成整片壁面，作为室内的分隔。这种板壁在江南一带明清建筑中仍被广泛沿用，留存众多遗物。

（四）隔截横钤立旌

这是一种木框架，以之作为墙筋，再填以木板或编竹造抹泥粉面，形成相当于

近代常用的灰板墙。其用途相当广泛，《法式》列出的就有三种：一是用作室内的照壁；二是用于门窗或墙的上部（门窗左右当同样可作为泥道来使用）；三是作为中缝截间之用（即用于前后柱之间，分隔相邻两房间）。可见这是宋代最常用的一种室内隔截，但《法式》小木作只叙述木骨架本身做法而未及填充物与被覆物，这是由于各工种在编写时只顾及本工种的做法而不涉及配套工种的缘故。

(五)照壁屏风骨

照壁屏风安于殿堂心间后部左右两内柱之间，作为主座的背衬屏障之用。其做法有整片式与四扇式，也有固定式与启闭式之分。

整片式称“截间屏风骨”，即在两柱之间用额(上)、地栿(下)、槫柱(两侧)形成边框，沿边框内加一圈“桯”形成内框，桯内用木条作成大方格格眼，再在其上糊纸或布帛，即成为照壁屏风。《法式》小木作对屏风骨上所覆之物并未述及。但据宋叶梦得《石林燕语》卷四记载：“元丰既新官制，建尚书省于外，而中书、门下省、枢密、学士院设于禁中，规模极雄丽，其照壁屏下悉用重布，不糊纸。尚书省及六曹皆书《周官》，两省及后省枢密、学士院皆郭熙一手画，中间甚有粲然可观者。而学士院画‘春江晓景’尤为工”。可知当时官厅照壁屏风一般都用纸糊，只有禁中规制宏丽的两省、两院才用布覆。而照壁屏风上都有字画为饰，其中多为宋代大画家所作的山水画。

四扇式屏风骨的构造方法和上述整片式相似，只是须用边桯做成四副木骨架后再安装于额、地栿和槫柱所形成的框架内。这种屏风也可以做成启闭式，即在桯上加转轴——搏肘，并在额及地栿上设轴承(伏兔)即可。

(六)照壁板、障日板、障水板、拱眼壁板

这些都是面积较小的隔板。

照壁板有殿阁照壁板与廊屋照壁板两种。前者是殿内后左右内柱间照壁的上部隔板，相当于清代之“走马板”，其下为照壁屏风，用以加强室内空间分隔效果。后者用于殿阁廊柱上阑额与由额之间，相当于清代的由额垫板，但较宽，且用心柱予以分割。

障日板位于格子门及窗子之上，用以分隔室内与室外，有障遮日光的作用，故有此称。障水板则位于建筑物部件的下部，用于防止雨水侵入。

拱眼壁嵌于檐下相邻两泥道拱之间，其作用为分隔室内外，这对天气寒冷的北方地区很有必要，而南方则多不安拱眼壁板。《法式》卷一二《竹作制度》及卷一三《泥作制度》均有拱眼壁做法(分别见“隔截编道”及“画壁”两项)，可知除木板之外，也可用编竹抹泥造，并施以绘画。

三 天花板类

天花板古称承尘。天花板之名始见于明代，如明弘治十八年《阙里志》卷一一《大成殿》条有：“龙顶天花板四百八十六片”、《大成寝殿》条有：“天花凤板”的记载。宋时承尘之法有三，即平闇、平綦、藻井，都是沿用唐时旧法。此类承尘都只用于殿、阁、亭三种建筑物，厅堂及余屋都不用。

(一)平闇

是最简单的一种承尘做法，即用木椽做成较小的格眼网骨架，架于算桯枋上，再铺以木板。一般都刷成单色(通常为土红色)，无木雕花纹装饰。现存五台山佛光寺大殿内部即用平闇承尘。

(二)平綦

是一种有较大方格或长方格式样的天花板，规格高于平闇，用木雕花纹贴于板上作为装饰，并施以彩画。其构造方法为：用木板拼成约 5.5×14 尺（即 1 椽架 ×1 间广）的板块，四边用边程为框加固，中间用楅若干条把板联结成整体，板缝均用护缝条盖住，以免灰尘下坠，这是身板上面的结构做法，身板下的装饰则用贴（厚 0.6、宽 2 寸的板条）分隔成若干方格或长方格，再用难子（细板条）作护缝，并用木雕花饰贴于方格内。整个板块则架于算程枋（清称天花枋）上，这和清式天花板每一格单独用一块木板的做法不同。相比之下，清式做法较轻巧，装卸自如，便于修理；宋式的整板做法较笨重，安装和修理都不方便。

（三）藻井

位于殿阁中心部分，用以突出室内主体位置（御座、佛座、神座）上的空间。藻井有两种规格：一种是大藻井，用于殿身内；一种是小藻井，用于殿前副阶内。两者之间除尺寸大小不同之外，式样也有繁简之别：前者自下而上有三个结构层——方井层、八角井层、斗八层，所用斗拱为六铺作与七铺作；后者自下而上仅两个结构层——八角井层、斗八层，所用斗拱为五铺作。

《法式》小木作所述藻井仅上述两种。但金代有菱形及六角藻井（山西应县净土寺大殿），元代有圆形藻井（山西芮城永乐宫三清殿）。由于《法式》只提供估算工料的典型例证，并不提供全面式样，因此不能排除宋代存在斗八、斗四以外的藻井式样。

藻井的形式看去十分复杂，其实结构十分简单：在算程枋（天花枋）上施方形和八角形箱式结构两层，再加一个八角形盖顶即成。至于那些柱子、门窗、斗拱等等（甚至是“天宫楼阁”）都是贴上去的装饰品，是仿大木作缩小比例尺作成的。两种藻井的做法分别如下：

斗八藻井的结构层次为：①在算程枋框上安方形箱式斗槽板，在上面再加方形的内有八角孔的板（由压厦板与角蝉板组成），并在此板上施随瓣枋构成的八角框；②框上安八角箱式斗槽板，板上又加八角环形压厦板与随瓣枋；上施八角形“斗八”即成。至于斗拱，则按大木作一等材的 1:5 制作，用下昂或不用下昂仅用卷头与上昂均可。

小斗八藻的结构层次为：①在算程枋内加抹角作成八角框，在框上立八角箱式斗槽板，上施八角环形压厦板；②板上施八角形“斗八”。斗拱、柱枋则按大木作六等材的 1:10 比例缩小。

四　室外障隔类

《法式》所列室外障隔物有木制护栏与篱落两大类，共五种：

（一）叉子

“叉”有挡住之意，叉子即木栅栏。一般用于不需门窗而又要适当阻挡观众的屋宇，例如祠庙大门门屋、佛寺山门等等，也用于道路分隔，如宋汴京宣德楼前御道，即用叉子分隔成三股道：中间为专用御道，两边为市民行道。在叉子的棂子、望柱等构件上还施以雕刻及彩绘，形成华丽的装饰。

（二）拒马叉子

又称梐枑、行马，是一种置于宫殿、衙署门前可移动的障碍物，用以构成警戒线，防止人马闯入，故其棂子相互斜交，形成立体的空间构造。《通雅·宫室》：“行马，宫府门设之，古赐第亦门施行马……宫阙用朱，官寺用黑，宋以来谓之杈”。故“叉子”之名，实源于行马，因其棂子出首交叉相向的缘故。《法式》对行马的做法叙述有缺项，据之难以确定其下部构造，仅推理而作之。

（三）勾阑

即木栏杆。多用于楼阁亭榭的平座及室内胡梯上。从唐代壁画及宋画中还可以看到室外平台上使用木勾阑的例子，但由于木料不耐久，到明代，室外木勾阑基本上已被石栏杆所代替。

《法式》所列勾阑有重台勾阑与单勾阑之分。殿宇高大，木栏杆高度为 4 ～ 4.5 尺时，则用重台勾阑；堂宇低小则用 3 ～ 3.6 尺高的单勾阑。二者的式样差别在于：前者用上下两重花板；而后者仅用一重花板，或不用花板而用万字造、勾片造、卧棂造等较简洁的做法。殿前勾阑有一种特殊的形式，称为“折槛”，即在中心线位置上有意断缺一段寻杖，这是为纪念汉成帝大臣朱云当廷直谏拉折殿槛的故事而传流至宋的样式，用以表示皇帝容纳臣下犯颜直谏的大度（朱云直谏事见《汉书》卷六七《朱云传》）。

木栏杆转角多用木望柱，也有不用望柱者。不用望柱时，两边寻杖至角出头相交，以加强二者之间的结合，称为“寻杖绞角”。如果是较简单的蜀柱斗子勾阑，两寻杖相交可不出头，称为“寻杖合角”。以上数种勾阑，都能在宋画中看到。

（四）露篱

“露”有露天之意，露篱是一种以木框架填以编竹的藩篱。木框架由植于地内的立旌（立柱）和横钤（横枋）组成，顶上覆以木板作成的两厦屋面保护篱身，身内所用“隔截编道”做法可见于《法式》卷一二《竹作制度》。

（五）棵笼子

推测是一种围于树干周围形如笼子的护栏，平面有方形、六角形、八角形三种。笼的角柱高约 5 尺，笼身上小下大，与树干形体相呼应。

五　杂件类

（一）胡梯

即楼梯。为何冠以“胡”？是否因此式来自西域，和中国本土原有楼梯有所不同？抑或是“扶梯”的转音？尚难遽下结论。有两颊（楼梯梁）、促板（侧立者）、踏板（平放者）、望柱、勾阑、寻杖等构件。《法式》所定梯身坡度约 45°，失之陡峻，但辽金楼阁实例都与此相似，可能是当时通例。踏板与促板等宽，每高 1 丈，分作 12 级，每级高宽约为 100 寸 /12=8.33 寸，高宽相加约 50 厘米，大于当今常用尺寸（45 厘米），所以登临时较为费力。胡梯的结构特点是由两根斜梁（颊）支承所有其他构件。踏板与促板嵌于两颊内侧所刻槽中，并以“榥”作锚杆拉结两颊。两侧勾阑也安于颊上，常用最简单的卧棂造。楼层高时，可以作两盘至三盘的胡梯（今称“两跑”、“三跑”）。

（二）地棚

棚是在支柱上搁置木板或竹笆，可以承物。地棚即木地板。《法式》所述木地板仅用于粮仓、库房。地板离地面 1.2 ～ 1.5 尺，用短柱支承枋子，再在枋子上铺木板。地板侧面空档则用“遮羞板”覆盖遮挡。

（三）板引檐

板引檐是从屋檐向外接出的一段木板，其作用是遮阳并把檐头的雨水引向阶外远处，以免侵及平座及阶基。其做法是用跳椽自檐口下向外支出。在《法式》竹作制度中有障日篛一项，其位置也由檐头向外接出，《清明上河图》所示民间房屋普遍使用这种竹席制作的障日篛，但未见用板引檐者。

（四）擗帘杆

支于殿堂外檐斗拱或檐椽下，作为悬挂、支撑竹帘的依托。唐宋殿阁多悬竹帘于门窗外作为遮蔽视线与挡风雨之用，后来这种擗帘杆逐步演变为明清时的擎檐柱。

（五）水槽

即木制的屋面排水天沟，接于檐下，槽身沿屋檐延伸，中间高、两侧低，两头出水，或一头出水者，另一头用板封死。《清明上河图》中可见此物形象。

（六）牌

用以题写建筑物名称，安于檐下，即匾。

（七）护殿阁檐竹网木贴

殿阁外檐斗拱繁复，其间空隙成为鸟雀构巢作窝的渊薮，鸟雀粪便污染殿庭环境，喧闹声也有损庙堂神圣，故需用网将斗拱罩起来，不使鸟雀进入。在宋代，多用竹丝编成，再用框木支于檐下，即本项所列护殿阁竹网木贴。其实小木作加工极其简单，即用木条将竹网压于檐椽头（网上端）及额枋上（网下端），中间分成若干间即成。

（八）裹栿板

为了使殿阁内的明栿更显华丽，在梁的两侧与下面包贴雕花板作装饰，这就是裹栿板，是“雕梁画栋”的遗风。但现存宋代建筑中未见此种遗例。

（九）垂鱼、惹草

垂鱼、惹草是房屋山面搏风板上的装饰件，用于厦两头造、九脊殿及两厦造的出际。虽然搏风板与木构架并无内在结构关系，但从施工程序看应与大木作相联（搏风板与后续工序瓦作有关）。

六 井亭类

在宋代，井亭属于小木作，其全部构件都用木料制作，不用瓦件。《法式》所列井亭有两种：一为井亭子；二为井屋子。井亭子规格较高，有斗拱，屋顶作成九脊殿式，屋面施以木制瓦陇、屋脊及鸱尾；井屋子规格较低，不用斗拱，屋顶两厦造，不用瓦陇，仅有屋面板。两者平面作方形，规模都较小，井亭子 7 尺见方，井屋子 5 尺见方，这和明清时期大木作井亭的规模相差甚远。两者屋顶均无透空的采光孔，故不能借助天光照见井水之深浅，且木制屋面长期暴露室外，不耐久，可见宋时井亭尚未达到明清时的成熟程度。

七 神龛、经橱类

这是佛寺、道观中供奉神像、庋藏经书用的龛与橱。

《法式》所列神龛有四种，即佛道帐、牙脚帐、九脊小帐与壁帐。这里称“帐”是袭用唐代室内分隔主要用帷帐时的旧称，实际上已名不副实。四帐之中以佛道帐规格最高，尺度最大，雕饰最华丽，牙脚帐与九脊小帐次之。壁帐是倚墙而立的神龛。

《法式》所列经橱有两种：一种是转轮经藏；另一种是壁藏。所谓“藏”就是指佛道经书，也指收藏经书之处。转经藏是一种八角形的经橱，中间有轴可以转动，佛教徒认为，凡推之旋转一周，和看读诵念一遍经书有同样的功德。这对一般下层信徒颇具吸引力，因为用这种方法取得功德，一不需识字念经，二不耗费时间，得来十分容易。这是南朝梁代佛徒傅翕所创的办法[一]，唐宋颇为流行[二]，现存河北正定隆兴寺转轮藏以及四川江油窦圌山云岩寺飞天藏是宋代的遗物。其中飞天藏所供为神像而非经籍，但做法与转轮经藏相同，明清时期在各地所存的转轮藏就更多了。

壁藏就是倚墙而立的经橱。山西大同下华严寺薄伽教藏殿内的壁藏，是完整的辽代遗物。

（一）佛道帐

佛道帐居佛道神龛中的最高档次，规模宏大，式样复杂，十分费工。据《法式》卷九及卷二二所例举的一座佛道帐，高 29 尺，宽 59.1 尺，深 12.5 尺（均据帐身，下同），帐身作五间殿，所需工日为 4957.9 个。这座外观华丽的神龛自下而上由五个层次叠加而成：

1. 帐座　仿殿阁阶基形式，首先用最高

级的芙蓉瓣（即莲瓣）叠涩座（即须弥座）作基座，上施重台勾阑，形成完整的殿阶基，阶前安弧形踏道“圜桥子”。再在阶基上起一层平座，其永定柱、普拍枋、五铺作卷头斗拱都一一按大木作式样缩小比例做出。

帐座结构则由众多柱子（“立榥”）和横枋（“卧榥”）构成。因须承受佛像的重量，故“立榥”较为密集，面阔方向为每1．2尺安一根，进深方向约每3尺安一根，从而构成全座的柱网。再以透栓、榻头木、柱脚枋、卧榥（有猴面榥、连梯棍、梯盘榥、曳后榥、马头榥等众多名称，实际上都是长短不同的枋料）等横向构件和剪刀撑式的“罗文榥”，把柱网联结成牢固的构架，上面铺板，形成帐座的承载面。

2．帐身　是龛的主体，内安神像或神主。其形式也仿大木作殿堂式样，有内外槽柱。前面内槽柱两侧各安格子门一扇，殿内施平棊一与斗八藻井。两侧及后壁都用木板封住，不开门窗。外槽柱上作虚柱及欢门、帐带（内槽柱缝上仅作欢门、帐带，而无虚柱，虚柱位置为立颊代替），当是前代帐幔与帐带形象的小木作表现手法。帐柱上不用阑额，而用隔斗板。铺作则依托斗槽板为基壁，贴附于板上，并以压厦板作压顶，以求简化结构而保存对大木作的仿效。内槽柱的下部则用“锭脚”固定柱脚，其作用与地栿相似，但锭脚比地栿高，装饰性较强。

3．腰檐　仿大木作腰檐式样，有普拍枋、六铺作一抄两昂重栱造斗拱、大角梁与子角梁、椽与飞子、搏脊与角脊、瓦陇等等，一应俱全。

4．上层平座　腰檐上再出柱头，土施普拍枋、六铺作卷头重拱造斗拱、雁翅板、单勾阑，形成天宫楼阁的平座。

5．天宫楼阁　用以象征佛、道的天国境界，所以殿宇楼阁重叠，十分繁复，而所用比例就更小，犹如一组建筑模型放在帐身顶部，其中有九脊殿、茶楼带挟屋（清式称耳房）、角楼、殿挟屋、龟头屋（清式称抱厦）、行廊（清式称游廊），九脊殿殿身则施重檐。几乎宋代官式建筑的式样都在这里作了展示。帐顶如不用天宫楼阁，则用山花蕉叶，这是较简单的处理方式。

上述五个层次的外观式样都依大木作缩小而成，但其内在结构则不完全按大木作做法，还另有许多特有的构件名称，至今这些名称还不能全部确切地加以解说。不过佛道神龛和经橱注重的是外观效果和它所营造出来的宗教氛围，对内在结构的规范则远不如大木作那样得严格。特别像天宫楼阁，只求远看及仰看效果，《法式》对其内部做法也未予叙述，功限中竟略而不记。

[一]《释门正统》卷三《塔庙志》：“初，梁朝善慧大士傅翕……创成转轮之藏，令心信者推一匝，则与看读同攻。”

[二] 白居易《苏州南禅院转轮经藏石记》：“堂之中，上盖下藏，盖之间，藏九层，佛千龛，彩绘金碧以为饰。环盖悬镜六十有二。藏八面，面二门，丹漆铜锴以为固。环藏敷座六十有四。藏之内，转以轮，止以棍(即车轧，用以止车。——笔者注)。经函二百五十有六，经卷五千五十有八。”(《全唐文》卷六)

（二）牙脚帐

牙脚帐居神龛中的第二档次。据《法式》卷一〇及卷二二所例举的牙脚帐，高 15 尺，宽 30 尺，深 8 尺，三开间，所耗工日为 869.3 个。其形制自下而上分为三个层次：

1．帐座　用较低而简单的牙脚座。下用龟脚，中间用壶门为饰，不用叠涩莲瓣，座上安重台勾阑。帐座结构为面阔方向每 1 尺用立棍一根，进深方向每 2.5 尺用立棍一根，由此组成柱网，再以各种卧棍联结成全座构架，上铺面板。

2．帐身　做法与佛道帐相似，有内外槽柱。但前面内槽柱两侧不用格子门而用泥道板，殿内施平棊而不用斗八藻井。

3．帐头　不用腰檐及天宫楼阁，仅用仰阳山华板及山花蕉叶，用六铺作单抄重昂重拱斗拱承托，式样大为简化。

（三）九脊小帐

九脊小帐规格较牙脚帐又低一等。据《法式》卷一〇及卷二二所举例子，高 12 尺，宽 8 尺，深 4 尺，一开间，所耗工日为 243.1 个。其形制自下而上为三层：

1．帐座　式样与上述牙脚座相同。

2．帐身　形式与牙脚帐相同，但高度较小，面阔仅一间。

3．帐头　用九脊殿式屋顶，五铺作一抄一昂斗拱，屋盖形式仿大木作九脊殿做法。

（四）壁帐

《法式》卷一〇《壁帐制度》中无帐座一项，这并不等于不用帐座，因为不用小木作帐座，也可用砖、石帐座（《法式》各作写作习惯，一般都只述及本工种的做法而不及其他工种）。但帐身特高，可达 13 ～ 16 尺。帐头仍用仰阳山花板及五铺作斗拱。按补间铺作 13 朵推算，每间广 11 尺左右，而所耗工日甚少，其中每间安卓功（即最后装配所需之工）仅及九脊小帐的 13%，可见其式样较为简单。

（五）转轮经藏

转轮经藏的复杂程度比佛道帐有过之而无不及。《法式》卷一一及卷二三所例举的一座转轮藏平面为八角形，高 20 尺，径 16 尺，共需耗工日 2440.2 个。其结构为里外三层：外为外槽，中为里槽，内为转轮。

1．外槽　自下而上由帐身、腰檐、平座、天宫楼阁组成经藏外观，形式与佛道帐相似，但不用帐座，柱子直落地面，八面做法相同。

2．里槽　自下而上为帐座、帐身、帐头。帐座形式与佛道帐相同。帐身八面均开门，以供经匣出入。里槽柱与外槽柱共同组成轮藏的周廊，并成为转轮立轴的支架。

3．转轮　由转轴与经格组成。经格共上下 7 格，每格由 8 辋 16 幅构成骨架，再安上格板及壁板，7 格共盛经匣 14 枚，全藏八面共可存经匣 112 枚。

《法式》所录转轮经藏与现存宋代所遗两座实物不同，即并非整座轮藏可以转动，而只有内层的转轮可以转动，其余两层则固定于地面。这种做法的优点是：中心立轴通过“十字套轴板”而支在外槽、里槽上，可使整个轮藏不必依靠建筑物的木构架而独立，而且自重较轻，辐上荷载小，立轴受力也小，转动轻便；最大的缺点则是使用不便，操作推动转轮的部位也极为有限，无法供大批信徒使用。

转轮经藏的外貌可按《法式》所列尺寸画出，但其内部结构则难以准确求得，有待进一步确定。

（六）壁藏

《法式》卷一一及卷二三所例举的壁藏高 19 尺，宽 30 尺另加左右两摆手 12 尺，深 4 尺。其外观与佛道帐相似，即自下而上由帐座、帐身、腰檐、平座、天宫楼阁五层组成。帐身内上下分作 7 格，每格盛经匣 40 枚，全藏共置经匣 280 枚。

表 2　　**《法式》例举的神龛、经藏尺寸及用工数**

	名称	总尺寸（尺）			各部分高度（尺）			用工数（工日）			
		高	宽（柱距）	深（柱距）	帐座	帐身	帐头	造作工	拢裹工	安卓工	总计工
1	佛道帐	29	59.1（五间造）	12.5	4.5	12.5	12	4209.9	468	280	4957.9
2	牙脚帐	15	30（三间造）	8	2.5	9	3.5	704.3	105	60	869.3
3	九脊小帐	12	8（一间造）	4	2.5	6.5	3	167.8	52	23.3	243.1
4	壁帐		每间 11			13～16				每间 3	
5	转轮经藏	20	径 16，每棱宽为 6.66		（外槽）	12	8	1935.2	285	220	2440.2
					（里槽）3.5	8.5	1				
6	壁藏	19	30+8（三间加两摆手）	4	3	8	8	3285.3	275	210	3770.3

（表内数字据《法式》卷九、一〇、一一小木作制度及二二、二三小木作功限）

表 3　《法式》小木作品种一览表

	构件名称	功能及特点
门窗类	乌头门	住宅、祠庙前的一种仪门，原是唐代六品以上官宅前所用，也称棂星门。
	板门	实拼板门，用作外门，有防御要求，故用料厚重。
	软门	也是板门，用料稍轻，疑为内院所用。
	格子门	宋代房屋上通用的门，因上部有木格子，可糊纸供采光，故名。
	破子棂门	直棂窗，因棂子用方木一剖为二用之，故名。
	板棂门	直棂窗之棂子用板条者。
	睒电窗	板棂窗之变种，即将板棂作成波形曲线。
	阑槛钩窗	窗下加坐槛，可坐而远眺。作槛外有栏杆，形如后世的美人靠。
室内隔截类	截间板帐	用木板所作的室内分隔断物。
	殿内截间格子	殿内用格子替代板帐作分隔者。
	堂阁内截间格子	厅堂、楼阁内所用分间格子。其中有格子门两扇可开启沟通者，称为截间开门格子。
	板壁	按格子门式作边框，但以木板子代替格子，用以分隔室内者。
	隔截横钤立旌	用横、直方木构成框架，再填以抹灰墙或木板用以分隔室内者。
	照壁屏风骨	室内后内柱间所按固定屏风骨架，上覆布或纸。可作成一整片，也可作成四扇供开启。
	殿阁照壁板	室内后内柱间的上部隔板。
	廊屋照壁板	廊屋阑额与由额间的隔板。（清式称由额垫板）
	障日板	门窗之上的隔板，用以分隔室内外。
	拱眼壁板	相邻两铺作泥道拱间的隔板，用以分隔室内外。
承尘类	平闇	殿阁天花板的一种，即用木椽作成方格网，驾于明栿及算桯枋上，其上铺以木板。
	平棊	殿阁天花板中较高档豪华的一种。即用木板拼成板块，架于明栿及算桯枋上。板下用木条分隔成方格或长方格，格内贴络木雕花饰。
	藻井	室内上部空间的重点装饰，《法式》所载仅八角形一种。

室外障隔类	叉子	宋代正规的木栅栏，用于宫殿、庙宇、衙署之前。
	拒马叉子	用交叉的木棂作成的路障。
	勾阑	用于御座前、楼梯上及平座等处的木栏杆。
	露篱	以木为骨架的竹篱笆。用于室外，故称“露篱”。
	棵笼子	木制的树干护笼，有方形、六角形、八角形树种。
杂类	胡梯	即室内楼梯。
	地棚	即木地板，用于仓贮建筑。
	板引檐	由檐口下伸出之木板，用以遮阳，并引出雨水。
	搦帘杆	檐下的室外帘架。
	水槽	檐口的引水天沟。
	牌	匾额
	护殿檐竹网木贴	为保护檐下斗拱，防止鸟雀在其中构巢而以竹丝网罩之，竹网则用木贴钉在椽及额上。
	裹栿板	为达到“雕梁画栋”的豪华效果,用雕花板包裹于明栿两侧及下面。
	垂鱼、惹草	山面槫风板下的装饰物。
井亭	井亭子	木制小亭,支于井上保护井水,屋顶作九脊殿式。有斗拱及木瓦陇。
	井屋子	木制小屋,支于井上,作两厦顶,无斗拱及瓦陇,较井亭子为低而小。
神龛、经橱类	佛道帐	安放佛、道神像的木龛，仿五开间殿阁建筑，其上再置天宫楼阁，以象征神仙天界。
	牙脚帐	较简化的神龛，三开间，无天宫楼阁。
	九脊小帐	一开间，九脊殿式神龛。
	壁帐	靠壁的神龛，一开间，较简单。
	转轮藏	八角形经橱，中有轴，可推之转动，形象华美。
	壁藏	依壁而立的经橱。

【征稿启事】

为了促进东方建筑文化和古建筑博物馆探索与研究，由宁波市文化广电新闻出版局主管，保国寺古建筑博物馆主办，清华大学建筑学院为学术后援，文物出版社出版的《东方建筑遗产》丛书正式启动。

本丛书以东方建筑文化和古建筑博物馆研究为宗旨，依托全国重点文物保护单位保国寺，立足地域，兼顾浙东乃至东方古建筑文化，以多元、比较、跨文化的视角，探究东方建筑遗产精粹。其中涉及建筑文化、建筑哲学、建筑美学、建筑伦理学、古建筑营造法式与技术；建筑遗产保护利用的理论与实践；东方建筑对外交流与传播，同时兼顾古建筑专题博物馆的建设与发展等。

本丛书每年出版一卷，每卷约20万字。每卷拟设以下栏目：遗产论坛，建筑文化，保国寺研究，建筑美学，佛教建筑，历史村镇，中外建筑，奇构巧筑。

现面向全国征稿：

1．稿件要求观点明确，论证科学严谨、条理清晰，论据可靠、数字准确并应为能公开发表的数据。文章行文力求鲜明简练，篇幅以6000—8000字为宜。如配有与稿件内容密切相关的图片资料尤佳，但图片应符合出版精度需要。引用文献资料需在文中标明，相关资料务求翔实可靠引文准确无误，注释一律采用连续编号的文尾注，项目完备、准确。

2．来稿应包含题目、作者（姓名、所在单位、职务、邮编、联系电话），摘要、正文、注释等内容。

3．主办者有权压缩或删改拟用稿件，作者如不同意请在来稿时注明。如该稿件已在别处发表或投稿，也请注明。稿件一经录用，稿酬从优，出版后即付稿费。稿件寄出3个月内未见回音，作者可自作处理。稿件不退还，敬请作者自留底稿。

4．稿件正文（题目、注释例外）请以小四号宋体字A4纸打印，并请附带软盘或光盘。来稿请寄：浙江省宁波市江北区洪塘街道保国寺古建筑博物馆，邮政编码：315033。也可发电子邮件：baoguosi1013@163.com。请在信封上或电邮中注明“投稿”字样。

5．来稿请附详细的作者信息，如工作单位、职称、电话、电子信箱、通讯地址及邮政编码等，以便及时取得联系。